O texto deste livro foi fixado conforme o acordo ortográfico vigente no Brasil desde 1º de janeiro de 2009.

REVISÃO Otacílio Nunes e Isadora Prospero
DESENHOS Paula Parisot
FOTOGRAFIA Paula Parisot (foto: Gui Mohallem/direção de arte: Carolina Bertier)

1ª edição, 2013

Na página 11, a epígrafe de Robert Louis Stevenson foi traduzida por Paula Parisot. A de Charles Baudelaire foi traduzida por Ivan Junqueira (em *As flores do mal*, Rio de Janeiro, Nova Fronteira, 1985)

Dados Internacionais de Catalogação na Publicação (CIP)
(Câmara Brasileira do Livro, SP, Brasil)

Parisot, Paula
Partir / Paula Parisot. São Paulo: Tordesilhas, 2013.

ISBN 978-85-64406-71-1

1. Ficção brasileira I. Título.

13-08307 CDD-869.93

Índice para catálogo sistemático:
1. Ficção : Literatura brasileira 869.93

2013
Tordesilhas é um selo da Alaúde Editorial Ltda.
Rua Hildebrando Thomaz de Carvalho, 60
04012-120 – São Paulo – SP
www.tordesilhaslivros.com.br

Paula Parisot

partir

TORDSILHAS

SUMÁRIO

partir

Para Richard

(par.tir)

v.

1. *Dividir(-se) em partes ou porções.*
2. *Dar (algo) a diferentes partes; distribuir; dividir; repartir.*
3. *Fender(-se) ou quebrar(-se).*
4. *Separar, dividir.*
5. *Mortificar(-se), afligir(-se).*
6. *Começar a valer-se de.*
7. *Atacar, investir.*
8. *Sulcar.*
9. *Ter a origem, o ponto de partida em (algum lugar); originar-se, proceder-se, porvir.*
10. *Tomar como base, inspiração.*
11. *Mostrar-se discordante (opiniões, ideias etc.); divergir.*
12. *Ir-se embora, retirar-se.*
13. *Pôr-se a caminho, seguir viagem, sair.*
14. *Ter origem ou começo em; principiar; nascer.*
15. *Morrer.*

"Eu viajo não para ir a algum lugar, mas para ir.
Viajo pela viagem. O importante é partir."

Robert Louis Stevenson, Travels with a Donkey in the Cévennes

"Mas viajantes de fato apenas são aqueles
Que partem por partir; o coração flutuante,
Jamais hão de aceitar ser outros senão eles
E, sem saber por quê, ordenam sempre: Adiante!"

Charles Baudelaire, "A viagem"

1 O NARRADOR

Sou um homem que não sabe quantas profissões teve, nem quantas amantes. Nasci numa família de classe média, que paga juros pra se apresentar socialmente e teme o dia de amanhã. Porém, desde garotinho, nunca me preocupei com o que pensam de mim, nem com o futuro.

Não tenho mãe. Ela morreu há anos. A única coisa que restou dela foi uma pequena Bíblia Sagrada de capa dura preta, que ela me deu antes de falecer. Ela queria que eu fizesse a primeira comunhão. Nunca fiz. Mas guardo a Bíblia até hoje.

Não conheci meu pai, mas tive um padrasto que era mergulhador e me levava pra pescar. Eu tinha seis anos. Ficava sozinho segurando um barquinho a remo, quase em mar aberto, enquanto ele mergulhava só com máscara, cinto de lastro, *snorkel* e arpão. Ele ficava de dois a três minutos debaixo d'água e era capaz de descer a uma profundidade de trinta metros. Ele era bom. Certa vez demorou quatro horas pra desentocar um mero de três metros de comprimento e cento e sessenta quilos. Foi um recorde. Meu padrasto mergulhava a tarde inteira. Ao fim do dia eu o chamava, pedindo pra irmos embora. Mas o velho – ele tinha trinta e sete anos, pra mim era um velho – mergulhava mais e jogava peixe dentro do nosso barquinho. Naquele tempo tinha muito peixe, até polvo, na baía de Guanabara; não era esse esgoto que é hoje. Quando a noite chegava eu insistia pra irmos embora, e ele dizia:

"O que é isso? Está com medo do escuro?"

Nunca me casei. Não tenho filhos e só não troco de amigos porque não os tenho.

A história que vou contar é sobre a minha viagem ao Alasca. Peço paciência com o fato de eu ser um sujeito dispersivo, que sai de um assunto e entra no outro como alguém que patina no gelo sem saber patinar.

Tenho mais de meio século de idade e ainda trabalho. Só quebro uma pedreira todo dia porque preciso. Vocês pensam o quê? Que gosto de trabalhar? De ser sócio de dedetizadora? De ser pescador? Garimpeiro? Segurança? Revisor de texto? Muambeiro? Funcionário público? Jogador de futebol? Vendedor? Taxista? Balconista? Eu não gosto. Fui tudo isso, mas não gostei. Confesso: a melhor coisa do mundo é o ócio.

Eu disse que não gosto de trabalhar, mas tenho que fazer uma exceção. Gostei de trabalhar no meu restaurante. Adoro aprender a preparar comidas, principalmente pratos exóticos. É bem verdade que aos meus olhos nada é exótico na cozinha, mas não posso falar o mesmo dos meus privilegiados clientes, a quem eu servia essas comidas extravagantes, pois nem todos podiam saber o que estavam comendo. Por exemplo, escorpião. Ele é muito saboroso, mais gostoso do que camarão, e não tem aquele monte de tripa cheia de merda no dorso e na cabeça. O escorpião é um bicho limpo, e o veneno das garras (uma delícia torradas) pode ser anulado com uma demorada fervura seguida de fritura. Dizem que quem come esse acepipe fica ardendo de tesão. Porém você tem que acreditar nesse efeito. Pra quem acredita, placebo funciona.

Poderia ainda falar sobre minhocas, formigas, larvas e gafanhotos, que, bem preparados, são uma maravilha, além de possuir grande valor proteico e alto teor de fósforo. Como todos sabem, a falta de alguns fosfatos prejudica muito a qualidade de vida e em diversos casos acarreta doenças associadas à senilidade. Senilidade é uma merda. Chega. Já me estendi demais. Resumindo: era muito bom ser dono de restaurante e ficar na cozinha auxiliando o cozinheiro no preparo dos pratos. Eu não passava o tempo todo na cozinha, circulava entre as mesas, conversava com os clientes, preparava drinques e cuidava do caixa, ainda que não tenha talento pra finanças. Fazia de tudo um pouco; até a louça eu lavava pra não ter que contratar mais um funcionário.

Mas por que deixei de ser dono de restaurante? Muito simples: fui à falência. Não por falta de clientes. Ao contrário, por excesso de fregueses. O problema é que muitos me davam o calote, diziam que iam pagar depois e não pagavam. Eu permitia que eles comessem de graça, eram meus conhecidos. Nunca tive tantos amigos e conhecidos como no tempo em que fui dono de restaurante. Além de tudo, a vigilância sanitária fechou o meu restaurante alegando que as condições da cozinha não eram boas. Se você entrar na cozinha de qualquer restaurante, vai ver que é suja e que os restos de comida são reaproveitados. Não se joga nada fora. Eu não fazia nada diferente do que todos fazem, mas dei azar. A vigilância sanitária me escolheu como bode expiatório.

Vocês devem estar achando que sou um mentiroso. Como tive dinheiro pra abrir um restaurante? Comprei tudo a crédito e estou devendo até hoje. O meu nome está sujo na praça. Mas um dia ainda vou quitar essa dívida e outras mais, sobre as quais não me interessa falar agora. Pra ser sincero, não vou quitar porra de dívida nenhuma, os bancos que se fodam. Arre, diabo! São uns ladrões. Cobram juros exorbitantes, basta olhar o lucro anual deles. É um descalabro de bilhões e bilhões.

Bem, essa conversa toda é pra alertar sobre algo que vai acontecer. Toda vez que, na minha viagem ao Alasca, eu encontrar alguém fazendo uma comida estranha – nem precisa ser tão estranha, basta eu salivar –, vou pedir a receita, vou querer saber como é preparada. Sim, sei que pra maioria das pessoas isso vai ser uma chatice, mas desde já peço que me perdoem e sejam pacientes. Ou então, quando eu começar a falar na receita e no preparo da comida é só pular esse trecho e ir em frente. Combinado?

Gosto da vida e se fosse rico não iria trabalhar, passaria os meus dias viajando. Não adquiriria nenhuma propriedade, nem carro, nem coisa alguma. Talvez comprasse umas roupas melhores, quem sabe um par de sapatos italianos, mas nada além disso. Não ostentaria a minha riqueza, mas frequentaria um barbeiro que apararia a minha barba e cortaria o meu cabelo. Com certeza estudaria línguas, como o alemão e o russo, pra poder ler no original os meus filósofos e romancistas favoritos. Leria mais, escreveria mais, desenharia mais, pensaria mais, desenvolveria e aperfeiçoaria todas as minhas aptidões que houvessem sido negligenciadas. Teria mais tempo pra isso e pra muitas outras coisas que talvez hoje eu nem saiba quais são. Também foderia toda mulher gostosa que visse pela frente. Beberia mais, dos melhores vinhos, uísques e conhaques, mas não dispensaria a minha cervejinha no bar do Queixada. Pras mulheres, ofereceria o mais caro dos champanhes e promoveria verdadeiras orgias gastronômicas. Gastaria sem pudor com tudo o que me proporcionasse prazer e também daria generosas gorjetas e esmolas pra mendigos e aleijados. Sem dúvida, acabaria arruinado.

Aquela burguesinha que de vez em quando dava pra mim falava que dinheiro não é tudo. Está certo, pode não ser tudo, mas é quase tudo. Todo mundo quer ter grana, até a burguesinha que fingia não gostar de dinheiro, mas era pão-duro feito o cão. Se eu não quisesse dinheiro, não corria atrás. Tenho mais de meio século de idade e disputo a tapa nota de dez merréis com qualquer moleque. Sou um garoto novo, cheio de ideias, pronto pro que der e vier. Sinto um negócio que se movimenta dentro de mim, é mais que o sangue correndo pelas veias, é o desafio que me dá prazer. E se tudo der errado? No mínimo terei mais uma história pra contar, e contar uma história é muita coisa.

Toda manhã acordo diferente, por isso tem dias que nem me reconheço, tal o desânimo que me assombra. Então, penso, vai passar, vai passar, e se não passa capricho na bebida. Isso não me incomoda, ficar anestesiado. Bebo mesmo, bebo bastante e não pretendo parar. Vou pro bar do Queixada e tomo um chope, uma pinga, sei lá, tomo até suco de laranja, que ele me dá. E é divertido, o Queixada me conta histórias e eu conto outras, porém as histórias do Queixada são mentirosas e as minhas... eu tento não mentir. Podemos também ficar calados, e nos sentimos bem sem falar um com o outro, isso é amizade, ou a coisa mais próxima dela. Só dois amigos conseguem ficar juntos sem dizer uma palavra. Mas a verdade é que amigos, amigos, como já disse, eu não tenho. O Queixada diz que sou o seu melhor freguês e eu lhe digo que ele é o melhor dono de botequim. Entro e saio do bar do Queixada ao longo dos dias, faço o que tenho pra fazer e volto, tomo mais uma cerveja e digo: "Essa é a saideira". Mas continuo ali, pensando.

Quando posso, tiro o dia pra pensar. Vou pro bar do Queixada e fico ali sentado, viajando na vida, viajando em mim. Pensar é uma viagem que só se faz sozinho, sem copiloto. Muda-se uma vida sem sair do lugar, faz-se tudo, pode-se tudo. Tenho uma sorte desgraçada de saber fazer isso, porque quem não sabe vai fazer o quê? Vai fugir pra onde? Não tem pra onde fugir, e aí é só desespero, angústia, depressão.

2 AS CIRCUNSTÂNCIAS

Dias depois de cruzar com o crápula do Mauro na rua, encontrei uma antiga namorada, que não me reconheceu. O maldito do Mauro fingiu não me ver. Só porque tinha ficado rico, achava que podia me tratar daquela maneira. Dinheiro é uma praga. Deve ser por isso que todo rico é filho da puta. O dinheiro torna o homem ainda mais egoísta e desprezível. O Mauro se dizia meu melhor amigo quando éramos dois fodidos, mas agora me via e nem me cumprimentava. Não era a primeira vez que isso acontecia. No máximo dizia um "oi" quando estava sozinho, mas se estivesse acompanhado por algum figurão fingia que não me via ou que não me conhecia. O calhorda devia pensar o quê? Provavelmente imaginava que eu ia pedir dinheiro, algum favor, ou então acreditava que me conhecer comprometeria a sua reputação. Canalha! Me olhou nos olhos e acintosamente virou a rosto, fingindo que não me conhecia. Não é que eu fizesse questão de falar com ele, não era isso, contudo não podia deixar de me enfurecer com o comportamento dele. Só porque tinha ficado rico, milionário, fazendo negócios ilícitos com o governo à custa do bem-estar de miseráveis, pensava que podia me tratar daquela maneira. Isso é típico de rico, não só daqueles que fizeram fortuna e tiraram o pé da lama, como o Mauro, mas também daqueles que nasceram ricos, que são ainda piores. Mas já chega, não quero mais falar nesse sujeito. O que eu estava querendo dizer é que, dias após cruzar com o Mauro na rua, encontrei uma antiga namorada, que não me reconheceu. Eu estava sentado numa mesa de rua, no bar do Queixada, quando a vi passar. Há quanto tempo não via aquela mulher? Vinte? Trinta? Trinta e cinco anos? E ela continuava bonita, mais velha mas bonita. Levantei da mesa pra cumprimentá-la, mas depois de olhar pra mim ela seguiu andando.

A minha barriga havia crescido nos últimos anos e eu não conseguia me livrar dela por mais que me exercitasse correndo ao redor da lagoa. A minha barba se tornara grisalha e a minha pele, vermelha. Eu parecia inchado. A barriga estufada, a barba grisalha há muito sem aparar, a pele vermelha, a micose na unha do dedão do pé esquerdo e a sandália velha me incomodaram. Reencontrar alguém do passado fez com que eu olhasse pra mim. No entanto, não se tratava apenas da barriga, da barba quase profética, da pele vermelha, da micose no dedão do pé ou da sandália velha. Tratava-se do que estava por trás daquilo tudo.

Eu podia ser o que fosse, menos o que não tinha sido – o tempo não anda pra trás. Não consegui ser nada, nem um homem de sucesso, nem um homem de família. Também não fui ao extremo da loucura ou da miséria, nada, era apenas o mesmo homem de classe média, sem pai, sem mãe, sem filhos, sem mulher, sem amigos que o convidassem pra jantar. E ainda deixei de ser jovem. Sou o mesmo, só que envelhecido, irreconhecível aos olhos de uma antiga namorada. A vida continuava a mesma, eu era o mesmo. Nasci aqui, pensei, porém me recuso a morrer aqui. Um homem deve escolher o lugar onde vai morrer já que não pode decidir onde nascer.

3 DONA RITA

Tenho uma vizinha, a dona Rita, uma velha rabugenta que vem de algum lugar do interior, não sei de onde, com quem evito manter qualquer diálogo, ainda que carregue as suas sacolas de mercado. Faço isso por pena. Não há outra explicação pra tal gentileza da minha parte, já que não gosto dela. Creio que é um sentimento mútuo.

O som da voz da dona Rita, com erres carregados, me dá nos nervos. Além de rabugenta, é caipira e dissimulada, só sorri pra mim mostrando todos os dentes, os de cima e os de baixo, e pisca os olhos verdes besuntados de maquiagem quando quer alguma coisa. A velha é muito abusada, é só me ver passando que me chama. Pede pra eu levar o lixo dela pra fora, pede pra eu trocar uma lâmpada, pede pra eu consertar a torneira da cozinha que está pingando, pede, pede, pede... Pede até o que não precisa. Por isso, muitas vezes, pra não ter que lhe dizer não, saio e entro do prédio sem sapatos, na ponta dos pés. Ela mora no térreo e eu, no terceiro andar.

A dona Rita é dona de quase todos os apartamentos do prédio, o que lhe dá o poder de sempre se eleger síndica. E se atraso o pagamento do condomínio ela me atazana. Certa ocasião, foi até o bar do Queixada e fez um escândalo. Arrancou o copo de cerveja da minha mão e em altos brados comunicou ao Queixada que ele estava proibido de me servir porque antes de gastar dinheiro bebendo eu tinha que pagar o condomínio do prédio, que já tinha vencido há mais de um mês. Irritado, dei um murro na mesa e pedi outra cerveja. A dona Rita, por sua vez, deu também um soco na mesa e eu mais um, com tanta fúria que derrubei uma garrafa no chão.

"Ponha-se daqui pra fora", ela gritou com voz esganiçada. Em seguida, começou a tremer e se segurou na cadeira como se fosse desmaiar.

Acabei tendo que carregá-la no colo até a casa dela. O nosso prédio fica próximo do bar do Queixada. Quando a coloquei no sofá, a dona Rita abriu os olhos e disse:

"Vai lá na cozinha preparar um cafezinho pra mim".

Eu fui. A velha conseguia o que queria de mim. E ainda quitei a minha dívida com o condomínio naquele mesmo dia. Eu tinha dinheiro, apenas havia me esquecido de pagar.

Depois daquela cena no bar do Queixada, pensei em castigar a dona Rita deixando de ajudá-la com as sacolas de mercado, com o lixo *et cetera*, mas não consegui. Creio que no fundo, no fundo eu já gostava dela e ela também já gostava de mim, porque toda semana ela fazia um empadão de galinha ou uma lasanha de presunto e deixava na minha casa pra eu jantar. A dona Rita tinha a chave da minha casa e eu tinha a da dela. Nos conhecíamos há muito tempo.

Certa manhã, pouco depois de eu ter cruzado com o Mauro e a tal mulher, a antiga namorada, a dona Rita, notando o meu abatimento, disse:

"O que há, meu filho? Você anda pensativo, com uma cara triste".

Sorri misteriosamente, fiz um carinho nela e me afastei. Naquele dia, quando voltei pra casa à noite, encontrei uma carne assada com batatas coradas ao lado da pia da cozinha. Era a primeira vez que a dona Rita preparava carne assada pra mim. Não sei por quê, mas aquela carne assada com batatas coradas me fez chorar.

4 PLANOS

Mudo constantemente de ideia, amo e odeio, quero e não quero, tomo um porre logo após dizer-me abstêmio, fico exausto de tanto me contradizer. Contudo, no que diz respeito ao Alasca, não mudo, sou sempre o mesmo, ainda que de vez em quando me questione sobre o porquê do Alasca. Ah, existem coisas que não têm um porquê.

Tenho o hábito de falar sozinho sobre isso e sobre muitas outras coisas. Às vezes chego a me fazer perguntas em voz alta, e posso respondê-las vociferando articuladamente ou através de resmungos e grunhidos. Nem sempre tenho respostas às perguntas que faço. O que é muito bom. Prova de que não sou um sujeito tolo, presunçoso e preguiçoso, que só faz perguntas pras quais já sabe a resposta.

Creio que jamais acordei de manhã e tracei uma meta. (Atenção, amigos, a viagem ao Alasca é outra coisa. Talvez a minha única aspiração: chegar a um mundo que não possua qualquer semelhança com o já conhecido.) A verdade é que não sei planejar. Vou empurrando as coisas com a barriga e sou capaz de mudar de rumo por causa de uma conversa com alguém que acabo de conhecer dentro de um ônibus. Vou indo até que surge uma oportunidade, nem precisa ser grande coisa. Vou indo na direção da maravilha ou da imperfeição, da mesma forma que trepo com mulher feia. E, fiquem sabendo, na maioria das vezes as mulheres feias são melhores de cama, se empenham mais. As bonitas, mais cobiçadas, não se esforçam pra agradar o homem, a não ser que queiram alguma coisa em troca, mesmo que seja um prato de batatas fritas. Há também as prostitutas, mas essas não me interessam, pois, como já disse, gosto de desafio, e puta é tudo, menos desafiador.

O mais estranho é que nunca quis ser nada. Só quis viver. Nem quando era menino devaneava, sonhava acordado. Não perco tempo ansiando por coisas que não tenho. Vivo. E quando tenho alguma dúvida faço cara ou coroa com a minha moeda da sorte, que sempre carrego no bolso. Foi o destino que fez essa moeda vir parar nas minhas mãos. Um dia eu estava andando na rua e de repente notei algo brilhante no chão. Era uma moeda, mas não uma moeda qualquer; era uma moeda antiga, uma pataca de Macau. Já me ofereceram dinheiro por ela, porém não vendo, não troco nem dou a minha pataca da sorte. A cara é o lado da pataca que tem em alto-relevo a palavra "Macau" e o ano em que foi emitida a moeda; e a coroa, como se sabe, é o lado que indica o valor. No caso da pataca de Macau, no lado da coroa tem ainda a imagem de uma casa, um farol e dois símbolos chineses, cujo significado desconheço. Vou fazer um cara ou coroa agora e decidir sobre o que vou falar. Cara, conto direto sobre a viagem ao Alasca. Coroa, falo qualquer coisa, a primeira que me vier à cabeça.

Lancei a moeda e ela caiu na palma da minha mão. Com a outra mão eu a tapei. Olho ou não olho? Vou ter que olhar porque sou um homem de palavra.

Deu coroa.

5 O GARIMPO

A primeira coisa que me vem à cabeça é o Jack, amigo e grande companheiro, um marreco, um marreco mesmo, de bico, patas e asas, que conheci no garimpo e me seguia pra onde eu fosse. Sobre o Jack vou falar mais tarde. É necessário que vocês me conheçam um pouco melhor e saibam o que eu fazia antes da minha viagem ao Alasca.

Jamais quis ser garimpeiro, e quando o Pedro Zarolho veio com essa história de fazer fortuna indo à procura de pedra preciosa tive vontade de rir. Mas, como eu andava de saco cheio da traineira e de pescar camarão, decidi dar ouvidos ao Zarolho, que não contava a ninguém como tinha perdido o olho. Dizia que esse era o único segredo que tinha na vida e que por isso pretendia preservá-lo. Eu respeitava, também tenho os meus segredos. O Pedro Zarolho era de admirar, feio pra burro, pobre, sem um olho e ainda assim cheio de confiança em si. "Escreve o que estou dizendo", ele dizia, "você ainda vai comigo pro vale do Jequitinhonha. Você sabe mergulhar e eu e o Naval precisamos de você."

O Naval, um preto retinto, forte, puro músculo, de quase dois metros de altura, era amigo do Pedro Zarolho da época da marinha. Ao contrário do amigo, o Naval era um cara quieto, raramente falava, preferia tocar gaita. Consta que ele passou a ser tartamudo no dia em que pegou a mulher na cama com o melhor amigo. Esse é o tipo de história que não choca ninguém, só o corno, e assim mesmo nem todos;

hoje em dia o que mais tem por aí é corno manso. Mas o Naval negava essa história, dizia que era ele que tinha largado a mulher porque ela estava emagrecendo muito. Era osso puro, e segundo ele não há nada mais feio que mulher caveira, sem carne pra apertar.

O garimpo era um exército, tinha hora pra tudo, pra acordar, comer, dormir. Cada mergulho durava três horas e cada um de nós mergulhava uma vez por dia. O pior mergulho era o primeiro, às seis da manhã; com a névoa baixa, não se via nada, nem mesmo o rio. Era comum fazer frio, mas quando a temperatura caía muito não havia outro jeito senão um bom gole de cachaça pra animar. A roupa de mergulho era tosca, muito tosca, esburacada, remendada, o reforço nos joelhos e cotovelos era feito com borracha de câmara de pneu, o que limitava os movimentos, e o neoprene, que devia reter uma fina camada de água, da temperatura do corpo, entre a pele e a borracha sintética, não retinha nada, nem mesmo o xixi, que era desperdiçado em vez de aquecer. Um dia, quando eu já estava a ponto de desistir de tudo, de raiva mergulhei só de sunga. Já perto de uma hipotermia, tive que dar o braço a torcer e voltar à realidade: coloquei a roupa de mergulho. De início a água nem era tão gelada, mas ia esfriando à medida que o tempo passava. À noite, tossi, tremi de febre, pensei que ia morrer; meu queixo batia, não havia cobertor ou cachaça que me esquentassem. Deitado, dentro da barraca, xingava o garimpo, os outros garimpeiros, amaldiçoava o acampamento, a comida, o tempo e – arre, diabo! – execrava o destino por não encontrar diamante.

A forma mais comum de garimpagem é através da escavação no leito do rio, que desvia o curso d'água a fim de que na parte seca se possam extrair os minerais preciosos. No entanto, nós fazíamos garimpo de mergulho, ou seja, mergulhávamos com um mangote pra retirar os minerais do fundo do rio.

Trabalhávamos nove horas seguidas. Os que não estavam mergulhando permaneciam ao lado do Mineirinho, um fuinha matuto que entendia mais de garimpo do que eu, o Pedro Zarolho e o Naval juntos. O mergulhador, com peso no cinto de lastro, descia ao fundo do rio Jequitinhonha, que é raso, com o mangote e uma mangueira resistente que aspirava água e terra através de uma bomba compressora, que ficava em cima da balsa. Tudo o que era sugado do rio era jogado numa caixa grande forrada com carpete preto, porque o ouro fica preso e brilha contra o negror do carpete. Mas, para aqueles que não sabem, ouro é merda, só dava pra cerveja do fim de semana.

Foi uma dureza do princípio ao fim, mas aquela era a minha vida. Levamos mais de um mês pra decidir onde montar acampamento. Optamos por um local próximo a Terra Branca, num trecho do rio Jequitinhonha que diziam estar cheio de ouro e pedras preciosas. Fomos mal recebidos quando chegamos com um caminhão apinhado de tábuas de madeira pra montar a balsa, além do motor, do mangote, das barracas, do compressor, das ferramentas, dos mantimentos.

"Fofoca, fofoca", disse o Mineirinho, agitado, balançando a cabeça, ao ver aquela concentração de balsas no Jequitinhonha. Pros garimpeiros, fofoca significa que determinado trecho do rio está abarrotado de balsas, umas muito próximas das outras, devido ao grande fluxo de ouro no local. Fofoca, o Mineirinho sabia, era guerra, nego matando e morrendo debaixo d'água. Cortava-se tubo de ar, enforcava-se, esfaqueava-se silenciosamente nas profundezas do rio. Um dia a pessoa sumia na água barrenta e nunca mais aparecia. Essas maldades todos aceitavam. Parricídio e fratricídio eram corriqueiros no garimpo. Um diamante era uma causa justa pra que se cometessem todas as loucuras, menos roubar. Isso era inadmissível.

Aconteceu no garimpo uma coisa extraordinária. Inacreditável. Um dos garimpeiros, que a princípio não era nosso amigo, o Zé Perneta, achou um diamante enorme e ficou exibindo-o pra todo mundo.

"Olha só, olha só o diamante que achei. Vou-me embora daqui. Mas antes vou oferecer uma festa pra todo mundo."

A festa na verdade não passava de uma vasta distribuição de cachaça. No meio da bebedeira, o céu fechou e começou a cair uma tempestade que acabou com a farra. Todos se recolheram às suas barracas. Quando o dia amanheceu, a chuva havia passado, mas o céu continuava escuro. Trovões estrondeavam e relâmpagos iluminavam o céu. De repente, o Zé Perneta saiu da barraca aos gritos: "Roubaram meu diamante".

Logo um grupo se organizou pra descobrir o ladrão. Ofereci-me pra fazer parte do grupo, acreditando que assim faria amizade com os outros garimpeiros. Nos reunimos num descampado que ficava no centro das barracas.

Quatro sujeitos foram apontados como suspeitos porque haviam sido vistos zanzando próximo à barraca do Zé Perneta. Eram eles: o Santinho, o Quim Casca Grossa, o Garganta e o Chico Mico. Decidimos que o primeiro a ser ouvido seria o Santinho, por ser o menos suspeito de todos. O próprio Zé Perneta nem queria interrogá-lo, dizendo que era um absurdo achar que o Santinho ia fazer uma coisa daquelas. Era até pecado suspeitar dele, que acordava e rezava, almoçava e rezava, mergulhava e rezava e de noite fazia preces pedindo proteção pra todos nós.

Eu disse então: "Vamos perguntar uma única coisa ao Santinho e depois dispensamos ele. Também acho que não foi ele". Fiz a pergunta aos gritos porque o rugido da trovoada havia aumentado e abafava a minha voz. "Santinho, você roubou o diamante do Zé Perneta?"

Ele fez o sinal da cruz, encarou-nos de frente e respondeu: "Que um raio caia sobre a minha cabeça se eu roubei o diamante do Zé Perneta!"

Nesse instante aconteceu essa coisa fantástica. Um trovão fez um estrondo como se fosse o fim do mundo, uma luz brilhou, quase nos cegando, e um raio caiu em cima da cabeça do Santinho. Só ele foi atingido. Morreu na hora. Ficamos todos estarrecidos.

O Naval decidiu levar o cadáver pra uma das barracas. Quando ele ergueu o corpo do Santinho, caiu do bolso do defunto o diamante do Zé Perneta. Este, ao ver a imensa pedra preciosa rutilar no chão, pegou-a, beijou-a e disse: "Deus existe".

Subitamente, os relâmpagos e os trovões cessaram, as nuvens foram se abrindo e surgiu o sol. Jamais esquecerei essa história. No dia seguinte, era como se nada tivesse acontecido. Voltamos todos à nossa dura rotina.

Toda sexta-feira batia-se a caixa, peneirava-se o que havia sido recolhido do rio durante a semana. Quando isso acontecia, todos tinham que estar presentes, pra depois ninguém dizer que tinha sido roubado. Quem peneirava era o Mineirinho. Ele peneirava rápido demais, e dizia: "Não tem nada, não tem nada". E *plum*, jogava tudo num canto. Se eu, ou o Naval, ou o Pedro Zarolho olhássemos com desconfiança, ele dizia: "O quê ocê tá fazendo aí parado me olhando com essa cara de bobado parecendo um guaxinim?" E essa frase ia crescendo e a cada dia ficava mais longa, e ele falava engraçado, enrolado, com um sotaque do interior de Minas Gerais que nos fazia rir. O Mineirinho era uma simpatia, como todo ladrão.

Quando chegava sábado, eu, o Zarolho e o Naval íamos pra Diamantina espairecer. Pra ganhar um dinheiro extra, o Naval e o Zarolho se apresentavam em bares e restaurantes da cidade. O Naval tocava gaita e o Pedro Zarolho cantava. Que dupla! Um negão enorme e um baixote raquítico sem um olho. Mas eles agradavam as plateias e amealhavam uns trocados, embora na maioria das vezes apenas comessem e bebessem de graça. Ficaram conhecidos na cidade. Enquanto nós farreávamos em Diamantina, o Mineirinho ficava no acampamento e sem que soubéssemos peneirava novamente o que tinha sido jogado no canto.

Tempos depois descobrimos que o Mineirinho tinha comprado carro e casa. O Pedro Zarolho e o Naval ficaram possessos, não esconderam a raiva que sentiram ao descobrir que haviam sido trapaceados. Já eu, orgulhoso, sem querer demonstrar fragilidade, me fingi de indiferente, mas volta e meia me pegava pensando: fui roubado por aquele moleque mirrado, analfabeto, que tinha pai, mãe, irmãos, até avó, que se casou com a moça por quem era apaixonado sem que um raio caísse na cabeça dele. Arre, diabo! Por que estou falando disso? Porque preciso de dinheiro pra ir pro Alasca e estou duro.

Eu tinha disposição pra mergulhar, trabalhar nove horas seguidas, e não me incomodava de almoçar e jantar a gororoba que um de nós cozinhava. Não variava: feijão, arroz e farinha. E o café era ralo, pois tínhamos que economizar no pó. Às vezes ria da minha situação. Quando a desgraça é pouca, pode-se rir dela. Era simples, precisava fazer, fazia e gostava. Quer dizer, nem sempre gostava e por isso de vez em quando tinha espasmos de cólera ou me deixava cair num canto, estropiado de desgosto. Nessas horas me perguntava que diabo estava fazendo ali.

Contudo, como não tinha outra coisa pra fazer, nem outro lugar aonde ir, nem ninguém esperava por mim, ia ficando por ali mesmo. Dia após dia após dia. E em certos momentos, esquecido de tudo o que me aborrecia, chegava até a me considerar um felizardo, que acorda todas as manhãs, faz o que planejou durante o dia e à noite dorme sem precisar de tranquilizantes.

6 O MARRECO

Vez por outra, nas noites solitárias do garimpo, sentava em frente da minha barraca e via um ponto de luz se acender no meio da mata escura. Era uma luz minúscula, mas muito clara e nítida. A princípio, olhava aquela luz e me perguntava se seria um acampamento de garimpeiros. Uma casa? Quem moraria ali? Mas logo me distraía pensando em outras coisas. Assim, ficava noite após noite contemplando aquela luz que mais parecia um pirilampo. Depois, por um dos garimpeiros, soube que era a luz de um bar. Mostrei a luz pro Pedro Zarolho e pro Naval, que, como eu, estavam sedentos por uma cerveja gelada. Já não saíamos do meio do mato há quase vinte dias. Não tínhamos encontrado nada que pudéssemos vender pra conseguir dinheiro pra ir até Diamantina. Decidimos que na sexta-feira iríamos até o bar andando. Atenção: tinha que ser na sexta-feira, pois não trabalhávamos durante os fins de semana. Quero que fique claro que sou um homem responsável. Posso estar doente, de ressaca, até mesmo à beira da morte, não importa, cumpro com as minhas obrigações. Se tem horário pra trabalhar, se tem dia, prazo, eu cumpro.

Na sexta-feira acordamos mais cedo que de costume e começamos a garimpar. Queríamos terminar o dia de trabalho antes das quatro da tarde pra dar início ao nosso périplo até o bar antes do anoitecer. Sob o sol do entardecer, as catas e os barrancos eram apenas catas e barrancos, mas quando a noite se instalava eles se transformavam em verdadeiras armadilhas. Cair numa cata, numa escavação feita pelos garimpeiros, significava cair numa piscina vazia com cinco metros de profundidade. Mas a vida é assim, nos arriscamos por pequenos caprichos. Uma cerveja gelada!

Apesar das dificuldades, chegamos ao bar beirando o rio Jequitinhonha. Se é que se pode chamar aquilo de bar. Era um casebre iluminado por um lampião a gás amarrado por um arame na ombreira da porta. A luz que víamos do nosso acampamento não era elétrica, era a chama de um lampião. Do lado de fora do casebre, dois bancos de madeira apinhados de homens. Uns nem bebiam, permaneciam sentados com um copo de pinga vazio nas mãos. Eram garimpeiros, bandidos, desempregados, pobres-diabos encardidos, desnutridos, desdentados ou com apenas alguns caquinhos de dente na boca. De onde vinha aquela gente? Eu estava numa das regiões mais pobres do Brasil. Olhava aqueles sujeitos e via neles algo misterioso; era como se não existissem.

Pedimos três cervejas.

"Aqui não tem geladeira, então não tem cerveja. Só cachaça", disse o sujeito de rosto encovado que estava atrás de um balcão improvisado com tábuas de madeira.

"Bota aí a cachaça", eu disse.

Ele colocou uma garrafa de pinga e três copos sobre o balcão. Em minutos, bebemos tudo.

"Outra", pediu o Zarolho.

Mais cachaça e doideira e as histórias do Pedro Zarolho, que, quando bebia, não parava de falar sobre as coisas incríveis que já tinha vivido, que provavelmente não tinha vivido de fato. Pedimos mais uma garrafa de cachaça, essa pra viagem, porque a viagem de volta ao acampamento seria longa.

Deixe-me explicar uma coisa. Eu poderia tomar fôlego e sair descrevendo cada detalhe. Poderia falar sobre o céu, o cheiro da mata, as árvores, com suas diferentes formas e sombras, os ruídos dos insetos e do vento na folhagem, mas não sou poeta, nem mesmo um prosador competente e inspirado. Bem que gostaria de ser. Admiro nos escritores a ambição megalomaníaca. São capazes de tudo pra escrever uma obra ou até mesmo um único livro que os torne imortais. Arre, diabo! Creio que já bebi demais, só um bêbado pode invejar um escritor. Mas eu estou escrevendo sobre a minha viagem ao Alasca. Arre, diabo! O Alasca! Sei que já tem sujeito impaciente, desses apressadinhos, que gostam de ler tudo na hora, dizendo: "E o Alasca?" Calma, eu chego lá.

Garimpo, marreco... Vou prosseguir antes que perca o fio da meada. Lá estávamos: eu, o Naval e o Zarolho cambaleando a caminho do acampamento. Um clarão surgiu bem na nossa frente. Dois lampiões a gás estavam acesos na varanda de uma pequena casa que ficava de frente pra uma cata que transbordava com água, onde dezenas de marrecos brancos boiavam tranquilos.

"Olha lá, quanto pato!", disse o Naval.

"Não são patos. São marrecos", eu disse, me aproximando da cata.

"Não. São patos."

"Não são."

"São", o Naval insistiu. "Zarolho, o que você acha? São patos ou marrecos?"

"Tanto faz. É tudo a mesma coisa", Pedro Zarolho respondeu, já arriado no chão.

"Não é a mesma coisa, não", eu disse. "Esses aí são marrecos. É só olhar, eles não têm papada. Só pato tem papada."

"Como você enxerga isso tudo nesta escuridão?", o Naval perguntou.

"Não estou enxergando. Mas eu sei."

"Sabe como?"

"Não interessa. Vou levar um marreco desses pra ser o nosso mascote."

Pulei dentro d'água. Alguns marrecos se assustaram e fugiram. Sem saber pra que lado nadar ou que marreco escolher, fui à caça de qualquer um, tanto fazia, eram todos iguais. Uns grasnavam, outros me bicavam, batendo as asas e jogando água na minha cara. Tentei encurralar um, mas ele voou pra fora da cata. De repente um dos marrecos veio ao meu encontro. Os nossos olhos se cruzaram e uma espécie de entendimento se estabeleceu entre nós. Ele pensava alguma coisa, mas eu não sabia o que era, como também não sabia o que eu mesmo pensava. Fiz um gesto com a mão, chamando-o. Ele se aproximou. Peguei-o nos braços e saí da água.

"Ô, mermão, esse pato gostou de você", disse o Naval.

"Ele não é pato. É marreco."

Ao ouvir isso o marreco balançou a cabeça como se concordasse com o que eu dizia. Será que ele me entende mesmo?, pensei. Isso era coisa de bêbado, porque em sã consciência eu achava que os animais não entendem o que a gente diz. Mas é bem verdade que cachorro entende muita coisa e gato também. E já ouvi dizer que no passado ganso era usado como vigia e até mesmo carcereiro. Então, por que o marreco não poderia me entender? Hoje sei que os marrecos entendem tudo, o meu certamente.

"Vamos assar esse pato", disse o Naval.

"De jeito nenhum. Esse marreco é meu. Ninguém põe a mão nele. O marreco vai com a gente, vai ser o nosso mascote. Vamos nessa, Naval. Levanta daí, Zarolho."

Amanhecia quando voltamos ao acampamento. Fui com o marreco pra minha barraca. Quando entrei e o coloquei no chão ele começou a grasnar, batendo as asas e espichando o pescoço pra frente e pra trás. Tentei acalmá-lo, mas, vendo que era inútil, levei-o pra fora. Com um barbante amarrei a perninha dele numa das hastes da barraca. Depois de me certificar de que ele estava bem preso, fui dormir.

Quando acordei, não vi o marreco, porém o barbante continuava preso à haste da barraca. De repente vejo o Mineirinho saindo de trás de uma árvore com o marreco embrulhado num pano.

"Ô, Guaxinim, o que esse marreco branco está fazendo aqui? Esse marreco é do Herondino."

"Quem é Herondino?"

"Como, quem é Herondino? Herondino é o maior matador das Gerais. Dizem que ele mata e nem se arrepia, é pior que o demônio, que gargalha e rodopia quando vê sangue. Eu não quero morrer, leva esse marreco embora daqui."

"Nada disso. Esse marreco agora é meu."

Tentei tirar o marreco dos braços do Mineirinho, mas ele agarrava o bicho com força contra o corpo.

"Qual é a tua, cara? Que negócio é esse? Me dá o meu marreco. Esse marreco agora é meu. Que venha o Herondino, eu não tenho medo."

"Pois devia ter", o Mineirinho disse sem largar o marreco. "O Herondino é muito mau, pisa sem dó até em mão de criança, mete tiro por dinheiro ou de graça mesmo porque sentiu vontade, esfola, esfaqueia, fura olho, corta língua, corta orelha, corta dedo, corta perna e depois ainda ri do aleijado. Ele não tem piedade no coração, estupra até moça virgem, tortura, bota fogo na casa dos inimigos, faz fogueira. O Herondino é o capiroto. Não tem amigo, nem família, é homem que não gosta de gente, só gosta dos marrecos brancos dele. Eu não quero morrer."

O garimpo era um exército, uma guerra, e no nosso bando havia uma regra: tudo era decidido democraticamente. Perdi por três votos contra um, e o marreco tinha que ir embora. Aceitei a derrota a contragosto. Deixei que o marreco fosse largado no rio Jequitinhonha, em algum lugar bem distante do nosso acampamento. Foi um sábado longo, triste. Quando a noite caiu, fui dormir.

Ao acordar tive uma grande surpresa. Vocês não vão acreditar, mas juro que é verdade. O marreco estava dentro da minha barraca, dormindo aconchegado no meu travesseiro. Notei que a sua penugem branca era levemente acinzentada nas pontas. Fiquei observando-o sem me mexer, não queria acordá-lo. Tentei entender como ele havia entrado na minha barraca. Como lembrava que era ali que eu dormia? Estendi o braço e passei a mão de leve nas suas penas. Ele abriu os olhos e se espreguiçou, esticando o pescoço. Depois grasnou como se me dissesse bom-dia, arrebitou a cauda e saiu andando. Fui atrás dele.

O Mineirinho, que tomava café sentado próximo à minha barraca, ficou em pânico quando viu o marreco. Fiquei quieto, deixei que ele falasse sozinho, que reclamasse e chamasse pelos outros. "Eu não quero morrer", dizia ele, agitando-se cada vez mais.

Tentei convencê-los a ficar com o marreco, que queria permanecer ao meu lado. Caso contrário, por que teria voltado no meio da noite e se aninhado no meu travesseiro? Não poderia mandá-lo embora e muito menos matá-lo e comê-lo, como sugeriu o Naval. Depois de muita discussão, concordei que levassem o marreco, dessa vez de volta pra cata ao lado da casa do Herondino. Tinha esperança de que o marreco retornasse, mas passou um dia, dois, três e ele não voltou.

Era hora de ir embora, mesmo sem ouro e sem diamante. Saí andando pelo mato na direção da estrada onde pegaria um ônibus pra Diamantina. De repente, senti que alguém me seguia. Era o marreco. Parei e me agachei, abrindo os braços. Ele se aproximou balançando o rabo. Eu o afaguei.

Ele precisava de um nome.

"Teu nome agora é Jack Kerouac. Vamos meter o pé na estrada."

Jack deu uma grasnada, como se estivesse repetindo o próprio nome. "Kerouac, kerouac, kerouac." Até que o som era parecido.

E foi assim que conheci o Jack.

7 PROVIDÊNCIAS

Decidi que iria fazer a minha viagem ao Alasca de carro. Mas eu não tinha carro, nem dinheiro pra comprar um carro. Então me lembrei do Gonçalo. Há algum tempo não falava com o Gonza, porém isso não seria problema. Tinha certeza de que ele me emprestaria um carro, não só porque julgava me dever favores, mas também porque gostava de fanfarronar sobre a sua situação financeira. Apesar de se jactar a todo instante sobre suas posses, sobre as inúmeras revendedoras de automóveis usados que possuía, o Gonza era um bom sujeito. Tinha apenas uma mania tola: me chamar de sonhador. Só mesmo alguém como ele pra pensar isso de mim. Se tem uma coisa que vai contra a minha natureza é ficar sonhando. Sou um homem de ação. Na verdade, o sonhador era ele, que sonhava em se tornar escritor afamado. Aliás, foi por essa razão que parou de frequentar o bar do Queixada. Quando o pessoal do bar leu o primeiro e único livro de sua autoria, que ele mesmo publicou, ficou comentando que o Gonçalo era *gay*. O romance narrava os tormentos de um homem que reprimia seus desejos homossexuais. Diziam pelas costas do Gonza: "Pois é, quem diria... o Gonçalo, com aquele jeito de macho e aliança no dedo, é uma bichona".

Certo dia, não me aguentei e perguntei pro Gonza se ele era mesmo casado.

"Sou", respondeu.

"Com mulher ou com homem?"

"Não sou veado", ele disse, ofendido. "Que história é essa de casado com mulher ou com homem? Está pensando que eu sou *gay*?"

"Pô, Gonza, o seu livro tem uma temática homossexual. Sabe como é, normalmente quem escreve livro sobre veado é veado. É por isso que o pessoal está falando."

"Como assim? Tem mais gente achando que eu sou *gay*, que eu sou veado?"

"É, sabe como é, a coisa se espalhou."

O Gonçalo tirou a carteira do bolso e pegou uma foto.

"Está vendo esta foto? Esta aqui é a minha mulher, a Val, e no colo dela está a Lurdinha, minha filha."

"Calma, eu acredito em você, e pra falar a verdade que diferença faz?"

"Eu sou macho, está ouvindo? Macho."

"Está certo."

O Gonza deixou de frequentar o bar do Queixada, mas antes me pediu pra dizer pra todo mundo, na presença dele, que ele, Gonçalo Sanchez, não era veado, que a história do livro era uma ficção, uma criação imaginosa, uma mentira, que aquele personagem homossexual em nada se assemelhava a ele. Fiz o que ele pediu. O pobre-diabo merecia, estava muito desesperado com a ideia de ter fama de boiola. É pra ver como o mundo dá voltas. Dessa vez era eu que precisava dele. Fui procurá-lo.

O Gonçalo estava envelhecendo mal, uma espécie de corcunda surgira em seu corpo. Ele estava careca, mas procurava esconder a calvície deixando o cabelo de um lado da cabeça crescer pra que pudesse puxá-lo pro outro, pensando que assim resolveria o problema. Coitado, apenas ficava ridículo.

"Gonza", eu disse.

"Sonhador."

Nos abraçamos. Depois de conversarmos um pouco, abri o jogo.

"Preciso de um carro pra ir ao Alasca."

"Alasca?"

"Sim, Alasca, lá no topo do mundo. O homem precisa estar sempre em movimento. Se parar, morre."

Eu precisava ir mais longe, ir além, além de mim mesmo.

"Sonhador", ele disse, "você é um homem de sorte. Tenho o carro certo pra fazer uma viagem dessas. Um Toyota Hilux quatro por quatro a diesel. Usado, mas em perfeito estado. E eu vou te emprestar o carro, quero pagar o favor que você me fez."

Foi assim que consegui um carro pra ir ao Alasca.

E o dinheiro? Eu alugaria o meu apartamento e o Queixada me emprestaria mais algum, afinal a viagem ia ser longa. O problema era o Jack. Os únicos bichos que aguentam o frio dos polos são peludos como ursos, ou então animais como os pinguins, cujas penas são impermeabilizadas com óleos que não deixam passar água, umidade ou frio. As penas do Jack quando muito não deixavam passar água.

"Tem razão", disse o Gonza. "O seu marreco vai morrer de frio. Acho melhor você deixar ele comigo. Fico cuidando dele até a sua volta. A Lurdinha vai gostar de ter um marrequinho em casa por uns tempos."

"Está bem, mas quando eu voltar você me devolve o Jack e eu te devolvo o Toyota."

A amizade não me pareceu uma coisa tão abstrata quando saí dirigindo o carro.

Consegui alugar o meu apartamento por seis meses pra uma estudante de medicina. O meu apartamento podia ter uma goteira no teto da sala, mas era bem cuidado, afinal mesmo um homem que não se apega a nada precisa de um pouco de dignidade. Aliás, o meu apartamento tinha tudo o que eu considerava essencial pra uma existência decente. Recebia luz do sol pela manhã, tinha as paredes pintadas de branco, uma cama de casal com colchão ortopédico, que mantém a coluna saudável, armário embutido no quarto, espelho acima da pia do banheiro e chuveiro com água quente, pra quem não quisesse tomar banho frio. Não tinha enfeites, nem cacarecos pelos cantos, o que considero primordial, pra evitar o acúmulo de poeira. A poltrona da sala tinha o estofado manchado e um pouco puído, mas era muito confortável, tanto que eu passava infinitas horas afundado nela, lendo ou pensando sobre a vida e até na doutrina do ser. A ontologia me interessa.

Havia também uma mesa de madeira com uma cadeira, onde eu me sentava pra comer, desenhar ou escrever. Desde garoto gosto de desenhar, seja com uma caneta preta ordinária, um lápis ou nanquim e guache, que requerem utensílios mais sofisticados, como papel de melhor qualidade, pincéis de diferentes espessuras e canetas com pena cilíndrica. No entanto, escrever sempre foi a minha grande paixão, principalmente receitas e cartas, ainda que os livros de culinária e os romances epistolares nunca tenham me servido de inspiração. E a geladeira, apesar de antiga, funcionava como se fosse nova. Não havia televisão, mas quem precisa de televisão? E a minha inquilina tinha um computador com o qual se conectaria à internet, ou seja, a televisão a cada dia se torna mais obsoleta e dispensável. Recebi um mês adiantado e mais um mês de garantia da locatária, uma moça tímida que aparentava vinte e cinco anos e não tinha fiador.

Sou indiferente a Deus, exista ele ou não. Deus é uma mera suposição. Ou melhor, Deus existe assim como o Papai Noel, o saci-pererê, o lobisomem e a mula sem cabeça. Porém, como tudo corria a meu favor e dentro de poucos dias eu iniciaria a minha viagem ao Alasca, decidi agradecer. A quem? Não sabia. Mas na alegria tudo é motivo pra celebrar. Abri uma cerveja e fiz um brinde à vida, aos homens, ao Queixada e ao Gonza, em particular, e a mim, evidentemente. Não li, não atendi o telefone, não abri a porta quando a dona Rita tocou a campainha, não quis estragar aquele momento distraindo-me com coisas que nada tinham a ver comigo. Não dormi. Fiz uma lista de compras pra viagem: pão de fôrma, queijos variados, presunto, amendoim e outros petiscos, bolacha de água e sal, banana, maçã, uva sem caroço, cerveja, cachaça e água. Importante: caixa térmica.

No dia seguinte, fui ao mercado. Voltei pra casa carregado de compras e preparei uma mala com tudo o que julguei necessário. Roupas de calor e de frio, principalmente frio. O Queixada me deu um casaco de náilon preto acolchoado que era dele, mas estava em bom estado, e me garantiu que aquele casaco me manteria aquecido em temperaturas abaixo de zero. Cinco cuecas, seis pares de meia, cinco camisas de malha e uma social, um suéter de lã, outro de moletom, um gorro, duas calças *jeans*, duas bermudas, um calção de praia, um par de sapatos e outro de tênis, os únicos que eu tinha. Também coloquei na mala a minha sandália velha e um canivete suíço cheio de sacanagem, com lixa, tesourinha de unha, lâmina, chave de fenda, saca-rolhas, pinça, o diabo, que provavelmente me seria útil. Escova e pasta de dente, xampu, sabonete, pente, até cotonete coloquei na mala. Se tivesse livros, eu os levaria comigo. Leio bastante, embora não fique com os livros. Prefiro abandoná-los pra que outros se aproveitem deles. Que fique claro, porém, que na minha opinião erudição não vale merda nenhuma. O que vale é a sabedoria animal, que nasce com a gente. O único livro que tenho é a Bíblia Sagrada que herdei da minha mãe e guardei no porta-luvas do carro.

Preparei sanduíches de pão de fôrma com manteiga, queijo e presunto pra comer na estrada. Quando tudo estava em ordem, me sentei na poltrona com o Jack no colo.

8 A DESPEDIDA

"Jack, amanhã viajo pro Alasca e você vai ficar morando com o Gonçalo por uns tempos."

Telefonei pro Gonza e disse que ele podia buscar o Jack. Quando o Gonçalo chegou e pegou o Jack no colo, fiquei tranquilo, senti que o sangue dos dois combinava. Acompanhei-os até o carro. Abracei o Jack pela última vez e o coloquei sentado no banco de trás. Ele ficou me olhando como quem diz: vou sentir falta de você. Fiz um carinho nele.

"Kerouac, kerouac, kerouac."

"Eu também."

Fiquei vendo o carro do Gonza se afastar com o Jack empoleirado no banco de trás, a sua cara grudada no vidro traseiro. Quando o carro virou a esquina, fui pro bar do Queixada me despedir.

O dia tinha chegado. O dia de viajar. Os dias sempre chegam. Às seis da manhã já estava com tudo pronto pra partir. Quando desci com a mala, a dona Rita me aguardava na entrada do prédio. Tinha nas mãos um pote com empadinhas de palmito, que fizera especialmente pra minha viagem. Agradeci e lhe dei um abraço.

"Pare com isso. Não gosto de despedidas. Vá com Deus e não se preocupe, ficarei de olho na sua inquilina."

9 A PARTIDA

Eram seis horas e vinte e sete minutos quando entrei no carro. Queria chegar ainda naquele dia a Curitiba, que fica a oitocentos e cinquenta quilômetros do Rio de Janeiro. Cerca de dez horas de viagem parando apenas pra ir ao banheiro.

Vocês devem estar se perguntando por que eu estava indo em direção ao sul se o Alasca fica ao norte. Sou um xenomaníaco, tenho paixão por tudo que é estrangeiro e exótico, sou fanático por viagens. Conhecer lugares novos, pessoas, comidas, isso me fascina. Eu já conhecia o Brasil de cabo a rabo, a lazer e a trabalho. Estive em todas as regiões, da caatinga à floresta Amazônica, do Pantanal aos pampas. Conheci praias, cachoeiras, montanhas, vales, rios, cidades grandes e vilarejos no meio do nada. Porém, o meu continente me era ainda desconhecido. Só tinha ido uma vez ao Paraguai, quando era muambeiro e revendia perfumes e uísque falsificados e outras quinquilharias. Por essa razão decidi que iria até o sul do Brasil, cruzaria a fronteira do Uruguai, prosseguiria pela Argentina, depois por Chile, Bolívia, Peru, Equador e finalmente Colômbia, onde pegaria um veleiro ou qualquer outro tipo de embarcação até o Panamá e seguiria viagem, passando por Costa Rica, Nicarágua, Honduras, El Salvador, Guatemala, Belize, México, Estados Unidos e Canadá, até chegar ao Alasca. Contudo, havia também outro motivo. O percurso mais longo me permitiria esticar ao máximo a viagem. O prazer está na partida, não na chegada.

Dirigia tranquilo, respeitando o limite de velocidade. Correr de carro estressa e dá trabalho, e eu detesto tudo que estressa e dá trabalho. Ao meio-dia era *open bar*, hora de abrir a caixa térmica onde estavam as cervejas. Eu tomava uma cerveja, duas, não havia problema, ninguém fica embriagado com isso. Sou seguro na direção, me garanto. O problema são os outros. Os mais perigosos são os indecisos, que não sabem se reduzem a velocidade ou se aceleram, e quando resolvem ultrapassar vão devagarinho. É assustador.

Quase não ouvi música porque a rádio que pegava na estrada só tocava bossa nova. Isso não é música popular. É um constructo, uma invenção de burguesinhos de Ipanema bebedores de uísque. A música popular tem que ter raízes, tem que vir do povo e ir crescendo aos poucos como uma floresta. Eu gosto de samba, maracatu, frevo, jongo, mas bossa nova – arre, diabo! – me dá nos nervos. Por isso desliguei o rádio e fiquei ouvindo o som da estrada. Deixei o vidro aberto pra sentir o vento.

Ir deixando tudo pra trás. Ir pro Alasca e não voltar tão cedo, talvez nunca, era a liberdade.

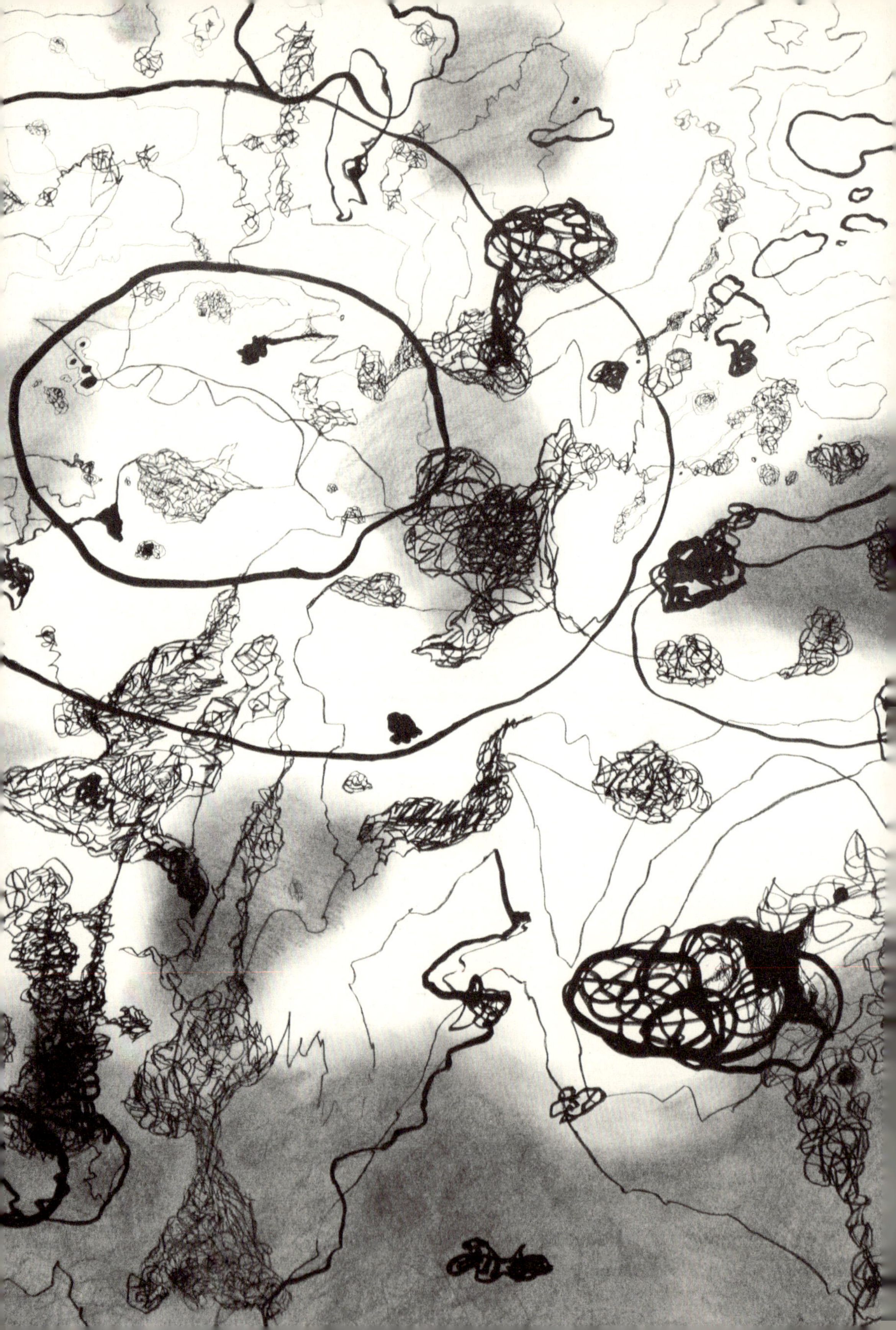

10 NA ESTRADA

Quando cheguei a Curitiba fui direto ao centro da cidade. Estacionei o carro numa rua estreita. Saí caminhando. A melhor maneira de conhecer uma cidade é ir se perdendo pelas ruas até encontrar um bar, um bar desses simples, onde você é obrigado a entrar.

No bar, numa mesa ao lado da minha, estava sentada uma mulher que a princípio eu não soube dizer se era feia ou bonita, se era alta ou baixa, gorda ou magra. Depois de pedir um prato feito – feijão, arroz, farofa, batata frita e carne –, disse pra mulher se levantar pra eu ver como ela era. Ela se levantou. Adivinhem como era? Nem alta nem baixa, nem gorda nem magra, nem bonita nem feia. Ela cambaleou e eu, cavalheiro como sou, a segurei. Perguntei se podia me sentar com ela. Respondeu que sim. Vendo que ela bebia cachaça, pedi duas doses, uma pra mim e outra pra ela.

Apresentei-me e perguntei como se chamava.

"O meu nome eu não conto. Só conto se você me levar pra cama. Eu moro aqui perto."

"Quero saber o seu nome, mas antes preciso comer."

Ela não disse mais nada até o meu prato chegar. Então, perguntou se podia pegar uma das batatas fritas. Acabou comendo todas. Tomamos mais uma dose de cachaça. Talvez mais de uma. Paguei a conta. Comigo mulher não paga, só em casos extremos. Saímos trocando as pernas em direção a uma pequena casa azul. Era lá que ela morava.

Na manhã seguinte, não consegui lembrar o que tinha acontecido na noite anterior, quer dizer, não sabia o que tinha acontecido entre nós. Perguntei pra ela. Também não sabia. Pediu que eu fosse embora, porque o marido voltaria de viagem a qualquer momento. Ela disse ainda que não entendia por que havia me convidado pra ir pra casa dela. Falou que o marido não era um grande amante, era relapso, fazia tudo sempre igual, na mesma posição, da mesma maneira e cada vez mais rápido, mas mesmo assim gostava muito dele.

"Não estou reclamando. Sei que todos os maridos são assim."

"Você não me disse o seu nome."

"Não interessa. Por favor, saia pelos fundos, não quero que os vizinhos vejam você."

"Deixa comigo."

Saí sorrateiramente pela porta dos fundos, como ela pedira. Peguei o carro e meti o pé na estrada. Estava disposto a dirigir mil e quinhentos quilômetros pra chegar o mais rápido possível a Punta del Este e fazer uma fezinha no cassino. Dirigir mil e quinhentos quilômetros não é pra qualquer um. Até mesmo pra mim, que já fui taxista, seria um desafio.

Caso o meu plano fracassasse, o que era bem provável, passaria a noite em Porto Alegre, que fica a uns seiscentos quilômetros de Curitiba, ou então em Camaquã ou Pelotas, mais ao sul. Entrei na BR-116, que me levaria até Jaguarão, cidade limítrofe com o Uruguai. Não podia me deixar distrair por devaneios, pois a BR-116 é a estrada mais perigosa do país, não à toa apelidada de rodovia da morte. Depois que passasse Caxias do Sul, chegariam os mais arriscados trechos da estrada no estado, próximos das cidades de São Leopoldo e Canoas. Nunca procurei me informar sobre o número de acidentes naquela região. Pra quê? Bastava saber que era perigoso e me prevenir. Foi o que fiz. Tive vontade de abrir a segunda lata de cerveja, mas me controlei.

Dirigia há horas e ainda não tinha conseguido chegar em Pelotas, onde pretendia pernoitar. Precisava me deitar. Parei o carro no acostamento, liguei o pisca-alerta, reclinei o banco e adormeci.

11 PEDRO E MARÍLIA

Acordei com alguém batendo com uma espécie de bengala no vidro do meu carro. Era um senhor idoso, que me pareceu inofensivo, apesar dos estranhos óculos escuros. Abri o vidro e perguntei o que ele queria.

"Uma carona até Camaquã. Pra onde você está indo?"

"Pro Alasca."

"Olha, se lá não fosse tão frio eu até que gostaria de ir com você. Pode me deixar no quilômetro 362 da BR-116? Fica a mais ou menos cem quilômetros daqui. Por que você carrega tanta moeda no bolso?"

"Como o senhor sabe que tenho moedas no bolso se elas não fizeram barulho?"

"Pra você que tem ouvido ruim. Mas pra mim, que tenho ouvido bom, elas fizeram barulho. Ouvi umas batendo contra as outras quando você se mexeu. Aliás, não só a minha audição, também o meu tato e o meu olfato são muito bons. Como você acha que encontrei o seu carro estacionado aqui?"

"O senhor viu."

"Não vi. Cheguei até aqui pelo olfato. Senti o cheiro da gasolina, do motor."

"O senhor é mesmo cego?"

"Sou."

"Pois não parece."

Disse o meu nome e perguntei o dele.

"Pedro."

Fui ajudá-lo a subir no carro, mas ele me deu um tapinha no ombro pedindo que eu deixasse disso, que ele não era aleijado.

"Não é nenhuma desgraça ser cego. Acho até que tem suas vantagens. Pra que eu quero ver o mundo se posso imaginar? Os grandes sábios diziam que imaginar é ver. Mas não é preciso ser um sábio pra saber disso. Pense comigo, sou cego e nem por isso sou infeliz, me casei, tive três filhas, e a minha mulher não era cega. E pra você ver a ironia da vida, ela morreu atropelada, enquanto eu, um cego, ando por aí, trabalho."

"Trabalha em quê?"

"Sou contador de histórias."

Pedro, que era um chato – eu acho que todo cego é chato, cego, surdo, mudo, são todos chatos –, só me conquistou porque me convidou pra almoçar tatu recheado na casa da filha.

"Faço questão que você experimente. O tatu foi caçado pela minha filha, próximo ao rio Camaquã, que está cheio de tatus, além de capivaras, lontras, jacarés, ratões-do-banhado e ratões-do-mato, guaraxains, furões, raposas e mais uma quantidade de aves aquáticas, sem falar das formigas e dos cupins, dos besouros e das larvas. Quem diz isso é a minha filha, eu só repito. É bicho demais, você não acha? Mas a minha filha, Marília, não é de mentir. Que Marília cace o tatu eu acredito, porque é a coisa mais fácil do mundo. Até eu, um cego, posso caçar tatu. Pra mim o mais difícil é encontrar a toca do tatu, que é um túnel debaixo da terra com duas saídas. Achada a toca, é simples. Bloqueia-se uma das saídas e joga-se água na outra. O tatu, depois de tentar fugir pela saída que está bloqueada, dá meia-volta e sai pela outra, de onde vem a água. Quando ele sai do buraco é só dar uma martelada nele, mas tem que ser rápido, antes que ele se defenda se fechando numa espécie de bola, que forma com a carapaça."

Ao nos aproximarmos de Camaquã, interrompi Pedro, pedindo que me dissesse onde era a casa da filha dele.

Não havia cômodos na casa de Marília, apenas um grande salão, no meio do qual apresentava-se, majestoso, um imenso fogão a lenha. Ao lado, pilhas de achas e uma cesta repleta de gravetos secos e folhas de jornal velho. Fora isso havia uma pia, uma cama estreita perto da janela, uma mesa quadrada com quatro cadeiras diferentes umas das outras, um sofá que devia ter sido verde e uma cômoda com espelho. O banheiro ficava nos fundos da casa, na beira do rio.

Marília, ao contrário do pai, era tímida, o que considerei compreensível, já que era uma mulher extremamente feia. A pele de seu rosto era coberta por erupções cutâneas, espinhas, cravos, feridas pustulentas e furos de acne. Eu também não sou bonito, mas ser feio não é tão grave pra um homem quanto é pra uma mulher. Evitei olhar pro rosto da Marília quando Pedro me perguntou se sua filha era bonita. Eu respondi: "É bonita e deve cozinhar muito bem, este tatu está cheiroso". Então, pra desconversar, pedi a receita do tatu recheado.

"Primeiro tome nota dos ingredientes", disse Marília, me entregando um caderno e um lápis. "Um tatu, que deve pesar mais de trezentos gramas com a carapaça, duas cenouras grandes, cem gramas de *bacon*, seis dentes de alho amassados, meia xícara de vinagre, uma de azeite, meia de cachaça, duas cebolas picadas, sal e pimenta."

Ao escrever aqueles ingredientes no papel, pensei em fazer um livro de receitas com todos os pratos que fosse comer durante a viagem até o Alasca.

"Limpe o tatu. Em seguida, com uma faca bem afiada, faça uma abertura numa das extremidades do corpo e então, com cuidado, vá recheando o espaço perfurado da carne, de uma ponta a outra, com fatias de *bacon* e cenoura. Tempere com sal, vinagre, azeite, pimenta-do-reino e pimenta-de-cheiro. Refogue, de preferência sem ser em panela de pressão, com vinagre, cachaça, cebola picada, cenoura fatiada. Deixe cozinhar em fogo baixo e vá acrescentando água. Depois retire a carne e coloque o molho no liquidificador. Hoje eu fiz purê de batata pra acompanhar o tatu, mas também fica gostoso com macarrão. E uma dica como opção de recheio: vagem e linguiça calabresa."

Enquanto Marília me dava a receita, aconteceu uma coisa extraordinária. Ela deixou de ser tão feia, adquiriu uma espécie de beleza metafísica, o que me deixou satisfeito, porque nós temos que ter a virtude de ver a beleza mesmo onde ela não existe.

12 O MUNDO

Continuava na BR-116, que atravessa todo o país, cruza o Brasil do norte do Ceará até o extremo sul do Rio Grande do Sul, uma rodovia planejada pelo governo, projetada por engenheiros, construída por operários e utilizada por todos que vão e vêm, vão e vêm até não poderem ir mais. Eu ainda podia ir.

A noite caiu. Acendi o farol. Quando vi um posto de gasolina, parei pra abastecer. Meu carro foi cercado por umas meninas. Algumas deviam ter sete, oito, no máximo nove anos de idade. Pedi ao frentista que enchesse o tanque. Antes de seguir viagem, fui até a lanchonete do posto pra tomar um café. Na saída notei garotas zanzando por entre os carros e caminhões que estavam estacionados. Um sujeito velhaco colocou a cabeça pra fora da janela do seu caminhão e fez psiu, psiu pra uma menina. Na verdade, uma criança que usava chinelos de salto e uma saia vermelha curta que deixava à mostra dois gambitos. Psiu, psiu, repetiu ele, depois escarrou no chão.

Quando percebi que a garotinha ia subir na boleia do caminhão, disse:

"Desce daí, menina, anda. Vem cá."

O homem me encarou e bateu com os anéis na lataria da porta.

"Garota, anda, vem cá. E você?", disse pra ele. "O que está olhando? Some daqui, seu filho da puta, senão arrebento os teus cornos e depois te denuncio pra polícia. Já anotei a tua placa, estuprador de merda. Vem cá, menina, anda, vem logo, eu estou mandando."

O cara deu marcha a ré e partiu. Já a garotinha, com as mãos na cintura, veio na minha direção.

"O que você quer?"

"Vai pra casa, menina. Você não tem idade pra ficar aqui."

"Vai se foder, seu veado filho da puta", disse a garota, partindo pra cima de mim com o chinelo na mão. Ela estava suja, cheirava mal, tinha feridas no rosto.

Peguei a menina, virei-a de costas e lhe dei umas palmadas na bunda. Ela começou a chorar alto como um bebê. Senti pena, mas ela não percebeu. Na verdade, seria incapaz de notar o meu sentimento, estava drogada demais pra isso. Dei um dinheiro pra garota e disse que se a visse novamente ali, ela iria se arrepender, pois eu a colocaria de castigo. Ela foi embora com a sua saia vermelha e o dinheiro amassado numa das mãos. Era uma criança, mas andava curvada como uma velha. Acompanhei-a com o olhar até um local escuro, uma espécie de construção abandonada, em ruínas, ao lado do posto, onde pequenas luzes piscavam na escuridão. Eram os cachimbos de *crack*, que as outras meninas estavam fumando. Aquela garotinha de sete ou oito anos se juntaria a elas e compraria droga com o dinheiro que eu havia lhe dado. Arre, diabo! O mundo não tem conserto. Ela continuaria ali e eu jamais voltaria pra repreendê-la.

13 ROLETA

Atravessei a fronteira com o Uruguai sem nenhum problema. Chegando em Punta del Este, rodei a cidade à procura de um hotelzinho barato. Sem mapa, já perdendo a paciência, apelei pra um albergue, ainda que a ideia de cruzar com jovens mochileiros me desagradasse. Até que o albergue era simpático, com apenas oito quartos, todos sem banheiro privativo. Tomei uma ducha fria. Só tomo banho frio. Acho que foi de tanto ouvir o meu padrasto dizer que homem que é homem não chora e não toma banho quente. Descansei um pouco antes de ir pro cassino.

A recepcionista do albergue, uma jovem rastafári, interrompeu o desenho que estava fazendo pra me indicar alguns. No cassino, comprei fichas com todo o dinheiro que tinha separado pra esse fim e fui circular entre as mesas. Basta eu entrar numa casa de jogos pra me tornar supersticioso. Estava decido a ganhar, mas pra isso era necessário escolher uma mesa que me trouxesse sorte. Confesso que senti um frio na espinha ao caminhar por entre as mesas, ao ver as pilhas de fichas coloridas sobre o feltro verde, os olhos ávidos e apreensivos de alguns jogadores, e ao ouvir o farfalhar das cartas sendo embaralhadas, se misturando ao som das roletas e das máquinas caça-níqueis.

"Um uísque", pedi no bar. Não conseguia decidir onde me sentar. Era necessário ter controle porque a minha vontade, antes mesmo de começar a jogar, era voltar ao albergue e pegar todo o meu dinheiro.

A ideia de ganhar uma quantia fabulosa no jogo era muito sedutora. Não, não poderia me deixar levar pelo capricho do tudo ou nada.

Fiquei observando as mesas. Não queria me sentar ao lado de jogadores muito amadores ou principiantes, que não levam o jogo a sério. Finalmente escolhi a minha mesa. Optei pela roleta em vez do *blackjack*, outro jogo do qual gosto muito. Ao meu lado havia pessoas com olhares ansiosos, porém logo percebi que não eram os jogadores que eu admirava, os que arriscam mais do que podem. Eu, assim como os meus colegas de mesa, me comportava como um jogador menor, burguês e moralista, que quer ganhar, contudo só aposta aquilo que lhe é insignificante. Melhor assim, seria irresponsável colocar a minha viagem em risco. Caso perdesse, me arrependeria. Ah, mas e se eu ganhasse?

Enquanto eu e os outros jogadores da minha mesa apostávamos de forma conservadora, no vermelho, no preto, no ímpar, no par, um fazendeiro daqueles caricatos, que usam chapéu de caubói, botas e cinto de fivela metálica, apostava pesado em números. Eu ia fazendo a minha vidinha, ia dobrando, se perdia uma ficha apostava duas, se perdia duas apostava quatro, e assim por diante. Coloquei uma ficha sobre o vermelho. A bolinha girou, deu vermelho. Apostei mais uma vez no vermelho e mais uma vez ganhei. Deixei as fichas no vermelho. A bolinha girou e deu preto. Dobrei, apostando no ímpar.

"Sete", anunciou o crupiê.

O fazendeiro, que tinha colocado fichas altas no sete, comemorou dando risadas, erguendo o copo de uísque, fazendo brindes e comentários aos quais não prestei atenção. Eu estava ganhando, e quando se está ganhando a pressa aumenta. Dobrar, triplicar, se possível quadruplicar o dinheiro. Na verdade, quando se está perdendo também se tem pressa de reverter a situação, recuperar o dinheiro perdido. Uma coisa é certa: ganhando ou perdendo, no fim a gente sempre se fode. Quem ganha é a banca.

A bolinha girou e eu ganhei mais uma vez. Deu preto. O fazendeiro dava risadas toda vez que ganhava, e fazia questão de brindar comigo. Era um pedante, que articulava frases de maneira pomposa, utilizando--se de um vocabulário um tanto ultrapassado. Eu tomava um uísque atrás do outro, que o fazendeiro me oferecia, ou melhor, o cassino. Como ele apostava alto, as bebidas eram por conta da casa.

"Cinquenta e dois", gritou o crupiê.

Como havia apostado no ímpar, perdi pela quarta vez consecutiva.

"Trinta e um", o crupiê anunciou.

"Ímpar. Ganhei", eu disse, aliviado.

A minha sorte estava voltando. Continuei fazendo a minha vidinha por mais algum tempo. Preto, vermelho, ímpar, par. Porém, com aquelas apostinhas ridículas eu não conseguiria triplicar o meu dinheiro. O fazendeiro falava solenemente sobre suas teorias de jogo. Aconselhado por ele, passei a apostar em números, nos mesmos que ele, e em poucos minutos perdi todas as minhas fichas.

"A culpa é sua. Só sua! Perdi todas as minhas fichas por sua causa."

O fazendeiro chamou um segurança e, apontando pra mim, disse: "Esse homem não tem uma ficha na mão, não tem dinheiro, e fica aqui incomodando todo mundo. Ele deve ser convidado a se retirar".

E foi o que fizeram. Porém, antes de sair, eu disse ao fazendeiro: "Olhe aqui, seu velho ridículo, você vai bater as botas dentro de pouco tempo, vai ter um enfarte fulminante jogando roleta e vão enfiar no seu cu as fichas que você ganhou".

O segurança teve que detê-lo pra que não me agredisse.

Dizer aquilo levantou o meu ânimo. Voltei assobiando pro albergue. Ao me ver, a rastafári perguntou:

"Que música é essa que você está assobiando?"

"É uma sonata de Mozart."

Claro que não era, mas acho que ela acreditou, pois me convidou pra fumar um baseado. Foi legal, o fumo era puro, mas ela não quis nada comigo, alegando que não poderia deixar a recepção vazia. Mas eu também não queria nada com ela. Além de ser feiosa, a rastafári tinha cara de suja. Mesmo assim, no dia seguinte convidei-a pra ir comigo conhecer a ilha Gorriti. Ela recusou com um sorriso.

A ilha era aquilo: praia, areia, mar e um único bar, o Playa Honda, onde tomei umas cervejas com umas *rabas*, lulas fritas. Passei o dia estirado na areia, bebendo e comendo. Quando a conta chegou, fiz um estardalhaço por causa dos preços.

"Não vou pagar. Isso é um roubo. Pode refazer a conta porque isso eu não pago."

O moleque que havia me atendido argumentou que eu deveria ter olhado os preços antes de fazer o pedido, que ali era bar de turista, com preço pra turista. Tive um acesso de cólera tão grande ao ser chamado de turista que fiz o garoto chorar. O que posso fazer? Tinha passado o dia debaixo do sol bebendo cerveja e aquele moleque magrela me apresentava uma conta astronômica e ainda me chamava de turista.

"Retire o que disse", eu gritei. Ele ficou me olhando sem entender. "Retire o que disse. Eu não sou turista e me recuso a pagar preços de turista. Entendido? Olhe pra minha cara, eu tenho cara de turista?"

E prossegui falando nesse tom sobre o desprezo que sinto pelos turistas, ainda mais pelos turistas endinheirados, que vão pras mesmas cidades, se hospedam nos mesmos hotéis, comem as mesmas comidas, conversam com as mesmas pessoas sobre as mesmas coisas e quando retornam pra sua vidinha medíocre têm apenas uma sensação de enfado, porque nada viram e nada descobriram, e ainda se cansaram com a locomoção. E são esses indivíduos que inflacionam os preços por onde passam, não eu.

"Você acha justo que eu pague pela inflação que eles causam na economia local?"

"Mas o senhor tem que pagar, senão o patrão vai querer que eu pague", o fedelho respondeu, com lágrimas nos olhos e as mãos juntas.

Aquilo me cortou o coração. Como pude fazer aquele moleque chorar? Pedi desculpas, paguei a conta e ainda me senti na obrigação de deixar uma gorjeta generosa.

Fui caminhar pela cidade. Vi mansões e casas e hotéis espetaculares, onde os abomináveis turistas endinheirados deviam se hospedar. Quando cheguei no albergue, a rastafári estava enrolando um baseado. Fumamos. Voltei pro quarto com um desenho que a rastafári me deu. O desenho era tão feio quanto ela.

14 BARNET FOOTBALL CLUB

Pela manhã parti pra Montevidéu. A estrada era excelente, larga, de mão única, asfalto impecável, bem sinalizada e sem problemas de abastecimento. A paisagem era sempre a mesma, uma planície eterna que foi me cansando.

Almocei um *cochinillo* no mercado do porto. Depois segui viagem rumo a Colônia do Sacramento, uma cidadezinha fundada no século XVII por um português chamado Lobo. Tudo repousava naquela pequena cidade. Ruas e calçadas de pedra cheiravam a flores, havia árvores majestosas, passarinhos chilreavam, pessoas passeavam sem ter aonde chegar. Tudo estava em paz. A temperatura era agradável e o sol, brilhante.

De Colônia do Sacramento fui pra Buenos Aires, atravessando o rio da Prata a bordo do *ferry* metido a sofisticado, caríssimo. Ao desembarcar na capital argentina, fui muito bem recebido pelo fiscal aduaneiro, que depois de checar os meus documentos e os do carro me indicou um pequeno hotel no centro da cidade, na Avenida Corrientes, perto da Calle Florida. O trânsito era caótico, táxis caindo aos pedaços por todos os lados disputavam passageiros a tapa e faziam barbeiragem. Finalmente, consegui encontrar o hotel que o fiscal aduaneiro havia sugerido. Limpo, barato e com vaga de garagem incluída na diária.

Assim que comecei a caminhar pelo centro, na Calle Maipú, passou correndo por mim um jovem de terno e gravata com o rosto ensanguentado. Segui adiante na direção dos gritos que ecoavam pela rua. Uma quantidade enorme de pessoas se agitava com histeria sediciosa à frente de uma instituição financeira. Eram manifestantes sendo reprimidos pela polícia. Como estou sempre do lado do povo, me meti na briga. Sou bom de briga, se entro numa é pra valer. Não tenho medo, o meu adversário pode ser um troglodita de dois metros de altura, pode até estar armado, nada me acovarda, enfrento e, cinco minutos depois, machucado, sangrando, abraço o meu adversário. Não quero nem saber, abraço e convido pra tomar um chope. Porque quem é bom de briga, quem sabe brigar não guarda rancor.

Então, como eu estou sempre do lado do povo, ao ver os manifestantes sendo coibidos violentamente pela polícia, não pensei duas vezes, peguei um pedaço de pau que servia de suporte pra um dos cartazes da passeata e parti com tudo pra cima dos policiais uniformizados. Recebi logo uma pancada de cassetete que me jogou no chão. Fiquei alguns segundos caído, sendo pisoteado e levando pontapés, mas logo me levantei e comecei a distribuir pauladas pra tudo quanto era lado, bati em policiais, bati sem querer em manifestantes, bati em postes, bati em carros, acho até que bati num cachorro. Não há outro jeito. Passeatas, reivindicações sempre vêm acompanhadas de atos de vandalismo. Levei uma bordoada nas costas que me fez cair e bater com a cabeça no meio-fio. Fiquei caído no chão, meio tonto, levando chutes, até que o tumulto acabou. Então me levantei e, com o corpo doendo das pancadas, fui andando devagar até o hotel. Tomei um banho, troquei de roupa e saí novamente. Cruzei a Calle Florida até o bairro da Recoleta.

Ali havia um café em cada esquina, uma grande praça com gramado verde, butiques finas que ao entardecer iluminavam suas vitrines fazendo brilhar roupas, sapatos, relógios e outras mercadorias. Prédios com bela arquitetura, maçanetas douradas e vidros bisotados. Havia ainda o Museu de Belas Artes e o Cemitério da Recoleta, onde se viam flores e turistas fotografando os mausoléus. No entanto, naquele momento, tudo o que eu queria era uma cerveja gelada. Não importa onde você esteja, em qualquer lugar do mundo você encontra uma boa cerveja pra beber. Sentei-me na mesinha de rua de um bar e fiquei vendo as mulheres passarem, algumas bonitas, outras feias. Mulher bonita é igual a cerveja, você encontra uma em qualquer parte do mundo. O ruim é que encontra as feias também.

Numa mesa próxima estava sentado um senhor de vasta cabeleira branca, bebendo um uísque atrás do outro. Cada vez que o garçom trazia uma dose, ele perguntava: "Quanto está o jogo?" Eu não conseguia tirar os olhos do velho. Tinha a impressão de que o conhecia de algum lugar, mas de onde?

"Gol do River", o garçom veio avisá-lo.

"*Marvellous!*", o velho exclamou.

Era mesmo ele, o *coach* Cliff, meu treinador do Barnet. Ele ainda estava vivo. A mesma voz, a mesma cabeleira, só que branca. Continuava magro, mas a pele coberta de efélides se desprendia dos músculos, formando uma pelanca fina como um tecido amarrotado. Sei que parece mentira, mas juro, era o meu treinador do Barnet Football Club, em Londres. Isso mesmo, já fui jogador de futebol. Podem me julgar um mentiroso, mas fiquem sabendo que essa é a pura verdade. Além de garimpeiro, taxista, pescador, segurança, revisor de texto, vendedor, dono de restaurante, funcionário público, muambeiro, fui também jogador de futebol. É claro que as pessoas se surpreendem ao me ouvirem dizer isso, ainda mais aquelas que a vida inteira fazem uma coisa só. Não sei como não morrem de tédio, talvez adquiram uma certa imbecilidade; afinal, passar a vida toda aguardando a aposentadoria deve ser uma coisa, no mínimo, melancólica... São justamente essas pessoas que mais me olham com desconfiança.

Em Londres, passei a frequentar sempre o mesmo bar, e foi lá que conheci um jornalista esportivo com quem engatei uma conversa sobre futebol. Contei pra ele que, antes de me mudar pra Londres pra aprender inglês, jogava no time do Botafogo, apesar de ser torcedor do Fluminense. Aprender inglês foi ideia da Carminha, prima distante da minha mãe que ficou com a minha tutela quando mamãe morreu.

Azar o meu, perder a mãe e ainda ter que viver na casa da Carminha, com o marido dela, o Carlão, e os dois filhos, Carlinhos e Carlinha. Quando terminei o segundo grau, Carminha me mandou pra Londres. No aeroporto, ela me entregou a Bíblia Sagrada que pertencera à minha mãe. Depois me deu um forte abraço e com os olhos marejados disse: "Tenha juízo, meu filho, e por favor não deixe de mandar notícias". Nunca mandei. Até que um dia recebi um telefonema do Carlão dizendo que a Carminha tinha morrido de câncer no útero. Mas não quero falar sobre isso. São coisas assim que nos tornam quem somos.

O jornalista esportivo disse que poderia me apresentar ao treinador do Barnet Football Club. No dia seguinte, fui até o campo do Barnet, que ficava em High Barnet, última estação da linha preta do metrô. Chegando lá me apresentei ao *coach* Cliff. Fiz um teste, participei de dois treinos e não demorou pra que eu fosse contratado. Dois meses depois eu já estava inscrito na federação, jogando pelo Barnet. Está certo, admito, o Barnet era um time menor, da terceira divisão, que pagava muito mal aos jogadores. Porém, eu era jovem, e, como todos os jovens, cheio de ilusões e esperança. Quem sabe eu fosse descoberto pelo Arsenal? Passados os primeiros meses, comecei a me desentender com um dos jogadores, xenófobo, que escarnecia do meu sotaque e fazia piadas a meu respeito. Fiquei na minha, mas pensava: esse babaca vai se ferrar comigo, vou pegar esse filho da puta de jeito. Num treino, dei-lhe uma canelada numa dividida. Fui com tudo pra acertar a perna dele, não a bola. Não dei um chute, apenas entrei com a perna firme por cima da dele, pra machucar, pra dar uma lição no malandro, que achava que podia ficar me sacaneando impunemente. Ele caiu no chão urrando de dor. Todos os jogadores vieram pra cima de mim. "*Take it easy, take it easy, take it easy*", eu dizia. Fiquei ainda mais malquisto pelos meus colegas de time.

"*Coach* Cliff", eu disse pro velho de cabeleira branca que bebia uísque no bar.

O velho olhou pra mim sem me reconhecer. Eu disse quem era.

"*My God*!"

Perguntei se o jogo que ele estava acompanhando era entre o River Plate e o Boca Juniors. Ele respondeu que sim, mas que hoje nem *el superclásico* o faria assistir a um jogo, nem mesmo na televisão.

"Antigamente, futebol era arte, hoje é vitória a qualquer preço, bons jogadores fazendo falta atrás de falta, trapaça, empurrão. Por isso eu não assisto, prefiro apenas saber o resultado."

"Acabou o jogo", o garçom avisou.

Brindei com Cliff à vitória do River Plate, ainda que eu não torcesse pra nenhum time argentino.

15 SEGUINDO

A estrada de Buenos Aires até Mar del Plata era uma reta. A paisagem sempre igual – boi, capim, capim, boi. Como era bom estar cada vez mais longe de tudo. Se o gerente do banco estiver atrás de mim, se eu não conseguir emprego quando voltar, se a minha inquilina não pagar o aluguel, se jamais encontrar uma mulher pra amar e ser amado, se a minha velhice for miserável e solitária – todas essas preocupações e medos não existiam na estrada.

Surpreendi-me ao ver a cidade de Mar del Plata. Enorme, com prédios altos e ruas e avenidas movimentadas. O cassino, instalado em imponente estrutura de tijolos e pedras, no qual roletas giravam, cartas eram manuseadas e fortunas, desperdiçadas, me era irresistível. Mas eu não deveria pôr os pés ali, ainda mais depois do meu fracasso em Punta del Este.

Estacionei o carro e fiquei em pé na rua, olhando pro cassino. Queria ir e não queria ir. Não podia perder nem um tostão no jogo. Ah, mas e se eu ganhasse? Como a dúvida persistia, decidi pegar a minha pataca da sorte e fazer cara ou coroa. Cara, eu iria ao cassino. Coroa, iria conhecer a praia. Lancei a moeda e ela caiu na palma da minha mão. Com a outra mão eu a tapei. Olho ou não olho? Desisto desse jogo? Era tarde demais, tinha que olhar. Olhei. Deu coroa.

Sentei-me num bar na beira da praia. Como não iria jantar, pedi uma porção de mariscos. Era necessário economizar. À noite, quando o bar fechou, fui pro carro, reclinei o banco e dormi.

***

De Mar del Plata fui pela Rodovia 228 e depois pela 3 pra Bahía Blanca, uma cidade sem graça com uma praça no centro. Jantei num boteco uma carne ruim, nem parecia que eu estava na Argentina. Dormi mais uma noite no carro.

Antes de amanhecer, parti pra Neuquén, a cidade mais importante da Patagônia. Peguei a Rodovia 22. Foram quinhentos quilômetros de uma reta com paisagem lunar. Senti saudade do capim e dos bois. Em Villa Regina mudou tudo: plantações de maçã e pera formavam fileiras que iam se quadriculando a perder de vista. Havia catadores nas plantações, alguns próximos à estrada.

Parei o carro. Pedi uma maçã a um dos catadores. Depois de dar uma mordida, disse: "A melhor maçã que já comi". Ele pegou várias maçãs de dentro de um grande cesto e colocou-as no banco de trás do meu carro. Agradeci e perguntei se ele queria água, cerveja, biscoito. Ele nada queria, nem água, nem cerveja, nem biscoito, nem amendoim, nada. Tinha algo no rosto daquele homem que... O que era? Resignação? Subserviência? Lamento? Desgosto? Sofrimento? Rancor? Eu não sabia. Despedi-me do catador com um aperto de mão, fixando os meus olhos nele pela última vez. Todos os dias ele fazia a mesma coisa, todos os dias colhia maçãs. É provável que fosse um oligofrênico.

Ao chegar em Neuquén, vi fixado na porta de um restaurante um cartaz de papelão oferecendo *parrillada*, jarra de vinho tinto da casa e sobremesa por uma pechincha. Entrei e fui logo me sentando numa mesa. Vinho e carne. Arre, diabo! Era tudo o que eu queria. Carne, carne, carne, viva a carne dentro do estômago! Homem que é homem come carne. Não compreendo os vegetarianos. Vejo-os como inimigos das coisas que enobrecem o espírito humano. Filé-mignon sangrento, picanha, rabada, vitela, lombo, cordeiro, cabrito, embutidos, peixe, camarão, polvo, pato, rã, *chispes*, tripas, vísceras, isso é tradição e cultura. O que fazer com esses vegetarianos, que andam por aí afirmando que quem come carne é um monstro assassino que mata animais e também crianças, porque ajuda na destruição do planeta? Eles se esquecem de que o ser humano sempre foi carnívoro. Era um caçador. Essa coisa de plantar legumes e verduras demorou milhões de anos pra acontecer. Arre, diabo! Não aguento essa gente. O que eles pensam? Reconheço que o arroto tóxico desses milhões de bovinos polui o ar que respiramos, além de contribuir pro aquecimento global. Mas fazer o quê? Parar de comer carne? Não, mil vezes não. Que parem eles de andar de automóvel.

Passei a noite no hotel mais barato de Neuquén. Precisava de uma cama, de um banho. Que vida! Lembrei do Salsichinha e do Salsichão, que trabalharam na obra da dedetizadora. Eles fizeram a reforma de uma casa onde eu abriria uma dedetizadora em sociedade com o Roberto. Eu entraria com o trabalho e o Roberto, com o dinheiro. Nesta vida, só tenho medo de uma coisa: barata. E olha o que o destino me oferecia: ser um exterminador de baratas. Algo que iria me encher de felicidade, afinal estava precisando de dinheiro. Por que me lembrei disso? Porque vi uma barata grande e cascuda no quarto onde estava hospedado. Levantei disposto a matá-la, mas ela corria de um lado pro outro. Eu batia com o pé, tentando esmagá-la, e ela fugia. Eu batia com o pé e ela fugia. Até que o vizinho do quarto ao lado gritou: "Para com esse barulho aí, pelo amor de Deus".

O Salsichinha era baixinho, magricela, de ombros estreitos e boca cheia de dentes. Era um espertalhão. Um explorador. Não fazia nada, só ficava sentado, mandando o Salsichão emassar, lixar, pintar, martelar, pregar, serrar, enquanto ele ficava sentado falando que era filho de português, que a família era de Viana do Castelo, que ele conhecia Portugal, era proprietário de uma quinta por lá. "E o que eu tenho com isso?", eu dizia. "Vai trabalhar, levanta essa bunda do chão." E o Salsichinha ria e continuava tagarelando com a boca cheia de sanduíche de mortadela. Eu o xingava e ele me xingava também. O Salsichão, mudo, não tomava partido, mas só obedecia ao Salsichinha. O Salsichão era aquele tipo de gente que não tem idade, não dava pra saber quantos anos ele tinha, era alto, da minha altura. Sou um cara alto. O que importa eu ser alto ou baixo? Nada. Mas que é melhor ser alto, é. O Salsichão, diferentemente de mim, era magro feito um espeto, sem dois dentes e pai de dez. Todos os filhos eram da mesma mulher, e só não tinha mais filhos porque ela morreu parindo o último. Agora, nem lembro mais por que eu os chamava de Salsichinha e Salsichão.

De Neuquén a Junín de los Andes, mudei três vezes de estrada. No meio do caminho parei num sítio paleontológico cheio de turistas que bebiam refrigerante e comiam salgadinhos debruçados sobre pegadas gigantescas que as placas diziam ser de dinossauros e outros animais pré-históricos. Tudo aquilo me pareceu muito vulgar. Pessoas falando e rindo alto, trajando roupas coloridas, tênis em cores chamativas, bonés com estampas e marcas, unhas pintadas, bocas mascando chiclete, mãos coçando partes pudendas, dedos no nariz. Como tudo era reles e grosseiro... Que gente! Arre, diabo!

Não vejo motivo pra falar dos meus trajes; possuo poucas peças de roupa e apenas dois pares de sapato. Porém, que uma coisa fique clara: posso não ter roupas caras, nem novas, mas são todas de cores sóbrias. Tons de cinza e marrom, além do preto e do branco. Uso também um casaco de lã azul-marinho que, apesar de roto, tem certa elegância. Só mesmo o meu par de tênis revelaria algo constrangedor sobre a minha vestimenta, mas nem isso. Afinal, todos os tênis, por mais discretos que sejam, carregam em si uma qualidade chinfrim.

Depois parei na pequena cidade de Piedra del Águila. Comprei um *lomito,* cuja metade comi sentado na praça.

Ainda era dia quando cheguei em Junín de los Andes. Como só escureceria às dez da noite, peguei mais uns cinquenta quilômetros de estrada de terra até o lago Huechulafquen, que fica ao pé do vulcão Lanín.

Estacionei e saí carregando uma sacola com cerveja, amendoim e o resto do *lomito*. Caminhei sobre a terra úmida. As copas das árvores escondiam o céu. Ao me aproximar do vulcão Lanín, sentei às margens do lago.

"Este é o lago Hu-e-chu-laf-quen", disse um sujeito de bochechas coradas e suspensórios que surgiu inesperadamente e se apresentou como Bernardino.

Sem fazer cerimônia, ele se agachou ao meu lado e começou a comer amendoim. Eu lhe ofereci uma lata de cerveja, que ele bebeu sorrindo. Falou, comeu e falou mais, e comeu mais e bebeu mais. Quando lhe dei um pedaço do sanduíche de *lomito*, abriu os braços pro céu e disse: "Deus existe por me dar uma tarde tão farta".

Apesar do Bernardino ter tomado toda a minha cerveja, comido todo o meu pacote de amendoim e ainda ter terminado o sanduíche de *lomito,* gostei de tê-lo conhecido.

Ele me levou numa charrete simples de madeira, com duas rodas murchas, puxada por um cavalo pangaré malhado, pra conhecer a casa onde morava. A casa era simples mas espaçosa, feita de alvenaria sem reboco e grandes janelas de madeira. Seria apenas mais uma casa modesta se não fosse o local onde havia sido construída. Difícil alguém morar num lugar tão bonito quanto aquele. A casa ficava no centro de uma reserva florestal próxima ao lago Huechulafquen e distante de tudo, nem um vizinho por perto. A terra havia sido comprada há anos pelo bisavô do Bernardino, e o governo não podia botar a família pra fora. Moravam ali oito cachorros, dezessete gatos, várias galinhas, quatro porcos, um cavalo, um avestruz, duas vacas com cincerros que soavam quando elas andavam e várias pessoas, que Bernardino me apresentou uma por uma. Dois bebês, uma mulher grávida, sete crianças de diferentes idades, três adolescentes, cinco homens, que trabalhavam na terra, uma velha banguela e ainda duas mulheres que cozinhavam um sopão, uma magra feito um palito e a outra gorda que nem uma foca; na verdade a cara dela é que parecia a de uma foca. Não entendi quem era filho de quem, quem era casado com quem. Não experimentei o sopão porque fui embora antes do jantar ser servido. Quis saber quais eram os filhos do Bernardino, mas ele disse que aquela era uma pergunta difícil de responder.

Uma advertência àqueles que pretendem me criticar: a minha intenção não é inventar histórias pra arquitetar uma grande trama. Isto não é ficção; é vida, e vida de viajante é pura passagem, um contínuo movimento que vai formando um conglomerado de *faits divers.*

★★★

De volta a Junín de Los Andes, aluguei por uma noite um quarto na hospedaria da senhorita Marise. Estava no quarto, de banho tomado, me vestindo, quando bateram à porta. Era a senhorita Marise, de quimono vermelho e tamancos de salto.

"*Buenas noches*", ela disse com um sorriso sedutor.

Ela não era bonita, mas eu não conseguia saber se não era bonita porque tinha pernas finas e braços grossos ou se não era bonita porque era mesmo feia. Mas o que é o feio? Fechei os olhos e deixei que ela me beijasse. Puxei-a pra cama e joguei-me no precipício. Sempre de olhos fechados.

Acordei no meio da noite com o ronco da senhorita Marise. Levantei de mansinho, deixei sobre o balcão o dinheiro da diária e fui embora feliz por ter feito uma boa ação.

16 MAMÃE

Cheguei nos lagos Lolog, Curruhué Chico e Curruhué Grande, onde havia um bosque de araucárias. Saltei do carro e fui caminhando por entre as árvores e plantas silvestres. Rochas, colinas, lagos, rios e cachoeiras de água glacial. Devia ter chovido na noite anterior; sentia-se no ar um aroma suave de terra úmida e vegetação molhada. Havia nesse cheiro algo de singularmente familiar e tranquilizador, como se ele contivesse a essência da vida.

O vento soprava de mansinho, fazendo-me pensar em tudo o que me fazia falta. Minha querida mãezinha! Não tenho mãe, não tenho pai, não tenho filhos, não tenho mulher, só um marreco. Minha mãe me colocava no colo e penteava o meu cabelo molhado depois do banho. Eu usava um pijama estampado de bichinhos coloridos. Mãe. Mãe é a palavra mais linda entre todas. Minha mãe lia pra mim e me contava a história do sapo jururu, um sapinho triste e franzino que sempre acabava feliz. Era a mesma história que meu avô contava pra ela dormir quando menina. O avô que me levava ao Jockey Clube pra ver os cavalos de corrida competirem. Ele me chamava de pimpolho e apostava nos cavalos, nos cavalinhos, eu repetia fascinado, cavalinhos de diversas cores, brancos, pretos, marrons, tinha o azarão que levava o nome de Estrela, cavalinhos e homenzinhos de bota e quepe. Lembro-me do meu avô e me esqueço do dia em que ele se foi. "Ele foi pro céu", disse minha mãe quando perguntei por que o meu avô não me levava pra ver os cavalinhos. "O seu avô", dizia a minha mãe, "era um homem bonito, tinha um metro e noventa e quatro de altura, coisa rara na época, até assustava, e ele era generoso, dava gorjeta alta mesmo sem poder. Você se lembra dele, meu filho?" Lembro, mamãe. E ela sorria ao dizer: "Você é muito parecido com ele. O seu avô era mulherengo, mas a sua avó não se importava, fingia que não via. Você sabia que certa vez o seu avô teve um ataque do coração na casa da amante espanhola e quem o socorreu foi a sua avó, a minha santa mãezinha? Já imaginou? A mulher busca o marido desacordado na cama da amante e ainda o leva pro hospital". E a minha mãe dava uma choradinha e eu não entendia se era de saudade do pai ou de pena da mãe, da avó que nunca conheci. Ela morreu cedo, no dia em que nasci, prematuro, de sete meses. No funeral da minha avó, minha mãe começou a ter contrações e foi levada às pressas do Cemitério São João Batista pro nosso apartamento na Rua Real Grandeza, que fica a poucas quadras dali. Nasci nesse mesmo apartamento que ainda é meu, que sempre foi meu, onde fui bebê, depois um menino, um adolescente, um jovem, um homem, um homem que vai envelhecendo e sente saudade da mãe, de quando ela pressionava sua cabeça contra o peito e lhe dava um beijo nos cabelos, preocupada com o futuro dele; da mãe que fazia exigências, notas boas na escola, passar de ano, tanta coisa, tanta coisa que ela dizia, sempre diga obrigado e por favor, tenha modos à mesa, coma de boca fechada, coloque o guardanapo no colo. Toda vez que me sento pra comer, toda vez que manejo os talheres, lembro-me da minha mãe, da minha querida mãezinha. Ela contava que se dependesse do médico eu não teria nascido, que ela arriscara a vida por mim, que o doutor disse: "Ou você ou o seu filho". Mamãe respondeu que podia morrer, mas que ele salvasse o seu filho. Ela não morreu ao me parir, mas mesmo assim eu me sentia em dívida, pois ela poderia ter morrido. E, além disso, ela fez muitos sacrifícios na vida por mim. Tenho vontade de chorar. É incompreensível que ela tenha morrido sem que eu lhe dissesse quanto a amava. Mas o que eu podia fazer? Era um adolescente, e adolescentes não acreditam na morte. Ela morria, eu tinha espinhas no rosto, a Bíblia Sagrada de capa dura preta ficava na mesa de cabeceira dela, os lençóis cheiravam a éter, havia promessas e o som de uma goteira, que ainda persiste.

17 JAVALI, CIERVO, CORDEIRO E PIURE

Parei em San Martín de los Andes pra telefonar pro Jack. Quando o Gonçalo ouviu a minha voz, foi logo reclamando.

"Sabe quem estava aqui? A dona Rita. Já é a terceira vez na semana que ela vem visitar o Jack."

"O Jack? Mas ela não gosta dele. Quando eu trouxe o Jack do garimpo ela quis expulsá-lo do prédio."

"Pois agora gosta. Não sai mais da minha casa. Nem eu, nem a minha mulher, nem a minha filha estamos aguentando. Ela chega aqui com um saco de pipoca, senta no sofá e fica dando pipoca na boca do Jack. E você acredita que ela me perguntou se o Jack podia ir morar com ela? Falei que de jeito nenhum. Ontem mandei o porteiro dizer que eu não estava em casa e sabe o que ela fez? Ficou sentada na portaria ligando sem parar pro meu celular. Acabei deixando ela subir, e depois ela ainda teve o descaramento de perguntar pra minha mulher se podia ter uma cópia da chave daqui de casa, pois assim, quando ninguém estivesse, ela poderia ficar fazendo companhia pro Jack."

"Gonza, tenha paciência com ela. A dona Rita não é má pessoa, ainda que seja um pouco abusada."

"Um pouco? Ela é muito abusada."

"Está certo, ela é muito abusada, mas deixa ela visitar o Jack de vez em quando. Agora passa o telefone pro Jack. Ah, e diga pra dona Rita que eu mandei lembranças."

Ao escutar a minha voz, o Jack disse:

"Kerouac, kerouac, kerouac".

"Também estou com saudade de você, Jack."

"Kerouac, kerouac, kerouac."

Desliguei o telefone contente. O Jack parecia feliz.

Em San Martín havia casinhas de madeira com gramado verde e flores nas janelas. Ruas limpas, brisa agradável e pessoas educadas. Era muita perfeição pra um homem como eu suportar.

Peguei a Ruta 234 em direção a Villa la Angostura. A estrada era longa, a maior parte de terra. Passei por vários lagos, mas só o Nahuel Huapi me fez parar pra contemplá-lo. Chegando em Bariloche, nem saí do carro. Reclinei o banco e dormi. Pela manhã fui a Cerro Catedral, que fica numa montanha a dez minutos do centro de Bariloche. Vai-se de teleférico até o topo da montanha, entra-se na famosa confeitaria giratória, toma-se um café enquanto se aprecia a vista de todo o entorno de Bariloche, com a cordilheira dos Andes, o lago Nahuel Huapi, o maciço Huemul, as ilhas Victoria, Huemul e Gallinas, as rodovias, o aeroporto. Ao fim deu-me apenas uma sensação de enfado.

Peguei um barco pra conhecer a ilha Victoria. Eu colocava um biscoitinho na palma da mão e as gaivotas vinham comer. Passados alguns minutos, já estava inquieto; a paisagem me cansava, assim como os gritos das gaivotas. Logo que pisei em terra firme, saí à procura de um bar. Lá eu não me entediaria.

Passei a noite no carro e assim que acordei segui pro Chile. Num restaurante de estrada almocei *ciervo*, o veadinho de sempre, pra me despedir da Argentina. Bebido e comido, fiz uma ótima viagem até o Chile.

Minha primeira parada foi Puerto Montt. Entrei no restaurante mais cheio da cidade e pedi um prato de frutos do mar.

"Com *piure* ou sem *piure*?", perguntou o garçom.

"Com *piure*", respondi, mesmo sem saber o que era. Não recuso nada. Acredito que um verdadeiro viajante tem que conhecer tudo, e isso inclui comida e bebida.

Vinho branco chileno gelado e a expectativa de um bom jantar. O garçom chegou com o prato de frutos do mar e colocou-o sobre a mesa. Eu via a fumaça saindo. O aroma entrou pelas minhas narinas, e ainda que fosse levemente estranho, mais forte que o esperado, me fez salivar.

Servi-me. Dei uma garfada, enchendo a boca. Todo o meu aparelho gustativo se contraiu. As minhas treinadas papilas, que têm uma apurada sensibilidade e sabem discernir e apreciar a qualidade gastronômica de qualquer alimento, transmitiram apenas um estímulo ao meu cérebro: cospe. O garçom continuava imóvel à minha frente, olhando-me com certa expectativa. Então engoli o *piure*, um invertebrado marinho esponjoso, com gosto concentrado de iodo.

Vendo a minha cara de terror, o garçom perguntou:

"Não gostou do *piure*?"

Como estão vendo, esta não é somente uma viagem ao Alasca, é também uma viagem gastronômica, e não consigo evitar que seja ainda uma viagem interior. Posso falar de comida, de alegria, de sofrimento, de amor, isso é a vida do homem.

Era domingo em Puerto Montt. Acordei antes do amanhecer e fui passear. Ninguém nas ruas. Aos poucos o dia foi clareando, uma luminosidade soturna me fez sentir o peso de mais um amanhecer, mais um dia em que eu acordava e usava a mesma calça *jeans*, o mesmo suéter de lã, o mesmo sapato e as mesmas meias pretas. Primeiro veste-se a calça, uma perna e depois a outra, em seguida veste-se a camisa, um braço e depois o outro, então veste-se o suéter de lã, um braço e depois o outro, e depois a cabeça, depois vestem-se as meias, uma meia e depois a outra, em seguida calçam-se os sapatos, um pé e depois o outro, continuamente repetindo o repetido. Mesmo que eu viaje até o topo do mundo, mesmo que eu salte pra fora do mundo, a sequência dos dias não será abalada. Um passo depois do outro, caminhar, caminhar, um passo depois do outro, eu andava, atravessava ruas, mudavam as cidades, as estradas, as esquinas, mas por trás de todas as coisas existiam as mesmas coisas feitas dos mesmos medos e anseios.

Avistei um imenso barco azul vindo pelo meio da rua principal de Puerto Montt. Caminhei na direção do barco, um pesqueiro empurrado sobre troncos grossos por dezenas de pessoas. Juntei-me à multidão, que era capitaneada pelos carabineiros, policiais chilenos que mantinham a ordem. Fui acompanhando o cortejo, mas pensava em outra coisa, no meu barco azul, na traineira que tivera há muitos anos. Lembrava-me das redes sendo levantadas cheias de camarões, da galocha que protegia os meus pés das moreias, do Márcio e do Dentinho. Arre, diabo! O Dentinho...

Já fui pescador. Já fui tanta coisa. Já tive uma traineira e por causa dela quase morri. Eu não queria ser pescador. Nunca quis ser nada e acabei sendo quase tudo. Cada hora uma profissão diferente. Sempre mudando, mudando, mudando, mas me repetindo. Viver é repetir. No entanto, na traineira aconteceu algo que jamais se repetiu na minha vida.

18 A TRAINEIRA

Quem nunca teve um barco não sabe como é bom, mas as coisas boas têm também um lado ruim, e quanto melhor a coisa, pior o lado ruim. Quando o Márcio me propôs sociedade numa traineira, me vi como um bucaneiro e não como um pescador de camarão. Parecia até um presságio.

Fui pra Santos de ônibus me encontrar com ele, que já estava acertando os detalhes da compra do barco com o tal do Dentinho. Um sujeito dentuço de testa chata, pele branca e cabelo pixaim, que queria se ver livre da traineira, coisa que eu e o Márcio não percebemos na afobação pra fechar negócio. Como não tínhamos como pagar de uma só vez, fizemos um acerto com o Dentinho. Os vinte por cento que faltavam seriam quitados com a venda dos primeiros camarões. Assinamos uma nota promissória e apertamos a mão do Dentinho na suposição de estarmos fazendo um bom negócio, mesmo considerando o estado da embarcação. Pintura descascada, casco com craca e mais alguns problemas. A traineira tinha sete pés, motor Mercedes 608 de centro, hélice de popa, dois beliches, um banheiro, cozinha, uma cabine de comando e duas redes novas de pesca.

Era um dia de céu limpo e mar tranquilo quando deixamos Santos a caminho de Angra dos Reis, onde começaríamos a trabalhar. Mesmo depois que o sol se pôs, continuamos a navegar, de tão serena que estava a noite. Entramos no canal de Bertioga. Tudo seguia como devia ser, até que a traineira parou. Nada fazia com que ela andasse. O motor funcionava, mas a hélice não girava. Mergulhei no mar pra ver o que estava acontecendo.

"A hélice caiu", falei pro Márcio.

"Puta que pariu, não pode ser. Mergulha! Mergulha! Vê se encontra a hélice. Caralho! Puta que pariu! Uma hélice custa uma fortuna!"

A água escura do mar estava fria. Eu não enxergava nada. Mergulhava o mais fundo que podia e não chegava ao fundo. O Márcio jogou a poita no mar e veio me ajudar. De madrugada, depois de horas mergulhando, voltamos pro barco sem a hélice. O filho da puta do Dentinho tinha vendido pra gente uma traineira de hélice quebrada.

Quando amanheceu, o Márcio foi nadando até a margem em busca de ajuda. Voltou com um barco, que nos rebocou até um estaleiro pequeno, ali mesmo no canal de Bertioga. A traineira foi retirada da água, mas o transtorno não acabava. Não havia hélice à venda. Tivemos que encomendar, demorava cerca de dois meses e nós lá, sem ter pra onde ir, morando dentro do barco parado, fora d'água, um caos. Decidimos pintar a traineira, já que estávamos sem qualquer perspectiva de zarparmos dali. Todo dia comendo mal, bebendo mal, vivendo mal, sem dinheiro, devendo ao banco, pagando aluguel pra ficar no estaleiro, limpando o casco do barco, lixando, pintando, e os dias passando e se tornando cada vez mais insuportáveis. Já estávamos nisso há quase dois meses quando recebemos uma visita inesperada do Dentinho. Sabe-se lá como foi que ele descobriu onde estávamos. Mas, entre os pescadores, as coisas vão de boca em boca mais rápido do que se imagina. O Dentinho veio cobrar os vinte por cento que devíamos a ele pela traineira.

"Nem pensar, não vamos pagar", foi o que o Márcio disse, e eu o apoiei. Logo de partida a coisa foi ficando feia. Com jeito de quem não sabe perder, o Dentinho enfiava o dedo na nossa cara e nos chamava de ladrões.

"Não tem jeito, mermão, pode espernear, mas a gente não paga mais nem um centavo", eu disse. "Você sabia que a hélice ia quebrar, e hélice é cara pra caralho, custa mais do que o que a gente deve pra você."

O Dentinho sacudiu a nota promissória na minha cara. Arranquei-a da mão dele e a rasguei. Ele partiu pra cima de mim. Meti um soco nos cornos dele. Ele não revidou, apenas levantou a camisa, que usava pra fora da calça, e discretamente deixou uma pistola à mostra.

"Eu volto pra passar fogo em você." Foi o que Dentinho me disse antes de sair andando.

Não dei importância. Já tinha sido ameaçado de morte antes.

Alguns dias se passaram. Eu e o Márcio terminamos de ajeitar a traineira, que ficou muito bem pintada de azul-cobalto. Como nada mais poderia ser feito a não ser esperar pela hélice, Márcio decidiu ir pro Rio. Disse que tinha que resolver uns problemas, falou também que era preciso trazer um maquinista pra cuidar da traineira. Tudo conversa, mas falei pra ele ir em frente. Até gostei, seria bom ficar uns dias sozinho, sem ele roncando no beliche ao lado.

Nesse meio-tempo a hélice chegou e foi instalada. Pra não pagar mais aluguel no estaleiro, decidi ficar ancorado no canal, esperando pelo Márcio. Eu estava deitado na proa da traineira olhando as estrelas e a lua. Eu tinha vinte e seis anos e tudo daria certo. Não vi, nem ouvi, o barco se aproximando. Só ouvi o tiro, que foi seguido de outro que raspou no meu peito. Sem me levantar, virei o rosto na direção do tiro, vi um barco pequeno com o motor desligado e alguém dentro. Outro tiro. Fui me arrastando pela proa, desci a escada, entrei na cabine e fechei a porta, passando o trinco fajuto e pequeno de ferro, que com um pontapé arrebentava. Escondi-me na cabine de comando.

Ouvi passos do lado de fora, na parte de cima da traineira, depois os passos foram se aproximando, descendo a escada, degrau por degrau, até arrombar com um estrondo a porta que dava pro interior da cabine. Dentinho surgiu com uma pistola na mão e não me viu no escuro da cabine. Agarrei sua mão de surpresa, virei a pistola na direção da sua cabeça e disparei. Senti o sangue espirrar no meu rosto. Soltei a mão do Dentinho, que caiu morto no chão.

Acendi a luz da cabine. Segurei o rosto de Dentinho e vi o buraco causado pelo tiro. Senti pena dele e também pena de mim.

Fui puxando o corpo do Dentinho pelas pernas, a cabeça foi fazendo *toc, toc, toc* nos degraus da escada. Quando cheguei na popa, tirei a carteira de identidade do bolso de trás da bermuda que ele usava, pra dificultar a identificação quando ele fosse encontrado. Só então joguei o Dentinho no mar. Fiquei vendo-o desaparecer na água. Num primeiro instante, pensei em ficar com a pistola pra mim, mas isso seria arriscado, então lancei a pistola ao mar. Em seguida, peguei um martelo e arrebentei as tábuas do barquinho, que, com o peso do motor, foi bem pro fundo. Lavei a faca, lavei o chão da cabine de comando, os degraus da escada e tudo mais que estava sujo de sangue. Sem conseguir dormir, fiquei vendo o dia nascer.

19 PINGUINS E GORDAS

De pé no cais, junto dos moradores de Puerto Montt, aplaudi quando finalmente o barco azul foi retirado de cima dos troncos e lançado ao mar. Perguntei a uma família que estava ao meu lado o que deveria conhecer na cidade.

"Os pinguins. Alugue um bote logo ali e vá ver os pinguins", disseram-me, apontando na direção de dois carabineiros que patrulhavam o movimento dos botes.

O sujeito que me levou no bote inflável até a ilhota dos pinguins era careca e tinha um dente de ouro que reluzia ao sol quando ele arreganhava a boca pra rir. Passei um frio desgraçado naquele bote. O Dente de Ouro cobriu a careca com um gorro de lã preto, mas eu não tinha gorro e vestia apenas um suéter. Quando ele ligou o motor de popa e zarpou, um vento gélido começou a bater no meu rosto, entrando pelos meus poros, pela boca, pelas narinas, pelas orelhas, penetrando nos meus ossos e me fazendo tremer. Só depois de alguns minutos de sofrimento nos aproximamos da ilhota dos pinguins, que era cercada por rochas encobertas de algas gigantescas que pareciam tentáculos prontos pra nos enlaçar e nos arrastar pras profundezas do oceano.

Quando ele disse que eu não poderia sair do bote e me aproximar dos pinguins, falei que não tinha problema porque quando eu chegasse no Alasca eu poderia tocar nos pinguins, que seriam mais bonitos, maiores, com a barriga mais branca, o bico mais laranja e o paletó mais preto. Lá no Alasca viviam os pinguins-imperadores.

O Dente de Ouro riu e disse que no Alasca não havia pinguins, que só existiam pinguins, ou *pingüinos*, como ele dizia, no hemisfério sul, e os *pingüinos* imperadores só na Antártica.

"No Alasca você não vai encontrar nenhum *pingüino.*" Depois acrescentou que não entendia por que as pessoas gostavam tanto dos *pingüinos*, que eles eram patos que não sabiam nadar e por isso eram conhecidos como patos bobos, mas que na verdade todos os patos, marrecos e *pingüinos* eram bobos.

Retruquei que ele estava enganado, que eu tinha um marreco chamado Jack Kerouac que era muito inteligente, além de entender tudo o que eu dizia sabia até falar o próprio nome. Então, com voz anasalada, balancei meus braços como se fossem asas e imitei o Jack:

"Kerouac, kerouac, kerouac".

O sujeito voltou a rir com a boca aberta, mostrando o dente de ouro. Até que ele era simpático, quer dizer, não era, era o dente de ouro que fazia com que eu simpatizasse com ele. O que ele não entendia é que haver ou não pinguins no Alasca pouco me importava. Era apenas um detalhe. Tudo nesta vida deve ser encarado como um detalhe. E daí se não havia pinguins no Alasca?

A vida deve ser levada assim, com tranquilidade, se há, há, se não há, não há, se aconteceu, aconteceu e os dias vão passando e no fim pouco importa se houve ou não houve, se aconteceu ou não aconteceu. O que terá de ser será.

No fim do dia abri a carteira e contei o dinheiro. Tinha gastado demais desde a chegada no Chile. Tudo custava caro no Chile, pagava-se até pra utilizar o banheiro público. Mas o pouco dinheiro que eu tinha não era tão pouco pra que eu não pudesse tomar alguma coisa num bar. Estava com uma vontade incoercível de beber qualquer coisa que fosse alcoólica.

Em toda a cidade de Puerto Montt só encontrei um local aberto. Entrei nesse estabelecimento que nem mesmo sei definir ao certo o que era. Não era somente um bar, talvez fosse um puteiro ou uma boate *gay*. Não sei que diabo de lugar era aquele. Havia muitos homens bêbados, alguns falavam alto e riam feito hienas; outros, mais singelos, dançavam agarradinhos. Havia também um número considerável de mulheres, muitas gordas, com roupas coloridas, decotes que expunham a enxúndia sob a pele impregnada de perfume barato.

Pedi vodca e uma sopa de cebola.

Fui abordado por uma gordona alta que usava um vestido prateado curto.

"Você não quer me acompanhar até o banheiro, *chéri*?"

"Depende. Quanto você pesa?"

"Noventa e poucos."

Ela estava mentindo, pesava cento e muitos. Respondi que ia mas não pagava.

"Alguém aqui falou em dinheiro, *chéri*?"

Fomos pro banheiro feminino. Foi difícil foder uma mulher obesa dentro de uma cabine minúscula com vaso sanitário. Abaixei a calça e sentei-me na privada. O que era aquela gorda vestida de prateado? Não que eu não me sinta atraído por mulheres gordas, não é isso, eu não me sentia seduzido por *aquela* gorda, ainda que todo aquele volume fosse, no mínimo, diferente, exótico, bizarro. Porém, mais extravagante e inverossímil foi o ato em si. Com a sua mão rechonchuda de unhas vermelhas, ela colocou o preservativo em mim, enquanto eu me esforçava pra não brochar.

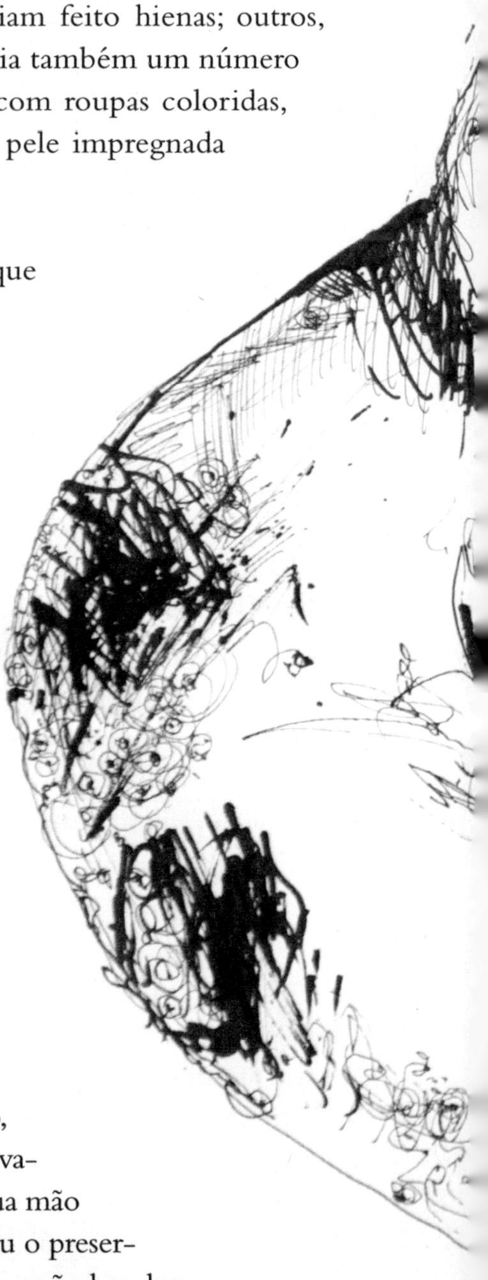

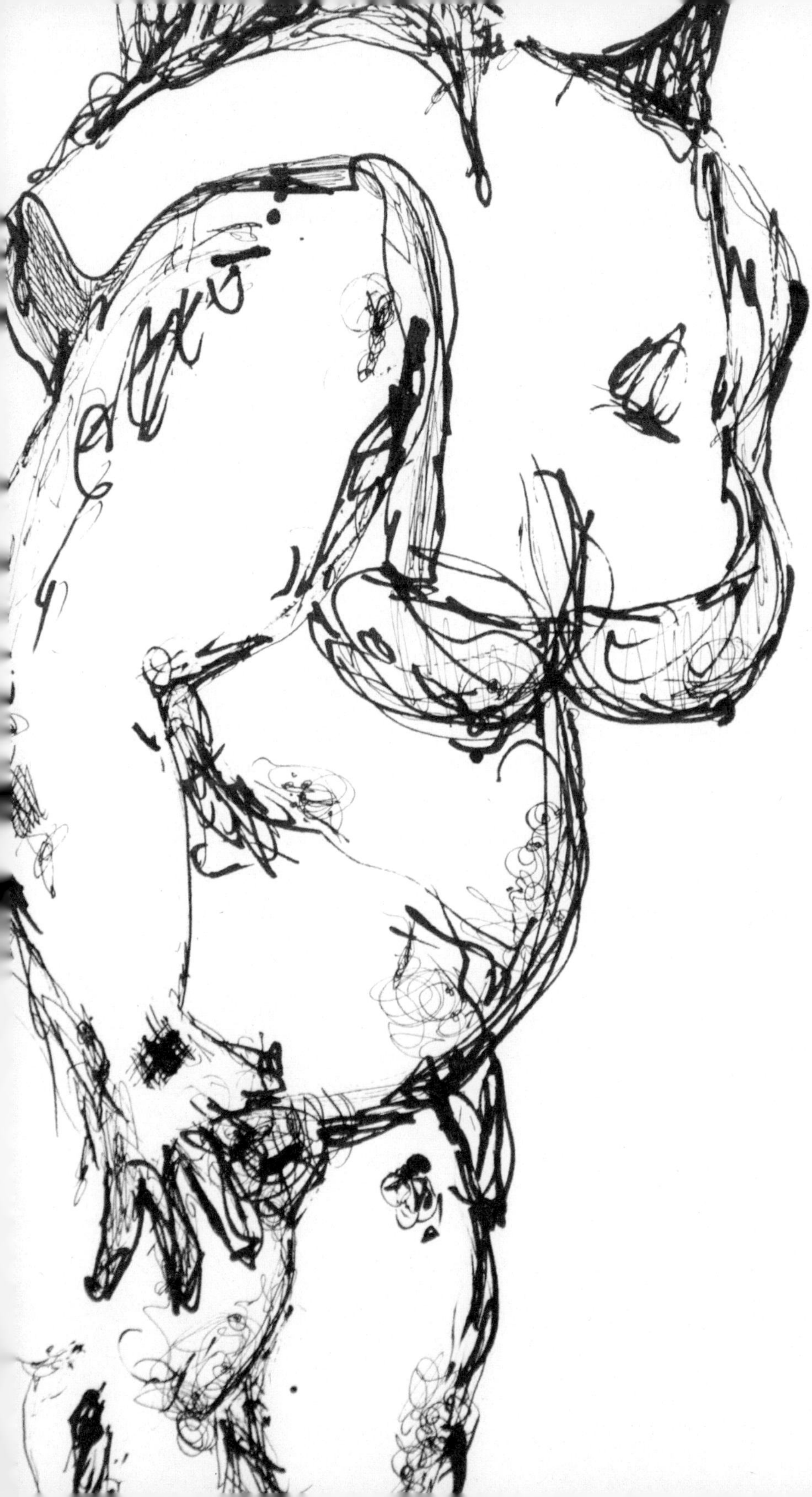

Quase entalando entre as paredes de madeira do cubículo, ela levantou o vestido prateado e mostrou a boceta, que ficava escondida entre dobras de carne, banha e celulite. Depois abriu as pernas e foi subindo por cima de mim. Pensei que as minhas pernas fossem quebrar, que não aguentariam todo aquele peso se movimentando e gritando: "*Ay, ay, Jesus, que bueno, que bueno, hace mucho que no hacía el amor de esta manera, ay, ay, ay, ay*".

Por fim ela abaixou o vestido e, colocando um dinheiro na minha mão, disse: "*Gracias, chéri. Esto es para que tomes una cerveza. Au revoir.*"

"*Au revoir.*"

Por que toda vagabunda gosta de falar francês ou pelo menos fingir que fala?

Do banheiro, ouvi uns gritos.

Fiz xixi e voltei pro bar, onde acontecia um tumulto. Um bêbado descarnado berrava e batia na minha gorda de vestido prateado. Pensei em defendê-la, mas, antes que eu me mexesse, com um safanão ela jogou o homem contra uma vidraça. De certo não gostava de ser humilhada em público. Em dois minutos a polícia chegou e rapidamente imobilizou e algemou a gorda e despachou o bêbado cadavérico ensanguentado numa ambulância. Fiquei impressionado com a eficiência dos carabineiros. Fizeram tudo em dez minutos, num silêncio total e sem agredir ninguém. Com a paz voltando a reinar, tomei a saideira com o dinheiro que ela tinha me dado.

20 GNOMOS

Às oito e meia da manhã já estava de pé, pronto pra ir a Valdivia. Na saída de Puerto Montt peguei o maior engarrafamento. Por incrível que pareça, naquele lugar minúsculo o trânsito era tão ruim quanto em grandes cidades. Pra piorar, começou a chover torrencialmente. Com a máxima precaução, fui seguindo as placas até a Ruta 5, que me levou a Puerto Varas, a cerca de vinte quilômetros, uma cidade pequena com roseiras em todas as casas e os vulcões Calbuco e Osorno no horizonte, que mal pude apreciar devido à chuva incessante. Contornei o lago Llanquihue, a nordeste de Puerto Varas, e segui até Puerto Octay, onde parei pra almoçar. A cidade tinha um único restaurante, que, não obstante se chamasse Berlim, só servia pratos chilenos. Comi *choclo*, um purê de milho com galinha que estava razoável.

Ao chegar em Valdivia me hospedei num hotelzinho na Avenida Arturo Prat. Fui embora ao amanhecer. Frio e mais uma vez chuva forte açoitando os vidros do carro. Parei em Temuco por causa da chuva. De Temuco fui até Saltos del Laja e de lá pra Los Ángeles chilena. Estacionei o carro perto de um penhasco, de onde se via uma enorme cachoeira. Comi o que tinha comigo no carro e dormi.

O dia seguinte amanheceu ensolarado. Céu azul, sem nuvens. Na estrada, já a caminho de Termas de Chillán, vi a cordilheira dos Andes. Era verão, mas havia neve no topo dos vulcões.

No restaurante Recinto, almocei *lechón arvejado*, que não era leitão, e sim um cordeiro acompanhado de ervilhas gigantes e salada de tomate. A dona do bar, uma senhora de cara triste, indicou-me Curicó como sendo uma cidade aprazível pra passar a noite antes de chegar a Santiago. Como sou crédulo, fui parar em Curicó, que deve ser a cidade mais feia do Chile. Hospedei-me num hotel fantasmagórico dirigido por duas velhinhas que pareciam gnomos. As paredes eram cobertas de santos e fotografias em preto e branco de velhos caquéticos, talvez familiares, que usavam chapéu, bengala e gola rendada. Eles apareciam na maioria das fotos ao lado de duas mocinhas, que supus serem as velhinhas quando jovens. O teto era baixo, com vigas de ferro; os móveis, muito antigos, pesados, de madeira escura e estofado de veludo bordô. Entre as almofadas de mesmo tecido jazia um gato ossudo chamado Gordo. Ele não se mexia, não miava, nem abria os olhos, mas devia estar vivo, pois as velhinhas falavam com ele a todo instante. O quarto onde fui colocado era minúsculo e o pé-direito, extremamente baixo; eu quase batia com a cabeça no teto. Os lençóis e as toalhas cheiravam a naftalina. Quando desci pra jantar conheci outra velha gnoma, a gnoma cozinheira, esta risonha e surda. Comi um ensopado de carne com legumes e voltei pro quarto. Ao me deitar, fiquei com os pés pra fora da cama.

Como Curicó ficava muito próximo de Santiago, cento e noventa quilômetros, resolvi sair da Ruta 5 e ir passeando pela Ruta del Vino. Mais um dia ensolarado, com vento brando e fresco. Com as janelas do carro abertas, eu dirigia com tranquilidade e parava nos vinhedos pra tomar uma taça de vinho, que já é bom e de graça era melhor ainda. Tinha vontade de abraçar as *muchachas* que colhiam as uvas, aquelas que as pisoteavam e principalmente as que me serviam as taças de vinho.

Cheguei em Santiago em pleno horário do *rush*. Depois de ficar engarrafado na Avenida Libertador General Bernardo O'Higgins, a principal da cidade, rodei horas por vários bairros, alguns residenciais, com casas bonitas. Sem saber pra onde ir, fui conhecer a vida noturna da cidade.

Só tinha homem na rua. Pra não perder o bom humor, fui bebendo, porém quanto mais eu bebia, mais mal-humorado ficava. Onde estavam as mulheres? Ah, as mulheres! O ideal seria um mundo regido pelas mulheres. Um mundo em que elas tomassem as decisões, cuidassem de nós e das finanças. Com elas no poder não haveria tanta corrupção. Elas também nos alimentariam, nos dariam carinho, amor, educação, moradia e filhos, saberiam ser justas. Sim, elas são mais justas que nós. Têm uma alma maior. Talvez sejam os homens que não tenham alma, e não as mulheres, como disse aquele filósofo grego. Ah, os gregos! Sabiam de tudo e por tudo saberem sabiam que nada sabiam, logo diziam o que bem entendiam, porque o que é dito pode ser desdito. Onde estavam as mulheres?

Só via marmanjos, e não eram maricas, eram homens. Olhando a rua, pensei que a misoginia se esconde no peito daqueles que mais ardentemente desejam uma mulher. Não, não é nada disso. Isso não tem sentido. Os misóginos são aqueles que... deixa pra lá. Não via uma mulher. As poucas que saracoteavam de cá pra lá e de lá pra cá estavam acompanhadas. A bebida na maioria das vezes me ajuda a suportar o que vejo, mas em muitas ocasiões também deforma minha visão. Já não sabia se o que eu via era o que eu via ou se era um simulacro do que eu achava que via. Arre, diabo! Era melhor parar de beber. Eu estava embriagado.

Joguei a minha pataca da sorte pro ar. Cara, eu ficava em Santiago. Coroa, seguia viagem. Como já disse, tudo que a moeda manda eu fazer eu faço. Por isso, quando deu coroa me mandei de Santiago sem questionar; segui as ordens da pataca, que sempre sabe o que é melhor pra mim.

Fui pra La Serena, ao norte, pela Ruta 5. A uns cem quilômetros de Santiago a estrada foi ficando deserta, um ermo, sem nem posto de gasolina. Por incrível que pareça, havia passarelas no meio da estrada ligando um lado da pista ao outro; pra quem e pra quê, eu não sabia. Um mistério.

21 CONCHITA

Parei num posto de gasolina. Depois de abastecer, fui ao banheiro. Ao sair vi uma mulher encostada no meu carro. Notei que era uma moça bem jovem, pequena, magra, com mochila nas costas.

"Quer uma carona?"

Sem me responder, ela entrou no carro. Fiz o mesmo.

Quis saber quantos anos ela tinha, mas acho indelicado perguntar a idade a uma mulher, por mais nova que seja. Devia ter menos de dezoito anos, a pele viçosa, sem rugas. Assim que pegamos a estrada ela tirou os tênis, segurou um dos pés e examinou-o. Fez a mesma coisa com o outro. Como toda mulher, tinha calos. Voltou a se calçar. Em seguida, tirou a mochila das costas e colocou entre as pernas. Remexeu as coisas que tinha dentro.

"Tudo certo?", perguntei.

"*Cómo no?*"

"*Dónde tú es?*"

Ela não respondeu. Voltou a revistar a mochila. Colocou algumas coisas pra fora e em seguida guardou tudo.

"*Dónde estoy? Dónde estamos?*"

"No Chile."

Ela falava em espanhol e eu em portunhol. Porém, vou seguir contando na minha língua materna. Ah, a língua portuguesa. Salve a língua portuguesa! A mais bela e poética das línguas, dizia minha mãe, filha de portugueses, que se orgulhava das suas origens. Arre, diabo! Aprendi essa expressão com ela, que toda vez que queria manifestar a sua irritação, indignação ou mesmo aborrecimento e enfado exclamava: Arre!

"Eu não devia pegar carona com qualquer um, não devia me arriscar, já aconteceu uma coisa comigo que nem te conto. Ou conto, se achar que você sabe ouvir qualquer história. Para onde você está indo?"

"Pro Alasca."

"É esse o destino?"

"É. E você vai pra onde?"

"Ainda não sei. O Luigi, quer dizer, a cigana, me disse que o nosso destino está traçado desde que nascemos... Não sei se acredito nisso." Virando-se na minha direção, disse: "Conchita".

Notei que ela tinha olheiras profundas e era bonita.

"Conchita?"

"Eu me chamo Conchita."

"Uma concha pequena?"

"Sim."

Sem pedir permissão, Conchita abriu o porta-luvas, dizendo que tinha que se certificar de que eu não estava armado. Ao ver a Bíblia de capa dura preta, perguntou:

"Uma Bíblia?"

"Herança da minha mãe."

"Você leu a Bíblia?"

"Dei uma olhada."

"O meu pai lê a Bíblia todas as noites. Ele é um infeliz. Nunca deu uma risada."

"Olha que isso é coisa que até os deprimidos de vez em quando fazem."

"Eu sei, mas o coitado do meu pai não consegue rir, está sempre com cara de quem vai chorar. A sua mãe lia a Bíblia?"

"Acho que sim."

"Ela ria?"

"Ria, ria bastante, mas acho que isso não tinha uma relação direta com a Bíblia."

"É, tem gente que ri à toa, nem precisa ser feliz. Por que essa Bíblia está aqui?"

"Sei lá, carrego comigo. Era da minha mãe, e de mãe a gente não se desfaz nem quando quer. Até quando a gente acha que se esqueceu dela, ela aparece pra nos assombrar."

"De onde você é?"

"Do Rio de Janeiro. E você?"

"De Assunção. Que dia é hoje?"

"Não sei."

"Nem eu."

Conchita mais uma vez tirou vários objetos da mochila, jogou no piso do carro e novamente guardou peça por peça.

"A vida é complicada", ela disse.

"Quem complica a vida somos nós mesmos."

"Talvez você tenha razão. Eu me apaixonei. Toda paixão é funesta. Leva os apaixonados para o fundo. Eu fui para o fundo."

"Mas voltar pra superfície não é difícil."

"Qual a sua palavra favorita?"

"A minha o quê?"

"Palavra favorita."

"Você é engraçada. Pula de um assunto pro outro como se fosse um macaco."

"Está bem, eu sou um macaco. Mas qual a sua palavra favorita?"

"É... marreco."

"Marreco? Você tem mania de bicho e todos começando com a letra M."

"É que o meu melhor amigo é um marreco."

"Você tem um amigo que tem o apelido de marreco?"

"Não, é um marreco mesmo, de pena e bico, que mora no Rio de Janeiro comigo. Eu o batizei de Jack Kerouac por causa do grasnado dele, kerouac, kerouac, kerouac."

A paisagem era uma mistura de deserto e mar.

"Pretendo passar a noite em La Serena e amanhã iniciar a travessia do deserto do Atacama."

"Posso seguir viagem com você?"

"Pode", respondi sem saber se era uma boa ideia tê-la por companhia.

Na entrada de La Serena, uma cidade enorme no meio do nada, perguntei pra Conchita se ela estava com fome.

"Estou."

Fomos parar no restaurante La Casona del Cuaton, que alguém na rua nos indicou. O local era simples. A comida estava boa, sem nada especial. Comemos *ostiones*, ostras, de entrada e espaguete com frutos do mar. Conchita comia com sofreguidão. Com a boca cheia, entre uma e outra garfada, disse: "Queria me casar virgem, mas fui desvirginada pelo Luigi. Você sabe rezar?"

"Não."

"E você não tem medo de ir para o inferno?"

"Céu e inferno são a mesma coisa."

"Quem disse?"

"Eu."

No fundo do restaurante, próximo aos banheiros, havia uma *jukebox*. Os fregueses escolhiam músicas e dançavam. Começou a tocar *rock'n'roll*.

"Vamos dançar", disse Conchita se levantando da cadeira.

Fui atrás dela, que já dançava ao caminhar. Reparei no seu corpo por baixo da calça *jeans* e da camiseta larga de malha. Ombros estreitos, cintura fina e glúteos vigorosos. Perto dos outros fregueses que dançavam ao redor da *jukebox*, Conchita, sem parar, perguntou: "O que você está esperando?"

Eu também gostava de *rock'n'roll*. Tocava uma música melhor que a outra. Ela dançava freneticamente e eu feito um alucinado. Antes de irmos embora, agarrei-a pela cintura e a levantei do chão, apertando o seu corpo contra o meu. Percebi que ela gostou. Também gostei.

Saímos pra passear pela cidade. As ruas estreitas estavam iluminadas e a temperatura, agradável. Seguimos flanando entre construções de estilo colonial.

"Não gosto de ninguém", disse Conchita, quebrando o silêncio. Depois começou a rir. "Às vezes me acho engraçada, a vida é engraçada, você não acha?"

"Às vezes sim, às vezes não."

"Qual é mesmo o nome desta cidade?"

"La Serena."

"Eu nasci no Paraguai, mas decidi que não vou morrer lá."

"Eu também não quero morrer onde nasci. Um homem deve escolher onde vai morrer, já que não pode decidir onde nascer. Mas você não é muito garota pra pensar na morte?"

"Quero ser poeta, e os poetas devem pensar na morte, não em filhos."

"Você não quer ter filhos?"

"Você tem filhos?"

"Não."

"Eu talvez tenha, toda mulher quer ser mãe."

"Eu não vou ser pai. Tenho mais de meio século de idade."

"Você é mais velho que o Luigi."

"Velho?"

"Não me importa que você seja velho. O Luigi era velho, feio e mau e mesmo assim me apaixonei por ele."

"Quem é Luigi?"

"Um homem que conheci na igreja. Na igreja só tem homem mau. Eles vão confessar os seus pecados."

Subimos a Avenida Francisco de Aguirre até chegar ao Farol. Ficamos por lá até Conchita dizer que estava cansada. Voltamos pro carro pela Avenida del Mar.

Reclinamos os bancos da frente. Eu me deitei no lado do motorista e ela no do passageiro.

"Está com frio?", perguntei.

"Não."

"De qualquer maneira, aqui está o meu casaco, caso você sinta frio no meio da noite."

Conchita agradeceu e virou-se de lado, dando as costas pra mim. Sem conseguir dormir, saí do carro e fiquei olhando pro céu. Gosto de ver as estrelas. Quando o céu começou a avermelhar, prenunciando a aurora, fui procurar uma padaria. Comprei café com leite e bolo pra Conchita. Toda mulher gosta de bolo. Acordei Conchita tocando de leve no seu ombro. Ela se espreguiçou. Quando lhe dei o café com leite e o pedaço de bolo, gritou que adorava bolo.

Pegamos a estrada em direção ao norte, a caminho de Arica. Ao contrário do sul do Chile, ali não chovia, fazia um calor infernal. Estávamos cada vez mais próximos do deserto do Atacama, o qual pretendíamos atravessar ainda naquele dia.

A nossa primeira surpresa foi uma lhama que surgiu no meio da pista. Quase a atropelei. Parei pra me certificar de que ela estava bem. Coitada, sozinha, perdida no deserto, devia estar com calor, fome e sede. Resolvi pegar água e umas bolachas no carro pra dar a ela. Conchita veio atrás de mim, tentando me dizer algo, mas eu lhe pedi pra ficar quieta, não queria assustar o animal. Fui me aproximando da lhama devagar. Quando cheguei bem perto, notei que ela me encarava sem se mexer. Ao esticar a mão com as bolachas, levei uma cusparada na cara. Conchita soltou uma gargalhada. Eu, passado o susto, também comecei a rir.

"Tentei dizer que a lhama se defende cuspindo", disse Conchita.

"Se defende do quê? Eu só ia dar uns biscoitos e água pra ela."

"Mas você não avisou."

"E como eu ia avisar?"

"Ora, falando com ela. Acontece que você não disse nada."

"Como você sabe que a lhama se defende cuspindo?"

"Li na internet. Sua camisa está toda suja de cuspe de lhama."

"Não tem problema. Vamos levar a lhama com a gente, não quero deixá-la aqui sozinha."

"De jeito nenhum. Vou logo avisando que do meu lado ela não senta."

"Ela vai no banco de trás."

"Não tem espaço e eu não gosto do cheiro dela. Troca a sua camisa, que vai ficar fedendo."

"Está bem, eu troco. Mas vamos levar a lhama com a gente."

"Não, não quero que ela venha com a gente. Ela também não vai querer seguir viagem com a gente. Só cachorro e gato gostam de andar de carro."

"Marreco também."

Fiz o que Conchita queria. Não é sempre assim? Nós sempre obedecemos às mulheres.

Mais uma vez, como no dia anterior, Conchita abriu a mochila e começou a procurar algo. Foi tirando todos os seus pertences, olhando um por um e jogando no chão do carro.

"Posso saber o que você tanto procura?"

"Uma faca."

"Uma faca?"

"É, uma garota precisa se proteger, e também essa é a única coisa que restou do Luigi. Além do meu dente quebrado e de uma outra coisa que não sei se mostro para você." Então ela abriu um sorriso forçado e mostrou o dente da frente lascado.

Continuávamos no meio do deserto. Só víamos pedras e morros que se espalhavam sobre uma areia infindável, que abrigava outras pedras e morros. Era uma paisagem monótona, mas ao mesmo tempo interessante, pois as formas das pedras, dos morros e também a coloração da areia interminável iam se modificando. A estrada era despovoada; nenhuma construção, posto de gasolina ou coisa parecida, nem mesmo carros, caminhões, motos ou ônibus passavam por nós, nem pessoas de charrete ou de bicicleta. Só havíamos nós e uma quantidade de oratórios espalhados a certa distância um do outro pra homenagear aqueles que morriam durante o trajeto. Os oratórios eram pequenas construções de madeira, tendo à esquerda um mastro ereto com a bandeira do Chile e no centro, no alto, uma cruz. Eram abertos, podia-se ver no interior a imagem do santo, que variava de oratório pra oratório. Por alguma razão, aquelas capelinhas me apavoravam, cada uma significava uma morte e eu pensei na minha. Não, eu não podia morrer, seria muito triste morrer antes de chegar no Alasca. Já Conchita queria parar a todo instante pra rezar. Ajoelhava-se contrita, fazia o sinal da cruz, fechava os olhos e ficava murmurando em frente às imagens dos santos.

"Por que você tanto reza?"

"Não estou rezando, estou falando com Deus."

Quando começou a anoitecer, falei pra Conchita que não poderíamos mais parar, tínhamos que seguir viagem até a cidade mais próxima. Notei que ela ficou um pouco contrariada, mas não reclamou, apenas me disse que eu deveria tentar rezar.

"Não precisa ser reza que se aprende na igreja, basta falar. Cada vez que eu me ajoelhava eu fazia uma reza diferente. Nessa vida a gente precisa rezar para se proteger. A cigana, lá em Assunção, antes de eu partir, fechou o meu corpo, e eu também já li a Bíblia com o meu pai e com o pastor. Fiquei feliz quando vi a Bíblia no porta-luvas do seu carro. Isso foi um sinal que Deus me enviou, avisando que eu podia confiar em você. Você acredita em Deus?"

"Deus é um invenção do homem como outra qualquer."

"Não, Deus é uma invenção muito maior e mais poderosa que o avião, o submarino ou a bomba atômica. Em nome de Deus se pode tudo."

"Esse é o problema. Deus pouco me importa. Não tenho nada contra ele, nem a favor. Não o conheço, entende? Meu problema é com aqueles que falam em nome de Deus."

"Eu não falo em nome dele. É pecado falar o nome de Deus em vão. Fico olhando essa estrada e me pergunto o que há entre o céu e a terra."

"Nuvem, estrela, montanha, o Empire State Building, o Himalaia, o Taj Mahal, os Andes, a Muralha da China, a Torre Eiffel e macacos e marrecos..."

"Eu gostaria de ver a Torre Eiffel. Fica em Paris, você sabia?"

"É mesmo?"

"Eu tenho certeza. Vi num cartão-postal. A Torre Eiffel fica em Paris."

Como sempre, ela não tinha entendido que eu estava brincando.

22 A NOITE

Entrando em Chañaral, fomos comer alguma coisa no único local aberto da cidade. Um bar chamado Alicante. O charme era a garçonete, Pamela, que usava uma saia bem curta e fazia um drinque ótimo com pisco. Fiz questão de sentar no bar pra ficar vendo Pamela dançar, remexendo os quadris, enquanto preparava os drinques com as suas mãos cheias de anéis e as unhas pintadas de azul-turquesa. Pedi pra ela me dar a receita do drinque.

Anotei num guardanapo: gelo à vontade, uma dose de pisco, meio limão, um pouco de clara de ovo e açúcar. Todos os ingredientes deviam ser bem batidos numa coqueteleira. "E o mais importante", disse Pamela, "é provar do copo do cliente." E ela deu um golinho no meu drinque e começou a dançar pra mim.

Nesse instante Conchita se debruçou sobre o balcão do bar e, agarrando Pamela pelos cabelos, gritou: "Não se meta com o meu homem".

Consegui separá-las, mas, não teve jeito, fomos expulsos do bar. Na rua, Conchita perguntou: "Você é casado?"

"Nunca me casei."

"Pois eu quero me casar. Quem sabe me caso com você?"

Fomos procurar um hotel. Encontramos uma hospedaria, cujo proprietário, de nome Pablo, um senhor acinzentado que mantinha um charuto apagado na boca, nos acompanhou até o quarto.

"Pronto", disse ele abrindo a porta, depois de demorar um tempo enorme pra conseguir enfiar a chave na fechadura. "Aqui está, cama com lençóis limpos e toalhas e cobertores no armário."

"Senhor Pablo", perguntei, "não tem um quarto com duas camas de solteiro?"

"Não. Só temos quartos com cama de casal."

"Muito obrigada, Pablito", disse Conchita, empurrando o velho pra fora do quarto.

Quando a porta se fechou, Conchita tirou a roupa. Corpo magro, firme, cintura fina, peitos do tamanho certo, pernas grossas mas atraentes. Dos pelos pubianos saía uma enorme cicatriz que ia até o umbigo.

"Foi o Luigi que me deixou essa marca. Além de quebrar o meu dente ele fez isso em mim, mas não quero falar sobre isso."

"Vou sair, e quando voltar quero que você esteja dormindo, menina."

Bloqueando a minha passagem, Conchita disse: "Eu não sou uma menina. Sou uma mulher, sou maior de idade e vou para a cama com quem eu quiser".

Ela me agarrou pela camisa e me beijou na boca. Tentei afastá-la, segurando-a pelos braços, mas quando senti a sua língua, a pele nova e morna, o meu pau enrijeceu. Fui dominado por certo pavor e grande tesão.

23 O DIA SEGUINTE

Acordei com dor nas costas. Conchita ainda dormia. Fiquei olhando pra ela. Depois meti a mão no bolso da minha calça *jeans,* que estava jogada no chão, e peguei a minha moeda da sorte. Apertei-a na mão. Graças a você, pataca de Macau, fui embora de Santiago e encontrei esta menina.

Despertei Conchita com um beijo no rosto.

Logo após o café, partimos pra Iquique. Puro deserto. Pela estrada, somente os assustadores oratórios, onde Conchita mais uma vez fazia questão de parar e se ajoelhar. Eu também saltava do carro pra esticar as pernas.

"Eu não vivo da maneira certa", disse Conchita.

"Existe uma maneira certa de viver?"

"Não sei. Mas, se existe, não é a minha."

"Nem a minha."

Peguei a Ruta 1, que margeia o Pacífico. Um azul vivo surgiu atrás do deserto. Era o oceano, que se estendia à distância até tocar a fina linha do horizonte, unindo-se ao céu azul-claro.

"Vamos fazer um piquenique", eu disse, parando o carro.

Conchita preparou sanduíches de queijo. Abri o vinho. Depois de almoçarmos, no banco de trás do carro, fui pra cima de Conchita. Fizemos amor devagar. Ela gemia baixinho.

Quando o sol se pôs, seguimos até Iquique. Talvez a cidade mais bonita do norte do Chile. Era noite, e antes de irmos jantar Conchita quis conhecer o Teatro Municipal e dar uma volta pelo Paseo Publico Baquedano. Andávamos de mãos dadas. Tinha mais de meio século de idade e me sentia jovem demais pra ter pesadelos, dores nas costas e desistir da vida. Com Conchita ao meu lado eu me sentia tão jovem quanto ela, que não tinha consciência da própria juventude.

Ao ver a placa do restaurante El Nene, Conchita disse: "Isso é um sinal. Devemos jantar aqui". Assim que nos sentamos, ela continuou: "Quero ter um filho".

Na mesma hora perdi a fome.

"E a poesia? Você não queria ser poeta?"

"Fazer um filho é mais bonito que fazer um poema."

"Por favor, uma garrafa de vinho tinto da casa", pedi ao garçom, querendo encerrar aquele assunto.

"Só um filho poderá mudar o meu destino."

"Isso é o que as mulheres dizem."

"O Luigi queria ter um filho comigo, mas eu não engravidava. Então procurei uma cigana que lia a sorte e fazia simpatias, ela me deu banhos com ervas pra estimular a fertilidade. Eu achava que a culpa de não engravidar era minha, mas a cigana me garantiu que o Luigi era estéril."

"Por que você fala tanto nesse Luigi?"

"Porque ainda penso nele. O Luigi foi o meu primeiro. Eu era muito nova, tinha... enfim, era muito nova e um dia em vez de ir para o colégio fui me encontrar com ele. Quando voltei para casa, no fim da tarde, meu pai olhou para mim e disse: 'Se teu olho direito é para ti causa de queda, arranca-o e lança-o longe de ti; porque te é preferível perder um só de teus membros a que o teu corpo todo seja lançado no inferno'. São Mateus, capítulo 5, versículo 29. O Luigi, como o meu pai, era cristão, só que não seguia esse ensinamento, não podia passar um dia sem mulher. Quando começamos a namorar, eu fazia de tudo com ele, só não permitia que me penetrasse, queria me casar virgem. Mas o Luigi me convenceu, prometendo que se casaria comigo. Fiz o que ele queria. Pensei que assim ele pararia de ver outras mulheres. Me enganei. A sem-vergonhice continuou, ele ia para a cama com diferentes mulheres. Quando eu reclamava, ele dizia que eu estava ficando louca, que imaginava coisas e que se eu insistisse naquele assunto ele me largaria. Passamos a brigar constantemente, era terrível, meu pai me expulsou de casa e eu me mudei para a casa do Luigi. Queria ter um filho com ele, mas não conseguia engravidar, e as nossas discussões eram cada vez mais violentas. Pensei até em me matar e mais de uma vez ameacei me jogar pela janela. Luigi dizia para eu me jogar, mas eu olhava para baixo e desistia, e começava a chorar. Ele não se importava com o meu desespero. Continuava saindo com outras mulheres. Certa noite decidi segui-lo. Ele entrou numa casa cercada por um muro baixo de cimento. Pulei o muro e através de uma janela vi o Luigi na cama com uma mulher. Ela tinha peitos grandes e a bunda também era grande. O Luigi dizia que gostava de mulher magrinha. Tudo mentira. Ele dizia que gostava de mulher magrinha porque eu era magrinha, mas para aquela mulher ele devia dizer que gostava de mulher de bunda grande, de peito grande. Para ele não devia fazer diferença, gorda ou magra, alta ou baixa, branca ou preta, era mulher, ele gostava. Fiquei agachada, escondida no quintal da casa, sem saber o que fazer. Quando o Luigi saiu, parti para cima dele. Havia me esquecido de que ele sempre carregava uma faca no bolso interno da jaqueta. Essa cicatriz na minha barriga foi da facada que ele me deu naquela noite. O Luigi me agarrou e se curvou sobre mim, me imobilizando. Achei que ele fosse me estrangular quando me segurou pelo pescoço e disse com uma voz de ódio: 'Eu não te aguento mais, não aguento mais o teu ciúme'. Nessa hora eu senti a faca rasgando a minha barriga. Mordi o braço do Luigi com toda a força. Ele largou a faca e eu peguei e cravei a lâmina no peito dele. Me deu prazer ver o Luigi sangrar. Ele me batia muito. 'Tá gostando de apanhar, cadelinha?', ele dizia. Ele me dava tapa na cara, era muito humilhante levar tapa na cara.

Mas ele não me batia só de mão aberta não, me batia de mão fechada também, dava soco e também pontapé e joelhada. Um dia ele tirou o cinto da calça e me deu chicotadas com a fivela de metal. Disse que eu merecia, porque cadelinha possessiva tinha que apanhar. Batia em mim como se eu fosse uma égua ronceira. Vi o sangue dele na minha mão, e sabe o que eu fiz? Você não vai acreditar. Lambi o sangue. Você já sentiu gosto de sangue, de sangue do outro? O sangue do outro tem um gosto diferente do nosso, é mais doce. Passei a entender por que tem tanto vampiro pelo mundo. Quis dar uma joelhada no Luigi, que nem ele fazia em mim, me deixando roxa, com a bunda roxa, mas não consegui. É muito difícil dar joelhada em gente que está caída no chão. Então, olhei bem dentro do olho dele, daquele olho duro de homem mau, e vi que ele estava morto. Arranquei a faca do peito dele para guardar comigo. E pensar que eu queria ter filho com ele, que fui na cigana para poder engravidar dele. Mas isso foi coisa de garota ingênua, que acredita no que escuta na rua, porque, você sabe, dizem que homem mau é bom marido e bom pai de família. Mentira, tudo mentira. Deixei o Luigi caído no chão, no quintal da mulher, e fugi com a faca, com essa faca que eu tinha guardada comigo na mochila e agora não encontro. A minha barriga sangrava, coloquei o meu casaco em cima da ferida e corri para a casa da cigana. Se estou viva devo à cigana. Fiquei escondida na casa dela por mais de um mês enquanto ela fazia curativos na minha barriga. Quando fiquei boa, a cigana disse para eu ir atrás do meu destino. E é isso que eu estou fazendo. Eu não sou assassina."

Os olhos negros de Conchita brilhavam. Ela me pareceu particularmente bela. Depois de fazer uma pausa, perguntou: "Você não vai dizer nada?"

"O que você quer comer?"

Fomos dormir no Hotel Pekin, limpo e barato.

"Cama de casal", disse Conchita pro recepcionista.

Quando entramos no quarto, Conchita largou a mochila sobre a cama e entrou no banheiro. Assim que ouvi a água do chuveiro caindo, abri a mochila dela à procura... nem sei bem do quê. Havia algumas peças de roupa, escova e pasta de dente, um batom, um caderninho com uma ilustração infantil na capa, caneta e uma carteira pequena com listras coloridas. Dentro havia algum dinheiro, um crucifixo de prata e um documento de identidade. Olhei a data de nascimento dela e fiz as contas. Nesse instante Conchita saiu do banheiro enrolada numa toalha.

"Conchita Navarro. Você mentiu pra mim. Você tem quinze anos."

"E daí? Idade é uma coisa muito relativa. E menina depois que menstrua vira mulher. Eu menstruei aos onze, já sou mulher há muito tempo. Tanto que quero ser mãe."

Senti um calor. Comecei a suar, um suor frio, de pavor. Eu não tinha culpa, não podia fazer nada se ela tinha quinze anos, não tinha feito nada de errado, ela quis, a iniciativa foi dela. Agora, ser pai? Eu não queria ser pai. Ser pai do Jack, de um marreco, não era problema, mas ser pai de um bebê desses que mamam, mijam e fazem cocô nas fraldas e depois crescem e ficam piores ainda, de jeito nenhum.

"Conchita, eu vou dar uma volta."

Desci quatro lances de escada. Não aguentaria esperar pelo elevador. Já na rua, sem saber pra onde ir, porque eu queria fugir, fiquei dando voltas a esmo. Conchita, pelo visto, não ia me largar. Suspirei e comecei a rir. Essas coisas só acontecem comigo. A chave do carro estava no quarto, assim como as minhas roupas e todo o meu dinheiro. Voltei correndo, só faltava eu ser roubado por aquela fedelha.

Entrei no quarto esbaforido.

"Eu sabia que você não ia demorar", disse Conchita, nua, estendida de bruços na cama. A bunda dela era perfeita, rija e arrebitada, era uma bunda que só uma garota de quinze anos podia ter. Beijei e lambi a bunda dela, passando a língua na reentrância, coberta por uma penugem fina e clara. Ela se virou de frente e me mostrou o púbis cheiroso, macio, com poucos pelos, a cicatriz na barriga magra, os peitos de mamilos pontudos e as pernas, apesar de grossas, sedutoras. A juventude é bela, até o feio é bonito quando jovem. Ajoelhado ao lado da cama, fui lambendo-a e mordendo-a de leve, a carne firme entre os meus dentes, o aroma de coisa nova, fresca, limpa. Mordia-a mais, queria arrancar um pedaço, devorá-la. Qual homem resiste, qual homem não se curva diante da beleza de uma mulher jovem? Qual? E quanto mais velho – arre, diabo! –, mais enfeitiçado pela juventude, que nele não existe mais. É o fim, pode ser a última vez, ele pensa ao penetrar o corpo da menina. Eu fodia Conchita com voracidade, o meu corpo balançava sobre ela pra frente e pra trás.

Foi um orgasmo sôfrego, ávido. Ejaculei fora.

Conchita me olhou nos olhos e perguntou: "Por que você fez isso? Eu quero ser mãe".

Na manhã seguinte, perguntei se Conchita queria ir à praia.

"Não quero. Não tenho biquíni, não gosto de sol, nem quero que vejam a cicatriz na minha barriga. Vamos seguir viagem. Quais são os planos?"

"Quero chegar em Arica ainda hoje."

"Onde fica isso?"

A estrada até Arica era asfaltada, mas não tinha acostamento. Era uma subida íngreme, sem fim, e à medida que avançávamos o precipício ao nosso lado ficava mais fundo. Houve um momento em que quase caímos no despenhadeiro, a roda de trás do carro praticamente saiu da pista. Se eu não tivesse dado uma guinada rápida no volante, tínhamos caído. Conchita ficou tão nervosa que parei o carro. Fomos olhar aquela encosta alcantilada e profunda. Lá embaixo, bem no fundo, vimos dois caminhões e um ônibus que tinham despencado da estrada, virados, arrebentados no meio da vegetação. Adiante paramos mais uma vez pra contemplar o abismo. Novamente notamos viaturas destruídas nas profundezas do precipício.

Dirigi com cautela, mas mesmo assim chegamos cedo em Arica. Nos instalamos no King Hotel e saímos pra dar uma volta pela cidade. Vimos uma quantidade de turistas, muitos jovens com pranchas de surfe debaixo do braço. Perguntei a um deles qual era a praia boa pra conhecer e ele respondeu: "Vou surfar *el gringo*". Depois acrescentou que onda igual a *el gringo* não existia em nenhuma outra parte do mundo. As pessoas ouvem o que querem, respondem o que querem.

Fomos ver as praias, vinte quilômetros de costa. Caminhamos até o anoitecer.

24 A FRONTEIRA

Acordei nu ao lado de Conchita, que, com as mãos unidas em prece, dizia: "Deus queira que eu tenha ficado grávida".

"Arre, diabo! Chega dessa conversa. Vamos nos vestir e tomar café, porque hoje atravessaremos a fronteira. Rumo à Bolívia, Cochabamba." No café da manhã, perguntei pro garçom qual era a distância até a fronteira com a Bolívia. No mapa eu nunca conseguia saber ao certo.

"Estamos mais próximos da fronteira com o Peru", disse o garçom.

"Mas eu quero ir pra Cochabamba."

"Não sei qual é a distância, mas com certeza o senhor consegue atravessar a fronteira ainda hoje. É só dirigir sem parar e não esquecer o passaporte."

"Passaporte! Eu não tenho passaporte", exclamou Conchita.

"Então, não vai poder entrar. E uma menina como você tem que ter um responsável. O senhor é pai dela?"

"Não, sou avô."

De volta ao quarto, Conchita disse: "Você não pode me deixar aqui. Eu posso estar grávida. Você tem que arranjar um jeito de eu entrar na Bolívia".

"Se você não tem passaporte, como você chegou no Chile?"

"Do Paraguai eu vim direto para o Chile escondida no caminhão de um contrabandista de uísque. Era primo da cigana, mas mesmo assim tive que pagar."

“Vamos fazer o seguinte. Quando nos aproximarmos da fronteira, você se esconde no porta-malas do carro.”

“E se eles abrirem o porta-malas?”

“Arre, diabo! Eles sempre fazem isso. Já sei. Você vai dentro da mala de roupa. Vou fazer uns furinhos nela pra você poder respirar.”

“Será que eu vou caber dentro dessa mala?”

“Vamos ver.”

Tiramos todas as roupas de dentro da mala e a colocamos sobre a cama.

“Entra aí”.

Consegui fechar a mala sem problema.

“Agora sai que eu vou fazer uns furinhos pra você poder respirar.” Com certa dificuldade, usando o meu canivete, fiz uns buraquinhos no couro da mala. Conchita voltou a entrar. Fechei o zíper.

“Está conseguindo respirar direito?”

Ouvi a voz dela abafada: “Faz mais um furo”. Pedi que ela saísse da mala e fiz mais três.

Enfiamos as roupas dentro de um saco plástico e levamos pro carro junto com a mala vazia. Assim, quando nos aproximássemos da fronteira, era só Conchita entrar e se esconder lá dentro.

A estrada ficava no meio do deserto. Os vulcões cobertos de neve ficavam cada vez mais próximos. Subíamos. Subíamos. Aos poucos comecei a sentir uma terrível pressão na cabeça. As minhas mãos suavam. Uma placa avisava que estávamos a uma altitude superior a quatro mil metros. A temperatura baixou, fazia frio. Pedi pra Conchita pegar o meu casaco no banco de trás.

“Você está se sentindo bem?”, ela perguntou.

“Mais ou menos.”

Lhamas e vicunhas apareciam por toda parte, cruzavam a estrada sem dar importância ao nosso carro. Atropelei um filhote de lhama. Conchita soltou um grito. Descemos do carro. A pequena lhama estava morta. Sentindo-me culpado, lembrei que o Gonza tinha esquecido uma pá no porta-malas do carro e decidi enterrar a lhama. Conchita disse que me ajudaria.

Numa altitude superior a quatro mil metros, qualquer esforço, por menor que seja, é brutal. A tontura, a dor na cabeça, no corpo, o enjoo aumentavam. Cavava, mas poderia desfalecer a qualquer momento. As minhas forças estavam acabando. Nos revezávamos cavando. Cavávamos e descansávamos e tornávamos a cavar. Anoiteceu sem que percebêssemos. O buraco ainda era um buraco; mesmo relativamente grande, não podia ser chamado de cova.

"Vamos colocar a lhama aqui dentro assim mesmo", eu disse.

Quando me levantei pra apanhar a lhama, caí dentro do buraco. Conchita me estendeu a mão e tentou me ajudar, mas caiu em cima de mim. No início ainda tentamos nos levantar, mas não conseguimos, estávamos quase perdendo os sentidos.

"Acho que vamos morrer", Conchita disse.

"Que bom que já estamos na sepultura."

"Para com isso."

Fechei os olhos, segurando na mão de Conchita. Antes de desfalecer, pensei: se isso for a morte, diante da vida ela é ridícula.

Não sei quanto tempo depois senti que estava sendo puxado pra fora do buraco. Vi dois homens, e cada um me segurava por um braço. Conchita estava sentada no chão. Havia uma caminhonete velha parada ao lado do carro.

"Eu sou o Esteban e ele é o Cristóbal", disse um dos homens, o mais baixo, cabeludo. O outro, mais alto e musculoso, me cumprimentou com um aperto de mão.

Esteban disse que logo depois da fronteira com a Bolívia havia um bar onde se podia tomar chá de coca e *chacchar* a folha, pra melhorar. "*Chacchar* coca", ele disse, "é o melhor remédio para amenizar os efeitos da altitude."

Chacchar, chacchar coca, *chacchar*, logo entendi que aquela palavra onomatopaica significava mascar. "Sim, precisamos *chacchar* coca", eu concordei. Conchita me deu um abraço, passou água no meu rosto e pediu que eu comesse um pedaço de pão com manteiga e sal, como Cristóbal aconselhou.

"Você está em condições de dirigir?", perguntou Esteban.

"Estou. Não se preocupe", respondi.

"Podemos ir embora?"

"Sim. Sim. Muito obrigado. Vocês nos salvaram."

Eles se despediram, entraram na caminhonete e foram embora. Esperei a caminhonete se distanciar. Quase caí no chão. Continuava tonto, enjoado, como se fosse vomitar. Como estávamos a poucos quilômetros da fronteira, Conchita abriu o porta-malas do carro e entrou desajeitadamente na mala de roupa, encolhendo-se lá dentro. Fechei o zíper.

"Tudo certo? Você está bem?", perguntei.

"Estou bem." Ouvi a voz abafada de Conchita vindo de dentro da mala.

Voltei pro carro e acelerei.

Primeiro atravessamos a fronteira do lado chileno. Mostrei meu passaporte, o documento do carro e, sem que eu precisasse dizer nada, o guarda me perguntou se eu me sentia bem.

"Não, estou enjoado, a altitude."

Ele abriu o porta-malas do carro, olhou, fechou, perguntou se eu tinha gostado do Chile.

"Muito."

Era verdade, eu tinha gostado do país dele. O meu passaporte foi carimbado e eu pude seguir até o posto de fronteira na Bolívia.

O guarda boliviano era um sujeito de pele morena, muito falante. Ao perceber que eu estava passando mal, antes mesmo de pedir os documentos, decidiu me falar da importância de mascar coca naquela altitude. "*Tienes que chacchar coca*." Tagarela, contou-me que ele e todos os outros moradores da região não saíam de casa sem antes consumir a sua coca. "Fazemos isso há séculos e não vamos parar. Órgãos internacionais já tentaram proibir a mastigação da folha de coca, mas não conseguiram. Precisamos mascar coca para viver."

A pressão na minha cabeça e o enjoo eram constantes. Eu achava que não conseguiria voltar a dirigir e acabaria preso por causa de Conchita, que seria descoberta dentro da mala. Comecei a suar. Segurei-me no carro, temendo cair.

"Senhor, deixe-me ver os documentos para que eu possa liberá-lo. A poucos quilômetros daqui, nessa mesma estrada, há um bar onde o senhor vai encontrar chá e folha de coca."

Depois dos trâmites normais, fui liberado. O guarda, vendo o meu sofrimento, nem abriu o porta-malas. Mesmo assim, perdi cerca de meia hora nos postos da fronteira.

Mais à frente, parei o carro e abri o porta-malas. De dentro da mala saiu Conchita, pálida e ofegante. Paramos no bar da estrada. O único que havia por ali. Sentamos a uma mesa.

"Dois chás de coca", eu pedi ao atendente.

O chá era amargo, horrível; no entanto, mascar a folha de coca foi ainda pior. À medida que era mastigada, a folha ia se desfazendo, se esfarelando muito vagarosamente e produzindo um sumo azedo que deixava a boca ligeiramente adormecida e os dentes e a língua com uma coloração esverdeada. Mesmo assim mascávamos, mascávamos, esperando que o enjoo e a dor de cabeça passassem. Demorou algum tempo, mas passaram. Aquela porcaria funcionou. Estávamos prontos pra seguir e a vida era mais maravilhosa do que nunca.

Entramos no carro e Conchita disse: "Cochabamba, aí vamos nós". Eu só pensava em falar com o Jack, queria saber como ele estava.

Na beira da estrada, vimos umas casinhas de adobe. Apesar do frio, decidi parar, pois talvez eu encontrasse um telefone.

Era um povoado típico dos índios da região, não havia telefone, nem mesmo energia elétrica. As poucas mulheres da aldeia, trajadas com panos coloridos, se esconderam assim que nos viram.

"Elas têm medo que a gente tire uma foto e roube a alma delas", disse Conchita.

Caminhamos pelas três únicas ruelas de terra batida do povoado e fomos embora. Não paramos nos outros vilarejos que vimos pela estrada. Ao entrar na cidade de Oruro, pegamos um trânsito pesado e lento. Estava frio, chuviscava, e o São José, time de futebol local, tinha ganhado uma partida. Os motoristas buzinavam, as pessoas gritavam, sacudiam bandeiras, cantavam o hino do time.

"Vamos direto para Cochabamba", disse Conchita.

"Não", eu respondi, estacionando o carro num posto de gasolina, "preciso encher o tanque e ligar pro Jack."

"Quem é Jack?", ela perguntou, me seguindo até a loja de conveniência.

"O Jack é o meu marreco, esqueceu? Imagina, se eu tivesse morrido ontem, ele teria ficado órfão."

"Todo dia tem gente que fica órfã e um marreco não pode?"

"Você não conhece o Jack. Se conhecesse, não falaria assim." Comprei um cartão telefônico e disquei.

Primeiro falei com o Gonza e depois pedi que ele colocasse o Jack na linha.

"E aí, Jack querido, tudo em ordem?"

"Kerouac, kerouac, kerouac."

"Também estou com saudade sua. Aguenta firme aí. Eu estou em Oruro, viajando com uma amiga. Conchita, fala com ele."

Ela pegou o telefone e disse: "Oi, Jack, aqui é Conchita, e eu não sou amiga dele, sou namorada".

"Kerouac, kerouac, kerouac."

"Então tchau, Jack", Conchita disse, me devolvendo o telefone.

"Jack, então é isso, ouviu? Se cuida. Gonza, obrigado por cuidar do Jack, estou vendo que ele está feliz. O quê?"

O Gonçalo reclamou novamente da dona Rita. Ela continuava indo visitar o Jack todos os dias.

"Calma, Gonza. Já disse que a dona Rita é chata, mas não é má pessoa."

Desliguei o telefone.

"Agora podemos ir?", Conchita perguntou.

Devido ao engarrafamento em Oruro, demoramos pra pegar a estrada. Descemos de noite, com chuva e cerração, de quase quatro mil metros de altitude pra dois mil e quinhentos em Cochabamba. Foram quatro horas de terror, numa serra íngreme, cheia de curvas perigosas.

"Nós estamos namorando, não estamos?"

"Conchita, se você acha que sim, é sim."

"Mas você me ama?"

"O amor é um sentimento enigmático que eu ainda não consegui desvendar."

25 PACO

Em Cochabamba, comemos num restaurante um *picado de macho* – carnes de vários tipos, boi, porco, cabrito, frango. Quando o prato chegou, fervilhando, exalando um aroma perfumado, fui logo pegando uma colher e enfiando na travessa. O garçom deu um tapa na minha mão e a colher caiu sobre a mesa. Olhei pra ele indignado, mas ele sorriu sem se desculpar. Apenas disse: "*No*, um momento, *no, no* está pronto, paciência, tranquilidade, *no, no, no, no...*" Abriu uma garrafa de cerveja: "*No, no, no*". Serviu a cerveja num copo, adicionou sal e pimenta, azeite, vinagre balsâmico, ficou mexendo com uma colher comprida, sem pressa, dessas de cabo retorcido que se usam pra fazer drinques. "*No, no, no,* paciência, tranquilo, *no, no, no*, mais um momento." Então ergueu o copo contra a luz e examinou a coloração da mistura, voltou a mexer, voltou a erguer o copo contra a luz, voltou a misturar. Que homem chato, era um perfeccionista. Voltou a erguer o copo e num gesto rápido despejou todo o seu conteúdo sobre o *picado de macho*, que ficou boiando na cerveja com pimenta, sal, azeite e vinagre.

"Bom apetite", disse ele, se retirando.

Se o *picado de macho* estava bom? Sim, muito.

Depois do jantar caminhamos até o hotel. Conchita dormiu. Eu permaneci insone. Ainda que pudesse sair pra andar na rua, ainda que tivesse a noite inteira só pra mim, no dia seguinte Conchita estaria ali. Eu continuava entusiasmado com ela, mas o casal – porque nós, eu e Conchita, estávamos nos tornando um casal – me parecia algo enfadonho. Como poderia ser livre pra seguir o meu destino se levava junto alguém cujo destino certamente era outro? Durante o sono, Conchita disse que queria ficar comigo pra sempre e eu respondi que se ela quisesse poderia ficar e se um dia quisesse ir embora também poderia ir. Ela deu uma choradinha, disse que eu não a amava e voltou a dormir.

Vesti-me, coloquei um casaco, saí do quarto, perambulei pelas ruas. Cochabamba, que cidade era aquela! Bonita, ficava numa espécie de vale cercado pelos Andes. Entrei num bar, com chão de azulejo antigo vermelho-fosco, parede desbotada, mesas de fórmica azul-clara e cadeiras de metal. De pé em frente ao balcão, pedi pisco. Desceu queimando. "Por favor, mais um." Bebi aos golinhos, sentindo o álcool na boca antes de engolir. Bebo mais uma dose? "Mais uma dose de pisco." O álcool beliscava a língua até escorregar pela garganta. Escuto a voz de um homem, um homem falando com outro.

Uma mulher de batom vermelho, cujos peitos pulavam pra fora do decote, se aproximou de um sujeito que estava sozinho ao meu lado e perguntou: "Você me acha bonita?"

"Acho", disse o homem.

"Ela é bonita, não é?", ele perguntou pra mim.

"É", respondi.

A mulher abriu um sorriso e, dirigindo-se a uma amiga que estava ao seu lado, disse: "Consuelo, está vendo? Eles me acham bonita".

"Dolores, não podemos acreditar nos homens."

"Prazer, Dolores. Prazer, Consuelo", disse o homem num tom galanteador. "Meu nome é Paco e o dele é..."

Eu disse o meu nome.

Dolores, quem se queixa, Consuelo, quem consola, elas se chamavam assim, e eu, que recebi o nome do santo casamenteiro que morreu solteiro.

Quando comecei esta viagem? Quando tudo aconteceu e eu não percebi? Eu perdia a conta dos dias, perdia a conta de mim, era melhor não pensar, não lembrar. Marcela, minha primeira namorada, a primeira que me quis; Patrícia, Rafaela, Zezé, Daniela, Cláudia, Cristina; Mirela, num parque, ela de joelhos, eu contemplando a sua cabeça e sentindo-me homem; Tatiana, cujos cheiro, saliva e conversa me eram estranhos, e outras que não tinham nome, numa festa, num bar, na praia; em Londres, a sueca que se apaixonou por mim e se mudou pro meu apartamento, futebol, bebida, esquecimento, um lençol branco de algodão que me envolve e tapa a minha visão, nem nome, nem rosto, nem recordação. Leiloca, Eduarda, Lúcia, uma suburbana que virou atriz de novela e gozava teatralmente, como se diante de nós houvesse uma plateia, gemidos que pensei que não iria confundir com outros, mas os gemidos vão sendo sobrepostos, uns sobre os outros, uns apropriando-se dos outros, roubando-lhes o significado; Dolores, quem se queixa, Consuelo, quem consola, Esperança, Graça, Bárbara, Vitória, Socorro, Remédios, nomes de mulheres e eu um homem, um homem, um homem...

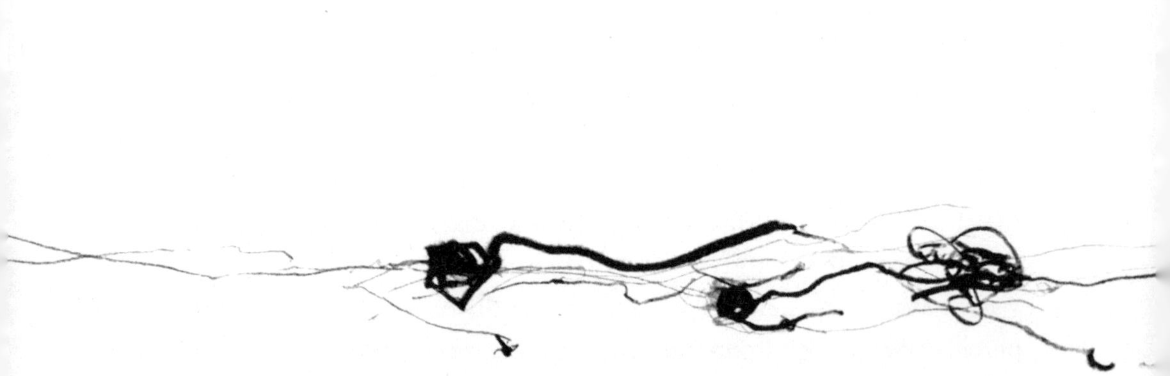

Ao meu lado, Paco beijava Consuelo. Dolores puxou a amiga dos braços de Paco e disse: "Vamos, vamos".

Elas foram.

"Mais um pisco?", Paco perguntou com um sorriso nos lábios.

Paco era um sujeitinho elétrico, de cabeça grande, mulherengo, que não devia ter mais de um metro e meio de altura. Era de Santa Cruz de la Sierra e tinha ido pra Cochabamba buscar uma pequena escultura pré-colombiana do Peru.

"Sei que é proibido comprar objetos de arte pré-colombina de outros países, mas, enfim, essa escultura inca, encontrada em escavações de Cuzco, não é para mim, é para o Alfonso, um amigo de infância, que é colecionador."

"Nunca vi uma escultura inca."

"Quer ver? Está aqui comigo." Paco tirou do bolso do casaco um pacote de papel pardo muito pequeno. Com cuidado, desembrulhou a peça. Era um rosto feio, esculpido em ouro.

"Não sei se gosto, acho meio assustador."

"Isso porque você não viu a arte dos astecas, crânios macabros, cabeças de pedra com as órbitas vazias, caveiras. Aquilo, sim, é sinistro."

Paco embrulhou a escultura inca e colocou-a de volta no bolso do casaco.

"Estou a caminho do Alasca, mas a minha próxima parada será a sua cidade."

"Quando você vai para Santa Cruz de la Sierra?"

"Amanhã."

"Está de carro? Pode me dar uma carona? Vamos fazer o seguinte: você me leva até Santa Cruz de la Sierra e eu hospedo você na minha casa, quer dizer, na casa do Alfonso Martínez. Você vai gostar, é uma casa grande e eu tomo conta dela. Então, estamos de acordo?"

Logo percebi que Paco era um malandro. Não tinha dinheiro, nem profissão, nem trabalho, nem planos e morava de favor na casa de Alfonso Martínez, seu amigo de infância. Paco desfrutava de uma vida boa graças ao amigo, que, segundo Paco, era uma excelente pessoa apesar do mistério que o envolvia. Eu quis saber como Alfonso Martínez fizera toda a fortuna que Paco descrevia em detalhes, com orgulho, como se ser amigo de alguém tão poderoso valesse alguma merda. Diante da minha pergunta, Paco fez um gesto fingindo que passava um zíper na boca e mudou de assunto.

"Eu também sou um viajante", disse Paco. "Mas não preciso ir até o Alasca, viajo sem precisar sair de casa."

"Pois um homem como eu precisa mover-se pra não morrer."

"Eu também me movimento, mas sem sair do lugar. No fundo todo lugar é igual."

"Acho melhor a gente pedir mais um pisco."

"Nunca saí da Bolívia nem pretendo sair. Nasci aqui e quero morrer aqui. Feliz, cozinhando *riñones*."

"Por favor", pedi ao atendente, "duas doses de pisco."

Acordei num banco de rua com o Paco caído sobre o meu ombro. Ele roncava, com a boca levemente aberta.

"Paco. Paco, acorda, Paco."

Vendo que ele continuava roncando, sacudi-o de leve. "Paco, Paco! Acorda!" Antes de se mexer, ele gemeu algumas vezes.

"Vamos, levanta, temos que ir."

Paco sentou em posição ereta, esfregou os olhos e me encarou como se não me conhecesse. Nada dizia, apenas me olhava com se estivesse tentando lembrar como havia chegado ali e quem eu era. Fiquei em silêncio até notar em seu rosto que tudo voltava à sua mente. Então disse: "Vamos, Paco".

Ainda sonolento, Paco andava ao meu lado, mas à medida que caminhávamos ia acordando, e a cada passo que dávamos mais desperto ficava, e quanto mais desperto mais falante, e quanto mais falante mais agitado, e quanto mais agitado mais cheio de demandas. Ele queria tomar um café com leite e comer um pão torrado com manteiga, queria saber onde estava o carro.

Quando nos aproximávamos do hotel, vi Conchita de longe, com as mãos na cintura.

"Onde você passou a noite? Com alguma vagabunda?"

"Calma, Conchita."

"E quem é esse anão feio aí do seu lado?"

"Anão?", disse Paco. "Eu tenho um metro e sessenta de altura."

"Duvido. Se eu tivesse uma fita métrica aqui ia provar que você está mentindo."

"Conchita, para com isso. Este é o Paco, nos conhecemos ontem à noite. Ele vai com a gente até Santa Cruz de la Sierra e lá ficaremos hospedados na casa dele."

"Não quero saber. Antes você tem que me dizer onde passou a noite."

"Conchita, para com isso. Não houve nada. Entrei num bar, bebi e perdi o rumo de casa. Passei a noite num banco de rua na companhia do Paco."

"As malas ainda estão no quarto e você tem que pagar o hotel."

Dinheiro, sempre o dinheiro. Contei o dinheiro que restava na carteira. Era pouco. Seria melhor não falar em dinheiro, não pensar em dinheiro, mas se os que têm falam e pensam, imagine nós, que não temos.

"Você senta no banco de trás", disse Conchita pro Paco.

"Sim, senhorita. Você manda, eu obedeço."

Assim que dei a partida, Paco viu as horas no relógio de pulso dourado e disse: "Perfeito, onze horas e quinze minutos. Eu convido vocês para uma *salteña*. A melhor *salteña* de Cochabamba".

"*Salteña?* O que é isso?"

"Um pastel adocicado feito à base de batata e mocotó, tipicamente boliviano, que só é servido entre as onze da manhã e o meio-dia."

De acordo com Paco, a melhor *salteña* era feita numa feira de rua, onde se vendia de tudo, bichos vivos e também bichos secos pra vodu, além de diversos tipos de carne. Até a boca e os olhos da vaca ficavam expostos nas barracas. Relógios, bolsas e tênis falsificados se misturavam com artesanato indígena e eram exibidos nas barraquinhas lado a lado com vidros de geleia vazios, pneus murchos, bonecas sem cabeça, lâmpadas, pregos, parafusos, martelos, além de especiarias coloridas e aromáticas. Não havia placas com preços, sendo assim não dava pra saber quanto as coisas iam custar. Tudo se negociava. O vendedor falava um preço, o cliente oferecia a metade e depois de muitas idas e vindas se fechava um valor que deixava cliente e vendedor satisfeitos. Fazia-se também escambo. Pena que eu não tivesse nada pra trocar. Depois de muito barganhar, paguei uma ninharia por uma pulseira de madeira ornada com figuras místicas pra dar a Conchita. Só comprei a pulseira porque a vendedora me garantiu que aquelas entidades traziam sorte, e eu achava que Conchita precisava de sorte. Ela agradeceu o presente, mas disse que eu estava enganado, pois todos precisávamos de sorte. Numa das tendas comemos a famosa *salteña*. Pedimos cinco com recheios diferentes, tutano de vaca, carne moída, frango, porco e queijo. Paco ainda nos fez experimentar um licor forte de aparência suja feito à base de milho fermentado chamado *chicha cochabambina*. Dei um gole naquele negócio adocicado e fiquei na cerveja. Já Conchita bebeu uma dose inteira quando Paco lhe explicou que a *chicha cochabambina* era uma bebida oferecida pra Huari, deus da força e das montanhas, em troca de proteção.

Eram quatrocentos e sessenta quilômetros de Cochabamba até Santa Cruz de la Sierra. O início da viagem foi tranquilo. Paramos em vários povoados indígenas, todos com as mesmas construções de adobe, e grande parte dos nativos fugia da gente quando nos aproximávamos. Os que permaneciam nos encaravam sorridentes e calados. Imagino que depois fossem contar aos que haviam se escondido como nós éramos. Eram homens e mulheres de baixa estatura, tez morena, cabelo liso negro. As mulheres, com tranças e saias compridas, se enrolavam em panos coloridos e usavam chapéu. Os homens, encasacados, cobriam a cabeça com gorro de lã ou um chapéu igual ao das mulheres. Com o meu metro e noventa de altura, eu devia lhes parecer um gigante.

Inesperadamente, desabou um temporal tão forte que nos fez correr pro carro. Ficamos comendo amendoim e bebendo cerveja por quase duas horas. Paco entornava todas, se encharcava de álcool e depois roncava. Conchita o sacudia, dizendo: "Para de roncar, para de roncar". Mas não adiantava, Paco soltava um grunhido, se mexia no banco, mudando de posição, e logo voltava a respirar ruidosamente pelo nariz e a soltar um ronco estrondoso pela boca.

"Maldita hora em que você resolveu dar carona para esse anão roncador."

Quando a chuva estiou, prosseguimos. Várias vezes quase atropelei índios bêbados que atravessavam a estrada de bicicleta. Na verdade, não tenho certeza se eram eles que estavam bêbados ou se era eu. De qualquer modo, toda a atenção era pouca. O asfalto ainda estava molhado da chuva e a noite caía.

26 A CASA

Às oito da noite nos aproximamos de Santa Cruz de la Sierra. Pegamos um tráfego intenso até chegarmos à casa do Paco, uma mansão cercada por um muro rosa alto que ocupava um quarteirão inteiro num dos bairros mais elegantes da cidade.

"Buzina", disse Paco saltando do carro.

"*Amorcito*, parece um castelo. Até que foi uma boa ideia dar carona para esse anão roncador. Você não me contou que ele era milionário."

"A casa não é dele."

"De quem é?"

"De um amigo dele que mora em Miami."

Por que todo latino-americano endinheirado e culturalmente desfavorecido tem casa em Miami?

O portão de ferro rebuscado se abriu automaticamente. Paco fez sinal pra passarmos direto com o carro. Seguimos por uma alameda até estacionarmos em frente à casa. O gramado, as flores, os arbustos, tudo era perfeito. A natureza, quando arranjada pelo homem, me causa suspeita. Vejo falsidade na simetria de um jardim.

Entramos na casa por um salão com poltronas e sofás forrados de tecido caro, com mesas, tapetes persas, quadros, vasos, estatuetas, abajures, um suntuoso lustre de cristal que pendia do teto e uma escadaria de corrimão dourado. Um lugar que queria ter um significado, mas que pra mim tinha outro.

Paco nos apresentou à dona Roberta, uma senhora que parecia ter sido retirada de um túmulo. Tinha olhos que não piscavam, cabelos brancos encaracolados, e de seu queixo brotavam grossos pelos brancos. Vestia uma camisola branca comprida e calçava pantufas também brancas, creio que pra não arranhar o chão de madeira envernizada.

Paco tirou do bolso do casaco o pequeno embrulho com o rosto inca e entregou-o pra dona Roberta, que contemplou a peça em silêncio.

"Posso ver?", perguntou Conchita.

"Eu preferia não mostrar", respondeu a dona Roberta quase sem mexer os lábios.

"Dona Roberta, vou hospedá-los aqui por alguns dias. Será que a senhora pode fazer a cama para eles num dos quartos?"

"Eu preferia não fazer."

"Venham", disse Paco, subindo a escada. Fomos atrás dele, e a dona Roberta nos seguiu.

Quando Paco acendeu as luzes do quarto, Conchita soltou um suspiro deslumbrado. Ele abriu um dos armários, pegou toalhas e roupa de cama.

"Obrigado, Paco. Pode deixar que a gente faz a cama", eu disse, colocando a mala no chão.

"Fiquem à vontade", ele respondeu e saiu. A dona Roberta seguiu atrás.

Sem tirar a mochila das costas, Conchita foi até o banheiro.

"*Amorcito*, vem ver isto aqui, olha as paredes, as torneiras, olha o tamanho da banheira..."

Era uma enorme banheira redonda de hidromassagem. O banheiro era todo de mármore cor-de-rosa, havia duas pias com torneiras douradas e luzes ao redor do espelho. Tudo naquela casa era ostensivo, de uma suntuosidade desprezível. Senti vontade de mijar em cima de todo aquele mármore cor-de-rosa. Conchita abriu a água da banheira.

"Vamos tomar banho de espuma", disse, tirando a roupa e pegando uma das toalhas.

"Olha como são macias, felpudas! *Amorcito*, são toalhas gigantes! Olha o tamanho!"

Nua, andava de um lado pra outro, falava das cortinas de estampa florida que combinavam com a colcha, dos lençóis bordados com as letras A e M. Perguntava se eu tinha notado quantas lâmpadas havia no lustre.

"*Amorcito*, olha só essa caixinha de prata, parece uma joia! Olha, *amorcito*, a torneira da banheira é dourada, tudo é dourado nesta casa. Eu te amo, não quero mais sair daqui, nunca mais, como eu te quero", e ela se pendurava no meu pescoço e me beijava, apaixonada. Conchita desabotoou a minha camisa, encostou o seu corpo no meu.

Havia uma única árvore em todo o jardim, uma mangueira que devia estar ali há anos, tão velha que já nem dava frutos, só sombra. Ficava perto da piscina, em torno da qual eu, Conchita e Paco estávamos deitados em espreguiçadeiras. Uma brisa fresca e constante me dava a sensação de que tudo na vida estava ao meu alcance, um cavaleiro andante que ia de cidade em cidade, dia após dia, rumo ao Alasca.

"Paco, tem limão e vodca?"

"Tem."

"Então vou fazer pra vocês a minha especialidade: caipirosca." Cortei o limão ao meio e removi a parte branca central, amarga.

Amassei os pedaços de limão num copo, coloquei açúcar e vodca e umas folhas de hortelã. Bastante gelo. Conchita e Paco provaram. A dona Roberta, carregando bandejas de prata com ovinhos de codorna, ia e vinha da casa grande arrastando a camisola branca pelo gramado feito um fantasma.

"Prefiro não beber", disse a dona Roberta, quando lhe ofereci uma caipirosca.

O que significava morar de favor naquela casa? O que significava ser Paco? O que significava viver, pra uma pessoa que renuncia à vida, como a dona Roberta? A dona Roberta preferia não beber, mas Paco bebia. Eu também bebia. Passamos o dia na piscina bebendo. Bebi demais. Continuo bebendo demais. Isso é progressivo. Não adianta sentir remorso, defender a sobriedade e jurar que irei parar de beber. Não consigo parar, nem beber moderadamente.

A minha cabeça zunia. Joguei um ovo de codorna pro alto e peguei-o com a boca, liso, escorregadio. Mordi. Mastiguei o pequeno ovo. O ovo da codorna. Já fui ovo, quero voltar ao ovo, sem deixar de ser galo; também já fui pintinho, amarelo e frágil, podia morrer com um peteleco, escapei da morte, tive mãe.

Gostaria de dizer algo profundo, espirituoso ou bem-humorado, mas não tenho nada pra contar sobre o resto do dia. Poderia inventar uma história qualquer, afinal quem saberia se estou mentindo ou não? Ninguém, só eu. Acontece que não gosto de mentir. Claro que já menti muitas vezes e continuo mentindo, mas mentir aqui, pra mim mesmo, não teria sentido. Sendo assim, falarei o que houve. Nada. Quer dizer, quase nada. Fiquei bebendo, olhando pro céu, pensando que tudo poderia acontecer, menos aquilo que não tinha acontecido. O tempo não andava pra trás. Essa coisa do tempo não voltar atrás era lastimável, mas gerava um alívio. Só me restava beber. Há pessoas que se tornam sentimentais e pegajosas quando bebem, e há outras, como eu, que ficam confusas ou agressivas e violentas. Não, isso não aconteceu, não bati no Paco, nem na dona Roberta e muito menos na Conchita, ainda que tenha sentido vontade. Por que senti vontade? Quieto. Sobre certas coisas é preciso calar.

Quando abri os olhos, estava deitado num quarto escuro. Móveis foram surgindo como se fossem sombras de si mesmos. Estendi o braço e fiz um carinho em Conchita.

"Não encosta em mim. Você bebe demais."

"O que houve?"

Silêncio.

"O que foi, Conchita?"

Silêncio.

Levantei-me. Ela continuou deitada. Fui dar uma volta. Caminhar renovaria o meu espírito. Andei pelo bairro Anel 2. Santa Cruz de la Sierra é dividida em anéis, doze anéis ao todo. O Anel 2 é um bairro nobre com casas bonitas, nenhuma tão extravagante quanto a de Alfonso Martínez.

Quando voltei pra casa, encontrei Paco sentado no sofá como se tivesse sido atropelado por um trator. Já Conchita estava de banho tomado, cabelos molhados e vestido estampado sem mangas. Estava bonita, parecia uma menina, era uma menina, uma menina triste. Senti-me culpado. Ela não usava a pulseira de madeira que eu havia lhe dado.

Fui almoçar com Conchita, Paco e a dona Roberta. Quer dizer, praticamente almocei sozinho. Conchita não falava comigo, Paco estava de ressaca e a dona Roberta preferia não conversar. Na minha ignorância, pedi um prato da culinária boliviana dos *collas*, bolivianos do altiplano, onde ficam La Paz, Oruro e Potosí.

"Aqui é a terra dos *cambas*, meu senhor", disse o garçom. "Aconselho-o a pedir um prato dos *cambas*."

Fiz o que o garçom sugeriu. Depois Paco me explicou que em Santa Cruz de la Sierra vivem os *cambas*, que odeiam os *collas*.

Quando voltamos pra casa, Paco foi dormir. A dona Roberta se sentou num canto da sala pra tricotar, indiferente a tudo o que a cercava. Conchita sentou-se na sala. Fui pra perto dela. Permanecemos sentados, em silêncio, um ao lado do outro. Quando escureceu, subimos pro quarto.

Conchita contou que eu tinha feito e dito coisas terríveis na noite anterior, quando ficamos a sós na beira da piscina. Olhei pra ela surpreso. Será que havia acontecido o que ela dizia ter acontecido? Não estava certo de que tudo o que ela dizia de fato ocorrera, mas sabia que algo desagradável tinha se passado. Sentia-me culpado, tinha a consciência pesada, mas, como as minhas faculdades mentais não estavam em perfeito estado na noite anterior, só restavam ruídos e faíscas. Pedi perdão, dez mil vezes perdão. Ela me desculpou e me deu um beijo, quando jurei jamais repetir o que tinha feito, mesmo não sabendo se era verdade ou não o que ela dizia e também sabendo que juramentos valem muito pouco, ou quase nada. Mas ela ficou feliz, e era isso o que eu queria – vê-la sorrir.

Sons de vozes e carros chegaram do jardim. Ouvimos Paco gritar, chamando por nós.

"Venham aqui. Quero apresentar uns amigos para vocês."

27 O CALHORDA

A sala estava cheia de mulheres. Umas bonitas, outras nem tanto, porém todas confiantes, equilibradas em sapatos de salto alto. Entre elas havia um homenzinho de topete alourado e corrente de ouro no pescoço.

"Este é o Victor", disse Paco, "o irmão mais novo do Alfonso." Victor era tão rico quanto o irmão, e, como a maioria dos endinheirados solteiros, andava cercado de mulheres.

"Vamos para o Che Guevara", disse Victor. "Como o nome já diz, é um bar cubano, com boa música e muito rum."

Quando estávamos saindo, Conchita me segurou pelo braço e disse no meu ouvido: "Eu te arrebento se você olhar para alguma dessas vagabundas que estão atrás do dinheiro do Victor".

"Que é isso, Conchita?"

"Estou falando sério." Depois abriu um sorriso forçado pro Paco e pras duas garotas que iam no carro com a gente.

Paco já estava bêbado, e as garotas cheiravam cocaína no banco de trás. Ofereceram pra mim e pra Conchita, que hesitou.

"Nada disso, menina."

Conchita me olhou com fingida indignação. Gostava que eu tomasse conta dela.

Havia tumulto, uma fila enorme e desorganizada na porta do bar. Graças ao Victor, passamos na frente. Os ricos sempre com os seus privilégios. Como detesto esses filhos da puta! Mas não podia negar, vida de rico era outra coisa, banho de banheira no banheiro de mármore cor-de-rosa, cama macia, comida e bebida de primeira, era bom, mas era isso, só isso, nada mais. Se eu ficasse lá mais tempo acabaria perdendo a graça, como qualquer outra coisa. No fim a vida não tem surpresa alguma, todo mundo sabe como ela termina.

"O Victor é um homem poderoso", Conchita disse sem mais nem menos.

Poderoso? Poderoso sou eu que não tenho um tostão e mesmo assim não me curvo, não temo a vida nem a morte e afasto radicalmente qualquer sinal de depressão. Sou uma máquina perfeita, que aspira a uma existência sem fronteiras e é capaz de viajar eternamente com apenas uma pequena mala. Eu sou poderoso, e não esse baixote ridículo que é capaz de morrer afogado se eu cuspir nele.

Uma banda tocava rumba. Não me aventurei a dançar. Nem Victor. Ficamos sentados na melhor mesa do local, tomando uma dose de rum atrás da outra. Lembrei-me da minha mãe. Cuba-libre, rum com Coca-Cola, era a sua bebida favorita. Admito: cheguei a achar Victor simpático. Muito álcool, muita cocaína e muita mulher. Tudo por conta dele. As garotas sentavam no colo dele, beijavam-no, deixavam que ele passasse a mão na bunda delas, no peito, ele era o rei. Paco também se esbaldou, passou a noite aos beijos com uma das garotas do Victor, uma loira platinada de coxas grossas bronzeadas que era o dobro dele. Ainda que Conchita dançasse desbragadamente no meio da pista, esquecida de mim, não me atrevi a encostar nas garotas do Victor. Não queria confusão.

Com a cabeça cheia de rum, fui com Paco e a turma do Victor a uma festa popular, típica dos índios bolivianos, que estava acontecendo numa praça. Uma espécie de carnaval, todos fantasiados com máscaras, dançando, cantando, e nessa alegria não podiam faltar *chichas* e cerveja. No meio do empurra-empurra, porque ali o rico deixa de ser rico, perde qualquer privilégio, só nos restava chafurdar na festa, nos vícios, nas torpezas. Vi que Conchita cheirava cocaína com Victor. O que era aquilo? Ela tinha quinze anos, estava sob a minha responsabilidade. Deixei que ela cheirasse. No entanto, fiquei por perto, de olho nela e no Victor. Assim que Conchita se levantou pra dançar entre os mascarados, peguei-a pela cintura e não a soltei mais. Tive que dançar mesmo sem vontade, porque Conchita requebrava os quadris, jogava os braços pro alto e falava coisas que eu não conseguia entender no meio daquela zoeira. Ali ficamos até Conchita dizer que precisava ir ao banheiro. Rodamos a praça, pedimos informação. Não havia banheiro. Uma banda inteira, de homens vestidos de poncho colorido franjado, chapéu e instrumentos pendurados nos ombros, mijava enfileirada na lateral de um ônibus. Conchita quis se juntar ao grupo pra fazer xixi. Não deixei, disse-lhe pra se agachar ao lado de uma árvore. Ela levantou o vestido florido e ficou de cócoras.

"O que é isso? Você está sem calcinha?"

"Dei a minha calcinha para o Victor."

"O quê? Por que você fez isso?"

"Ele me pediu."

"E você deu?"

"Qual o problema? Eu tenho outra e ele me deu uma coisa em troca."

"O quê? Pó?"

"É, mas juro, só queria experimentar. Você está chateado comigo?"

"Não. Mas quero que você me prometa que nunca mais vai fazer isso. E outra coisa: jamais tire a calcinha e dê pra alguém. Só pra mim."

Não havia mais nada a ser feito além de continuar bebendo. Conchita concordou. Ela estava eufórica, dançava, pulava sem perceber que às vezes deixava à mostra a sua bunda durinha de ninfeta.

"Vamos", eu disse, "cansei deste lugar."

Conchita relutou um pouco, mas, vendo que todos iam embora, entrou no carro. Paco e a loira platinada, que era o dobro dele, vieram no meu carro se atracando no banco de trás.

Subi com Conchita pro quarto. Alguém bateu na porta. Era a dona Roberta, dizendo que o Victor queria falar comigo. Desci.

"Senta aí", disse Victor. "Como não gosto de rodeios, vou direto ao assunto: quero comprar a menina."

"Que menina?"

"A sua menina. Eu quero comprar a sua menina."

"Como comprar?"

"Comprando. Sei que ela é sua, mas eu pago bem."

"Ela não é minha. Não é de ninguém. Ela é dela."

"Nenhuma mulher é dela, é sempre de alguém. Toda mulher tem um dono. As que não têm é porque ninguém quer."

"Chega de conversa."

"Vamos lá, fale, quanto você quer pela menina?"

"Vá à merda."

Victor soltou um riso sardônico.

Voltei pro quarto. Comecei a arrumar as coisas, tanto as minhas quanto as dela.

"O que foi? O que foi?", perguntou Conchita. "É a polícia? A polícia está atrás de mim?"

"Calma, não tem ninguém atrás de você."

"Sei que a polícia está atrás de mim."

"Que polícia?"

"A polícia paraguaia. Você esqueceu que larguei o Luigi morto no quintal daquela mulher? Será que descobriram que fui eu que o matei? Cadê a faca? Cadê a faca dele que estava comigo? Sumiu! Sumiu! Alguém roubou a faca da minha mochila. Aquela faca pode me incriminar. Não, não pode. Limpei a faca, lavei, fiz tudo. E a cigana também limpou a faca. Foi ela que disse que eu tinha que levar a faca comigo, mas a faca sumiu. Sumiu!"

"Vem cá, meu bem, vem cá, fica calma. Esquece essa faca. Está tudo certo."

"E a polícia?"

"A polícia não vai perder tempo com defunto barato."

"Preciso encontrar a faca", disse ela se levantando e revirando tudo o que eu estava arrumando. "É, a faca sumiu. Eu não quero ser presa."

"Você não vai ser presa. Fica tranquila. Agora se veste e me ajuda a arrumar as coisas porque a gente vai embora daqui agora."

"Por quê? Eu gosto muito desta casa. Não quero ir embora."

"Mas nós vamos embora."

"Vai você. Eu não vou."

"Vai, sim. Você vem comigo, não vai ficar aqui com o calhorda do Victor."

"Por que calhorda?"

"Conchita, chega de conversa. Vamos."

"Só vou se você me disser por que a gente tem que ir embora."

"Porque o Victor quis comprar você."

"Me comprar? Quer dizer que o Victor, com todas aquelas mulheres altas e peitudas, gostou de mim?" Conchita abriu um sorrisinho que a denunciou. Ah, a vaidade! Como todas as mulheres, e também como todos os homens, ela era vaidosa. Estava satisfeita em saber que Victor se interessara por ela, ainda que isso significasse que ele queria comprá-la como se ela fosse uma mercadoria. Contudo, disfarçando o seu contentamento, disse: "*Hijo de puta*".

Quando descíamos a escada com as malas, Paco apareceu e quis saber por que estávamos indo embora.

"Porque o Victor quis me comprar."

"Entendo. É uma pena, mas vocês vão perder os *riñones* que vou fazer hoje no almoço."

Do sofá, Victor disse: "Quer dizer que não tem negócio, você não vende a menina".

"Vai pra puta que pariu, Victor", respondi.

28 O MILAGRE

De Santa Cruz de la Sierra fomos pra La Paz, passando novamente por Cochabamba.

Ao meio-dia almoçamos sopa de porco feita na própria gordura do suíno e escabeche de chispe num restaurante de estrada. Vinha notando que estava adquirindo uma barriga cada vez mais protuberante desde a minha partida. Continuava tendo pernas e braços magros, mas toda aquela gordura tinha que se acumular em algum lugar. Comer muito faz mal, dá infarto, úlcera, envenena o sangue e, o pior de tudo, cria uma panturra no comilão. Conchita deu um tapinha na minha pança, dizendo que eu devia parar de comer tanto.

"Eu sei. Essas comidas *cucarachas* cheias de gordura e temperos vão me matar."

Já era noite quando passamos por El Alto, uma cidade bastante pobre, repleta de índios, de onde vimos pela primeira vez La Paz, cravada numa fundura entre as montanhas do altiplano e os picos nevados dos Andes. Lá embaixo, como que nas profundezas de um enorme buraco negro, brilhavam as luzes da cidade. Por uma estrada bem conservada, mas muito íngreme e ziguezagueante, chegamos à capital da Bolívia.

Apesar do cansaço, não queria dormir, precisava beber algo. Sei que me repito, nem eu aguento, mas me digam vocês, o que mais pode fazer um homem que viaja? Ele observa os lugares, experimenta comidas típicas e bebe.

Pra onde se olhava havia algazarra, barraquinhas vendiam comidas feitas na rua. Alto-falantes anunciavam preços, produtos e promoções entre as músicas; trânsito caótico, construções históricas, arranha-céus de vidros espelhados, casas com os tijolos sem reboco e gente, muita gente circulando. *Cholas*, aquelas mulheres de cabelos longos negros presos em tranças, chapéu, saia e panos coloridos nos ombros, se misturavam com gente de *jeans* e roupas da moda. Entramos por uma rua estreita. O número de casas sem reboco foi aumentando. Numa delas funcionava um bar. Salve! Preços baixos e uma cerveja gelada atrás da outra.

"Por que você não pinta as paredes desse bar? Por que tem tanta casa em estado de construção por todos os lados?", Conchita perguntou.

"Porque assim pagamos menos impostos."

"Eu não pago imposto. Nunca paguei, nem vou pagar. Sou livre. Vou pro Alasca!"

Conchita começou a me bater.

"Chega! Chega de beber, chega de falar do Alasca, não aguento mais ouvir falar do Alasca."

Segurei-a pelos braços. "Você tem sorte por eu não bater em mulher." Ela se desvencilhou e saiu correndo. Fui atrás e o dono do bar também.

Conchita corria bem mais rápido do que eu e do que o dono do bar, um gorducho de pernas curtas, que vinha atrás de mim esbaforido, gritando: "Ladrão, ladrão".

Uns transeuntes me pegaram, derrubando-me no chão. Seguraram-me pelos braços enquanto o dono do bar me acusava de ter saído sem pagar. Nesse momento, Conchita chegou.

"Se alguém encostar a mão nele vai ter que se ver comigo", disse ela, fazendo pose de valentona.

Foi uma gargalhada geral, até eu ri.

Um dos sujeitos respondeu: "Ai, ai, que medo, não bate em mim não".

"Amigo", eu disse ao me levantar, "não somos ladrões. Eu ia pagar a conta. Vamos voltar pro bar porque depois desse imbróglio vou precisar de mais uma cerveja. E a senhorita, tome tenência. Onde já se viu fugir de mim?"

De volta ao bar, tomei mais uma cerveja. Num canto escuro, sobre uma mesa, uma santa negra era cercada por velas acessas e pequenas oferendas – moedinhas, balas e fitas. Pedi ao dono do bar um copo, no qual servi um pouco de cerveja pra santa. Ouvi dizer que santos são beberrões. Aproximei-me da santa de traços indígenas, cabelos pretos caídos sobre os ombros e vestido branco com detalhes em azul e dourado. Aos seus pés havia uma bandeira da Bolívia, com suas listras verde, amarela e vermelha e o brasão das armas do país no centro. Nos braços a santa segurava um menino também escuro enrolado num manto azul.

Uma porta nos fundos do bar se abriu e uma *chola* muito idosa, pequena e corcunda entrou, com passos de formiga. Ela foi caminhando até o balcão e sumiu da minha vista, de tão baixinha que era. Eu só conseguia ver o topo da cabeça dela ao lado do dono do bar.

"Benção, *mamita*", disse o dono do bar.

A *chola* saiu de trás do balcão, caminhou até a santa e começou a cantarolar de olhos fechados ao meu lado. Ao terminar a cantilena, fez o sinal da cruz e disse: "Vejo que você é um devoto. A Santíssima já me concedeu um milagre. Amanhã quero que vocês venham almoçar conosco. Cozinharei *cuy* em homenagem à Virgem da Candelária, minha Santíssima milagrosa".

"*Cuy*?"

"De onde você vem, homem de Deus, que não sabe o que é *cuy*? O *cuy* é um alimento sagrado desde o tempo dos incas. É um animal divino que se alimenta de qualquer resto de comida, e toda casa andina que se preze, como a nossa – não é Carlos? –, tem a sua própria criação de *cuys*. Amanhã sacrificaremos dez em homenagem à Santíssima Virgem da Candelária, a Nossa Senhora de Copacabana. Agora, meus filhos, por favor acertem a conta com o Carlos e vão dormir. Aguardo vocês ao meio-dia. Boa noite."

E a *chola* se retirou com seus passos de formiguinha.

Quando chegamos na rua, Conchita foi logo me perguntando: "Que milagre foi esse?"

"Que milagre que nada. Isso não existe, é coisa de crente. Vamos deixar esse assunto de lado e falar do que interessa. O negócio é o seguinte: o meu dinheiro está no fim. Vamos ter que dormir no carro até a inquilina do meu apartamento depositar o aluguel do mês que vem."

"Tenho uma surpresa para você." Conchita tirou do bolso da calça *jeans* um maço de dinheiro. Alguns dólares e muitas notas altas de pesos bolivianos. "Roubei da carteira do Victor."

Fiquei sem saber o que dizer e nem quis pensar no assunto. Passamos a noite num hotelzinho próximo ao bar, no centro de La Paz. O quarto era de bom tamanho, mas parecia mínimo e muito pobre comparado ao luxo da casa do Alfonso Martínez. Nada de banheiro de mármore cor-de-rosa e banheira de hidromassagem com torneiras douradas. O banheiro era apertado, sem boxe, com um chuveiro elétrico que soltava faísca, fazia barulho e ainda deixava o chão alagado.

Acordei às nove da manhã com Conchita me chamando. Ela não queria se atrasar pro almoço em homenagem a Santa Candelária. Mascamos uma folha de coca por precaução. Pra quem não sabe, La Paz está localizada a três mil seiscentos e sessenta metros de altitude. Haja energia!

Chegamos ao bar. O silêncio lá dentro era sepulcral. Gritei: "Ô de casa, ô de casa..." Ninguém apareceu.

Quando já estávamos quase desistindo, ouvimos vozes em uníssono, repetindo de forma gongórica: "Glória, glória, glória..." Seguindo as vozes, entramos por um longo e estreito corredor na lateral direita do bar. O som aumentava. Conchita correu na minha frente. Fui atrás. No fim do corredor nos deparamos com um quintal espaçoso e cerca de dez pessoas, entre adultos e crianças, de pé ao redor da velha *chola* e da estátua da Santa Candelária. As pessoas eram todas parecidas, baixinhas, de pele morena e cabelos lisos. De mãos dadas, rezavam. Conchita juntou-se a elas. Preferi ficar observando. Notei que no fundo do quintal havia uma mesa retangular de madeira com copos e pratos de alumínio colorido. Ao lado, uma churrasqueira com o fogo ardendo e sobre uma bancada de cimento uma bacia de plástico azul cheia de pequenos bichos mortos, que pareciam ratos. De repente, todos começaram a cantar, girando ao redor da velha *chola*, que tremia. Então a *chola* ergueu os braços e começou a recitar com um vozeirão que fez as pessoas silenciarem.

"Imortal, eterna, inefável Santa Candelária, que dominais os vastos e imensos campos do éter, onde vejo a vossa divina figura, da qual sai um facho luminoso de luz, que tocou os meus olhos, curando-me da cegueira e deixando-me ver que vos elevais acima de tudo, ó Santa Santíssima, Nossa Senhora de Copacabana, vós tendes poderes como os anjos, então ajudai vossos fiéis aqui reunidos. Ó Santa Gloriosa, salvai todos nós, eu vos suplico, fechai a porta destas almas para que nela não entrem os espíritos malignos das trevas, os diabólicos poderes infernais."

Por fim a *chola* baixou os braços lentamente e se ajoelhou com dificuldade. Tive a impressão de ouvir as articulações dos seus joelhos rangerem. Em seguida, os outros também se ajoelharam e fecharam os olhos, baixando a cabeça.

Dei uma volta pelo quintal. Olhei novamente os pequenos roedores mortos dentro da bacia de plástico azul. Deviam ser os *cuys*. Sentei-me numa das cadeiras. Todos continuavam ajoelhados, menos a velha *chola*, que fazia uns salamaleques diante da santa. Com seu vozeirão, rezou uma ave-maria, um pai-nosso e encerrou a reza ordenando que os outros se levantassem. Que alívio!

Os homens foram convocados à churrasqueira pela *chola*, que distribuiu entre nós os roedores mortos que estavam na bacia plástica. Sem saber o que fazer com aquilo, segui o dono do bar e os outros até a cozinha. Em cima do fogão havia uma grande panela com água, na qual jogamos os *cuys*. Assim que a água ferveu os *cuys* foram retirados da panela, e então cada um de nós teve que arrancar a pele do *cuy* com as mãos. Seguindo as instruções do dono do bar, começamos a puxar a pele do bicho a partir da boca, seguindo pelo focinho, pelos olhos, pela cabeça e pelo dorso. Depois tiramos a pele de cada uma das perninhas e das patas, e por último da barriga. No final, o *cuy* parecia um feto prematuro de rato retirado sem vida do ventre materno.

Quando voltamos ao quintal com os *cuys* despelados, fomos recebidos pelas mulheres e pelas crianças com aplausos e cerveja. Entregamos os animais pra *chola*, que os temperou com alho, cominho, sal e pimenta. Dentro da boca de cada um ela colocou um raminho de *huacatay*, tempero boliviano também conhecido como erva-de-santa-maria.

Agora escutem isto. O arroz era salpicado com pedaços bem pequenos de cenoura, cebola, mariscos e restos de carne de porco queimada. O molho da batata assada era feito com bastante manteiga derretida e temperado generosamente com diferentes tipos de pimenta, que proporcionavam ardência na medida certa. E o *cuy*, pra minha surpresa, apesar da trabalheira que deu pra comer, devido à quantidade de ossinhos e gordura, tinha uma carne macia, muito saborosa. Fui pegando ossinho por ossinho com as mãos e comendo toda a carne sofregamente. Eu repetiria, mas infelizmente apenas dez *cuys* tinham sido sacrificados em homenagem à santa. Logo, cada convidado só tinha direito a um. Sendo assim, tive que me satisfazer com mais batata e arroz. E quando eu voltava ao repasto, enfiando o garfo na batata, ouvi Conchita perguntar: "Dona *chola*, por favor, me conte qual foi o milagre que a Santíssima da Candelária lhe concedeu".

"Uma vez aconteceu comigo uma desgraça e eu culpei a santa. Dias depois fui fritar um filé de merluza e a gordura quente espirrou nos meus olhos, causando uma queimadura muito grave. Fui levada para o hospital. A princípio os médicos disseram que eu voltaria a enxergar, mas o tempo passava e eu continuava cega. Quatro anos depois, eu cega, sem esperanças de voltar a enxergar, pedi perdão a minha Santíssima da Candelária e voltei a rezar, e quanto mais eu rezava, mais vontade eu tinha de rezar. Já estava cega há catorze anos quando com muita fé pedi à Santíssima que me provasse a sua existência. Por favor, divina Santa Candelária, me dê um sinal, eu implorava. Ela não se manifestava, porém eu seguia rezando. Mais alguns anos se passaram. Uma manhã acordei com a luz do sol nascente batendo nos meus olhos, que arderam com a luminosidade. Eu estava enxergando. Chorei. Depois de vinte e três anos eu voltava a enxergar. Via os móveis do meu quarto, o amanhecer, as minhas mãos, o mundo voltava a ter forma, cor, luz. Eu saía do breu, depois de passar vinte e três anos nas trevas, graças à minha Santíssima Candelária. Pude voltar a ver os meus filhos, conhecer os meus netos. E hoje faz dez anos, dez anos, minha filha, que a santa me provou a sua existência com essa benção. Louvada seja a Santíssima Candelária."

Ao cair da noite fomos embora. Conchita estava feliz, gostava de histórias de milagres. Eu estava feliz de tê-la ao meu lado debaixo das cobertas de lã do nosso quarto ordinário de hotel, num oaristo só nosso, onde eu era só dela e ela só minha.

29 A TRAVESSIA DE BALSA

Numa manhã fria de céu límpido, partimos rumo a Tiquina, uma cidadezinha onde colocaríamos o carro numa balsa pra uma travessia de aproximadamente quinhentos metros até a cidade de Copacabana, a dez minutos da fronteira com o Peru. A natureza que cercava a estrada era de grande beleza. De um lado a cordilheira dos Andes, com seus vulcões nevados, e do outro o lago Titicaca, que aos meus olhos não tinha começo nem fim.

"O Titicaca tem cento e setenta e cinco quilômetros de comprimento e cinquenta quilômetros de largura e é o lago comercialmente navegável mais alto do mundo, localizado três mil oitocentos e onze metros acima do nível do mar. Fica na fronteira da Bolívia com o Peru, nossa próxima parada", Conchita leu num guia de viagem que ela havia comprado com o dinheiro roubado do Victor. "Ah, *amorcito*, e aqui diz ainda que existem quarenta e uma ilhas no lago e que algumas são povoadas." Não obstante eu não quisesse informações, deixei-a tagarelar.

Era meio-dia quando chegamos em Tiquina. Logo nos informamos sobre as balsas, que eram poucas, todas muito precárias, divergindo apenas no tamanho. Pesquisamos os preços da travessia até a cidade de Copacabana. Conchita queria economizar ao máximo.

"Mesmo sendo dinheiro roubado, ele tem o seu valor", disse ela contando as notas de pesos bolivianos entre os dedos magros e pequenos. Notei que essa preocupação com dinheiro era uma novidade; quando o dinheiro era meu, ela nem atentava pros preços das coisas.

Fechamos negócio com dois irmãos, donos da balsa mais malcuidada do lago Titicaca. A embarcação não passava de uma pequena plataforma flutuante de madeira, que um dia havia sido pintada de branco. O motor era rudimentar e muito barulhento. O carro foi colocado na parte central da balsa por um dos irmãos, o outro nos convidou pra sentar numa pilha de pneus que servia de assento. O chão de tábuas de madeira rangia. Temi pelo meu carro. Sem carro, como chegaria no Alasca?

Depois de darem a partida na embarcação, os dois irmãos se acocoraram num canto e acenderam um cachimbo, que passavam de um pro outro a cada tragada. Abriam a boca como se bocejassem, soltando densas baforadas de fumaça que envolviam seu rosto e quase os fazia desaparecer. Vê-los fumar me deu vontade de fazer o mesmo, ainda que eu não fosse fumante.

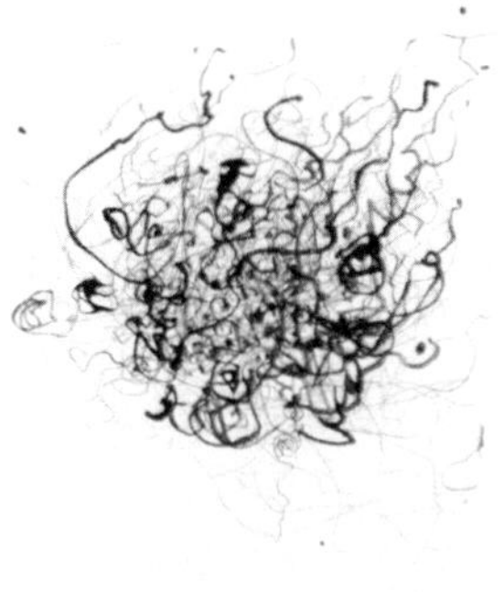

30 COPACABANA

Chegamos em Copacabana sãos e salvos, com o carro intacto. O nome da cidade deixou-me curioso. Pedi pra Conchita verificar o que dizia o guia.

"Copacabana é a principal cidade do entorno do lago Titicaca, de onde saem os barcos que fazem a visita à ilha do Sol, uma ilha sagrada dos incas."

"Não, Conchita. Quero saber por que a cidade se chama Copacabana."

"É...", disse ela, procurando no guia de viagem, "o nome deriva da expressão '*kota kahuana*', do dialeto aimará, que significa 'vista do lago'. Mas, segundo a mitologia andina, Kotakawana é também o deus da fertilidade, que vive no lago Titicaca."

"Esses guias não servem pra nada."

"Para de reclamar, parece um velho ranzinza. Olha, aqui diz que tem na cidade a Basílica Nossa Senhora de Copacabana, onde se encontra a imagem de Nossa Senhora de Copacabana. Lembra-se dela? Foi ela que fez a dona *chola* voltar a enxergar. A basílica foi construída no ano de 1550 em estilo renascentista e foi reconstruída entre 1610 e 1651. Vamos conhecer a basílica, *amorcito*?"

Fiz o que ela queria, e devo admitir que os altares eram grandiosos, todos esculpidos em ouro, e no alto, ao centro, reinava uma impressionante imagem da Santíssima Virgem da Candelária, a Nossa Senhora de Copacabana, toda trajada de branco e dourado. Quanto mais miserável é o lugar, mais ricas e rebuscadas são as igrejas. Fiéis se benziam e rezavam. Fiz um rapapé perante a santa, deixei Conchita acendendo velas e fui tomar uma cerveja. Na saída da basílica, fui cercado por mendigos e lhes dei uma esmola com o dinheiro de Conchita.

Almoçamos *salteñas* e partimos pro Peru. Como foi dito anteriormente, Conchita, além de ser menor de idade, não tinha documentos, então tive que fazer o mesmo esquema de antes, colocá-la dentro de uma mala e fechá-la no porta-malas do carro pra atravessar a fronteira.

Do lado boliviano passei com facilidade, ainda que tenha sido tratado com rispidez pelo policial da fronteira. Do lado peruano, fui bem recebido. Porém, antes de carimbar o meu passaporte, o fiscal aduaneiro disse: "Trinta pesos bolivianos".

"Mas não estamos no Peru?"

"Senhor, não vamos dificultar as coisas, me dê trinta em qualquer moeda, pesos bolivianos, soles peruanos, dólares americanos, *reales brasileños*."

Apesar de escorchador, o sujeito era simpático. Um pouco adiante, parei o carro e tirei Conchita da mala.

31 PRAZER VICÁRIO

Por uma estrada esburacada, muito perigosa, sem sinalização, chegamos durante a noite em Puno. Nos hospedamos num hotelzinho mequetrefe que nem água quente tinha. Pra mim não foi problema. Já Conchita deu uns gritinhos ao entrar debaixo do chuveiro. Eu sentia fome, mas Conchita não queria sair pra comer, queria dormir, então que fosse dormir. Arre, diabo! Tão novinha e já vivia cansada!

Como passava das onze da noite, só encontrei um pequeno estabelecimento aberto. Não poderia chamar aquele lugar de bar, nem de restaurante. Vendia um único tipo de sanduíche, além de água, refrigerantes e cerveja. O sanduíche de queijo amarelo era feito de pão de fôrma ordinário, desses que são embalados em sacos plásticos e vendidos em qualquer mercado de esquina. Nada muito animador. Pelo menos a cerveja estava gelada. Sobre o balcão, um jornal no qual se lia "LA COCINERA ATREVIDA". Abaixo, a foto de uma cozinha repleta de panelas penduradas nas paredes, cristaleiras com jarras, taças e copos, estantes com temperos e louças empilhadas, buquês de rosas secas pendurados no teto de cabeça pra baixo, caveiras, bonecos, quadros, abajures e luzes de Natal multicoloridas que iluminavam o local, que me pareceu acolhedor, morno e hospitaleiro como um útero materno. No centro havia uma mulher vestida de branco. Sem dúvida era ela a cozinheira atrevida, ainda que tivesse uma flor vermelha sobre a cabeça, que lhe caía feito uma coroa, dando-lhe um porte de rainha. Sim, ao ler o artigo tive a certeza de que era uma rainha. Para quem não sabe, existem cozinheiras com porte de rainha e rainhas com porte de cozinheira. Mas por que aquela mulher me pareceu uma verdadeira rainha? Porque só servia aos comensais aquilo que lhe agradava. Não fazia concessões. Nada de pratos sem ardência ou pra vegetarianos. Disse ao jornalista: "Minha comida é picante, forte, aperta e dá mordidas. Não é para os fracos, covardes, timoratos". A Cocinera Atrevida estava em Lima, capital do Peru, pra fazer um banquete pro presidente da República e ministros e diplomatas e industriais peruanos e mexicanos. Pra todo esse tipo de gente que tem privilégios. Ler aquele artigo me fazia pensar que optar por viver na escuridão e na insignificância, como eu, era um erro.

Eu comia um sanduíche de pão de fôrma.

No banquete do Palácio do Governo do Peru seriam servidos piscos peculiares e tequilas antiquíssimas, pratos que misturariam a culinária mexicana com a peruana pra homenagear os dois países. Ah, a promiscuidade das culturas, dos sabores, dos prazeres. De entrada, *chupe de camarones* com vermes de *maguey*, que seriam torrados com sal numa chapa de barro e jogados na sopa pouco antes de ela ser servida pra não perderem a crocância. Em seguida, tacos de *escamoles*, os ovos brancos de formiga vermelha. Gosto dos ovos das formigas e também das formigas. No meu restaurante, servia-se a tanajura, aquela formiga de bunda grande, também usada pra fazer farofa. Mas isso é um desperdício, como também é um erro comer a bundinha redondinha dela como se fosse amendoim, ou pior, utilizá-la, como faziam os índios, pra combater os males da garganta. A tanajura pode se tornar um néctar divino quando você faz uma mistura do seu abdome redondo, ou bunda, como preferem os puristas, com caviar beluga legítimo. Os ovos brancos de formiga vermelha, ou *escamoles*, como preferem aqueles que se intimidam diante de alimentos menos ortodoxos, seriam dourados na manteiga com chile verde fresco e mastruz, e servidos com guacamole condimentado com diferentes pimentas oriundas do Peru, entre elas a *locoto*, que tem o formato de um pimentão, mas de menor tamanho, e cuja ardência, de calor intenso, leva alguns segundos pra ser sentida. De prato principal, *adobo de alpaca.* A alpaca parece uma vicunha, mas não é. Parece uma lhama, mas não é. Parece um guanaco, mas não é. A alpaca também é um animal tipicamente andino da família dos camelídeos, no entanto a qualidade da sua carne é outra, mais nobre, mais tenra, mais suculenta.

Saber imaginar é uma arte, saber comer também, ambos exigem talento. Hoje os produtos industrializados que invadem o mercado sepultam os anelos e a boa mesa. O ato de comer e também o de cozinhar envolvem passado, presente, futuro e todo o universo com seus variados sabores doces e amargos. Não somente a nossa geografia, história, literatura, música, cultura em geral nos fazem existir como uma nação, também nossos hábitos alimentares nos dão identidade como um povo. Comida, comida, isso me anima e me faz sonhar. Dei uma mordida no meu sanduíche, saboreando um gosto profundo, cheio de camadas de tempos e culturas.

Comer um sanduíche de queijo num pão de fôrma ordinário e sentir exóticos sabores, salivar com os aromas dos pratos fumegantes, deliciar-se com grilos, ovos de formigas e vermes crocantes, embriagar-se com tequilas cem por cento agave, piscos e margaritas, arrepiar-se e alentar-se com a picância das diferentes pimentas, suar, lamber os beiços e pedir mais. Somente a imaginação é capaz de nos proporcionar um prazer vicário.

32 OS UROS

O dia em Puno amanheceu ensolarado. Decidimos ir de bote conhecer as ilhas dos uros.

Embora atualmente todos no mundo tenham pressa e sintam desprezo por seres dados à dispersão e à ociosidade, como eu e os uros, peço paciência, pois irei me delongar sobre esse povo. Se você não tem interesse, pule pro próximo capítulo. Ninguém é obrigado a ler o que eu escrevo. Você acha que ninguém pula trechos do Proust? Do Joyce? Do Melville? Do Euclides da Cunha? Claro que pula. Eu pulei.

Você se lembra dos incas, contemporâneos dos uros, tão poderosos com seus templos de pedra e enclaves em topos de montanhas? Pois então me diga onde estão os incas agora? Os incas, que faziam chacota dos hábitos simples dos uros, onde estão eles? Os uros continuam no lago Titicaca, onde vivem desde a era pré-colombiana, ou mesmo antes. Segundo relatos dos velhos uros, seus antepassados chegaram neste mundo antes do sol, chegaram aqui quando a Terra ainda era escura e fria. Eram seres com poderes sobrenaturais que só perderam suas forças extraterrestres porque desobedeceram a ordens divinas e se misturaram com os humanos. Tentaram fazer amizade com diferentes povos, entre eles os incas, que lhes horrorizaram com sua violência fundada em razões como riqueza e poder. Mas o que podiam fazer os uros? Declarar guerra e impor sua filosofia de vida? Era custoso demais.

Porém, isso não era tudo; os incas queriam ainda obrigar os uros a trabalhar, e o trabalho vai contra a cultura e a tradição dos uros a tal ponto que, se estão com preguiça de pescar, eles comem totora, uma espécie de junco que cresce nas margens do lago Titicaca, também utilizada pra construir as ilhas, as casas, os botes e os utensílios.

Perguntei ao dono do bote que nos levava como eram feitas as ilhas flutuantes. Ele me explicou que a base da ilha era construída com as raízes da totora e depois todo o terreno era coberto com ramos. Quando as camadas que estavam em contato com a água iam derretendo, os uros colocavam uma nova camada de totora, que secava ao sol e ao vento, renovando assim a ilha e sua capacidade de flutuação.

Avistei uma ilha com casinhas douradas pairando sobre as águas do lago Titicaca. À luz do sol a totora brilhava feito ouro. Saltamos na ilha. O solo era macio, parecia acolchoado, nossos pés afundavam levemente na totora, assim como nossas mãos ao tocar as paredes das casas, que, como a ilha, tinham que renovar seus pisos, tetos e paredes perpetuamente. Tudo era vivo naquele lugar, tudo se transformava e nos remetia ao fim e ao começo.

No início olhava pros uros, tanto homens quanto mulheres, com seus chapéus e panos coloridos, e ficava calado, um tanto intrigado, sem saber ao certo o que pensar deles. Observava-os, uns sentados com o olhar perdido, outros cochilando na frente de suas casas, alguns andando a passos lentos de um lado pra outro da ilha sem qualquer propósito.

Porém, aos poucos, à medida que caminhava entre casas e pessoas, fui vendo que eram seres míticos, homens molhados, como os denominava o dono do bote, mas eram também como nós e já se dividiam em classes: os que vendiam artesanato de totora pra turistas e podiam comprar guloseimas no mercado e placas solares pra obter energia elétrica, e os que ficavam sentados contemplando o horizonte e se contentavam em almoçar totora. Pelo que pude verificar, duas casas já tinham televisão e geladeira. Era o princípio do fim.

33 A SAIDEIRA

Saímos de Puno a caminho de Cuzco por volta das duas da tarde. Depois de subir uma serra, vimos pela última vez o lago Titicaca, antes de entrar no altiplano peruano. Passamos por um lugar chamado Juliaca. Depois de uma hora de altiplano a paisagem vai mudando; surgem lindos vales, verdes e profundos, com rios na parte baixa. Paramos em Sicuani pra comer. A cidade era lamentável, mas o *ceviche* acompanhado de rodelas finas de cebola e cerveja estava uma delícia. A cerveja era a Cusqueña, a melhor que eu tinha tomado desde o início da viagem. Devido ao meu entusiasmo com a cerveja, toda vez que Conchita dizia "vamos embora", eu respondia "só mais uma".

Como todo bom bebedor sabe, a saideira nunca é a saideira, e Conchita, perdendo o senso de humor, começou a me agredir. Ao fim fez uma ameaça.

"Ou você se levanta agora ou eu não pago a conta."

"Meu benzinho, para com isso. Seja compreensiva, um viajante tem uma sede sem fim."

Coloquei um pouco de aguardente na cerveja. Conchita arrancou o copo da minha mão e jogou a cerveja no chão. Eu não iria brigar com ela, mas quando ela me chamou de alcoólatra tive que me segurar pra não pular na garganta dela e esganá-la.

"Pode ir embora!", eu disse, fazendo um gesto brusco com as mãos. Não sei como, perdi o equilíbrio e caí da cadeira.

Acordei horas depois. Estava no banco de trás do carro. Sentia um cheiro ruim. Os meus lábios grudavam. Havia vomitado enquanto dormia. Num momento de lucidez, envergonhei-me terrivelmente: eu era um bêbado. Tinha o hálito azedo, os lábios secos colados pelo vômito, a cabeça latejando. Fracassei em tudo, pensei. Debrucei-me entre os bancos pra olhar Conchita. Ela dormia com as pernas encolhidas sobre o assento.

Continuávamos estacionados na Plaza de Armas, em Sicuani. Peguei uma garrafa de água. Saí do carro, molhei o rosto e bebi quase toda a água. Que sede! Que vida! Vida feita de ecos, ecos de todos os dias que já vivi. Eu a me repetir, indo a toda parte sem chegar a lugar nenhum, embora possa um dia chegar. Rumo ao Alasca! Ao topo do mundo! Cuzco, aqui vou eu! Chegarei a tempo de ver o sol nascer!

34 O INTRUSO

A rodovia de seguidas curvas fechadas era mal iluminada, com apenas um poste de luz a cada dois quilômetros. Quando encontrei um posto de gasolina aberto, parei pra abastecer. Peguei dinheiro na mochila de Conchita. Arre, diabo! Que humilhação! Mas logo racionalizei: em dois dias, no máximo, terei acesso ao dinheiro do aluguel. Fui ao banheiro, fiz o que tinha que fazer e só então segui viagem.

Passados uns quinze minutos, vi no retrovisor o rosto de um homem que, ao ser iluminado momentaneamente pela luz que vinha do poste, exibia feições lupinas e tinha a cabeça coberta por um chapéu escuro. Ele me olhava fixamente. Senti medo mas não reagi. Ele podia estar armado.

Rompendo o silêncio, o homem disse: "Permita que eu me apresente. Luís Miguel. Quer um chiclete?"

Como não respondi, ele insistiu: "Pegue um, não tenha receio. Se eu quisesse, já o teria matado".

Ele falava baixo e tinha uma voz suja, como se tivesse um cisto na garganta que o obrigasse a falar com aspereza.

"Preciso que o senhor me leve até Lima."

"Mas eu, nós, eu e ela, estávamos planejando..."

"O senhor sabe o que é Parabellum? Um apelido carinhoso para esta pistola aqui, a Luger P08", ele disse, mostrando-me a arma pelo retrovisor. "Parabellum é um nome latino. '*Bellum*' significa 'guerra', '*Parabellum*' significa 'para a guerra', compreende?"

"Compreendo. Qual o calibre?"

"Nove milímetros. E do outro lado do meu corpo carrego na cintura uma faca, mas essa eu só uso para cortar as pessoas."

Ele tirou a faca da bainha e, passando-a entre os bancos, a poucos centímetros do meu braço direito, exibiu-a. Não era uma faca, era um facão. Quando ele puxou a mão pra guardá-la, virei-me pra trás e vi que ele usava uma capa bege debaixo da qual escondia as suas armas.

"Mostrei para o senhor as minhas armas porque acho melhor nos entendermos, compreende? O que eu peço é muito pouco, apenas uma gentileza. Que o senhor me leve até Lima."

"Sim. Está certo. Levarei o senhor até Lima. Mas antes pretendo passar por Cuzco, que é o ponto de partida pra Machu Picchu. Quero conhecer Machu Picchu."

Então ele disse o meu nome. Sabia o meu nome completo, a data e o local do meu nascimento.

"Como sabe tudo isso?"

"Quando o senhor foi ao banheiro do posto, deixou o passaporte no carro", ele disse, devolvendo o documento.

"Então foi no posto que o senhor entrou no carro?"

"Não me incomodo de passar por Machu Picchu, desde que seus planos não incluam uma peregrinação."

Um amanhecer esplendoroso despontou no horizonte.

O rosto de Luís Miguel, escondido sob o chapéu de feltro cinza, era ainda mais sinistro à luz do dia. Tinha olhos de cobra, nariz comprido e lábios tão finos que era como se não os tivesse. Uma mistura de lobo com cobra. A pele clara grudava nos ossos, não havia um pingo de gordura, só osso e pele. Nada sobrava naquele homem.

Quando nos aproximávamos de Cuzco, descendo por uma estrada esburacada e serpenteante a uma velocidade média de quarenta quilômetros por hora, tentei puxar assunto com Luís Miguel. Perguntei onde tinha nascido.

"Arequipa."

"Onde o senhor mora?"

"No momento, em Lima."

"E o que o senhor faz?"

"Para a sua segurança, é melhor que não saiba."

Eu estava com um problema. Aquele sujeito só podia ser um assassino, um fugitivo, um louco ou as três coisas. Arre, diabo! Era má notícia. Também, o que eu esperava? Numa estrada deserta, no meio da noite, só se podem encontrar fugitivos, ladrões, assassinos, estupradores, loucos ou então almas penadas. Idiota! Eu era um idiota, ir ao banheiro e deixar o carro destrancado. E Conchita? Como não acordou, não ouviu esse homem entrando no carro e pegando o meu passaporte? Essas mulherzinhas de hoje não valem nada, dormem um sono profundo. Se fosse a minha mãe, teria acordado antes mesmo de o intruso abrir a porta do carro. E Conchita continuava dormindo enquanto o sujeito falava comigo.

Ser velho tem as suas vantagens, e uma delas é dormir pouco e ter o sono leve, ainda que essas sejam as únicas. Quem souber a minha idade vai dizer que sou velho, mas eu não sou velho, justamente porque não tenho medo de ser velho. Sei que quanto mais medo se tem de envelhecer, mais velho se fica. E a situação piora se ficar refletindo sobre o passado, aí é só depressão e dor nas costas.

35 UMA CONVERSA

Quando entramos na cidade de Cuzco, Luís Miguel pediu que eu seguisse até o centro histórico. Assim que estacionei, Conchita despertou e, sem se mexer, me olhou com cara feia, como se eu fosse o culpado por tê-la acordado, como se eu fosse o culpado por tudo o que dava errado na vida dela. Luís Miguel se apresentou pra Conchita e disse: "Saiam do carro".

"Não fala assim comigo. Só saio deste carro se eu quiser", Conchita respondeu com sua habitual falta de bom-senso.

"Menina, não me faça perder a paciência", disse Luís Miguel, tirando a pistola do coldre.

Já tendo suportado tudo o que eu podia, eu disse: "Agora chega. Já falei que vou levá-lo até Lima, mas pra que isso aconteça exijo um pouco de respeito. Guarde essa arma".

Luís Miguel encostou o cano da Parabellum na minha bochecha. Arre, diabo! Confesso que me assustei. Encarando-me com seu olhar de réptil, ele respondeu: "Cavalheiro, sou um homem do bem. Já matei muita gente, mas a mim não interessa matá-lo, nem a essa mocinha. Sabe por quê? Porque eu só mato gente obesa".

Em silêncio, fomos andando pelo centro histórico de Cuzco, antiga capital dos incas. Passamos por casarões com pátios internos arborizados, pequenas praças, ruelas e becos escondidos, até chegarmos à Plaza de Armas. Uma grande praça rodeada de construções coloniais com arcadas e balcões. No centro, um chafariz; ao fundo, uma catedral imponente; e por todos os lados igrejinhas, bares e restaurantes.

Paramos numa padaria que ficava próximo à praça. Luís Miguel perguntou o que gostaríamos de comer. Pessoas passavam na frente do estabelecimento. Um homem só, grisalho e lento, tomava café na mesa ao lado; dois estrangeiros, loiros e vermelhos, comiam sanduíches contemplando a rua. Luís Miguel permaneceu de chapéu e com a capa que lhe batia nos tornozelos, mas eu via a ponta do facão sob o tecido bege do sobretudo.

"Amigo", disse Luís Miguel ao garçom, "esse copo está sujo. Por favor, traga outro."

Depois, virando-se pra mim, disse: "Temos que ser gentis com os subalternos. Não maltrato ninguém, mato mas não maltrato, compreende?"

"Não, não compreendo as coisas que o senhor diz. Por que o senhor falou que só mata gente gorda? O senhor é louco?", perguntou Conchita.

"Quem me dera! Ficar louco seria o ideal, mas ficar louco não é para qualquer um, é mais fácil ficar rico. Por isso decidi começar a matar gente obesa, para ficar rico. O problema é que até agora não consegui vender nem meio quilo de gordura. Está tudo guardado dentro de um frigorífero, que por sinal pertencia a um gordo que matei. Gordo não, um obeso glutão. Quando invadi o frigorífero, no fim do expediente, às seis e meia da tarde, eu o encontrei sentado ao lado da caixa registradora, com os lábios polpudos besuntados de um creme branco, que lhe escorria pelos cantos da boca. Ele mastigava um enorme pedaço de torta com sorvete. Isso são horas de comer torta e tomar sorvete? Seis horas da tarde? Ao me ver com a arma apontada na sua direção, tentou falar alguma coisa com a boca cheia. Não deixei, dei logo dois tiros na cara dele de tanto nojo que senti. Ele caiu com a cara na torta. Era chocolate, chantili, sorvete de morango, tudo misturado com sangue, uma porqueira que fiz a mulher dele limpar antes de matá-la. Na verdade, obriguei-a a me ajudar a arrastar o corpo até os fundos do frigorífero, onde eu poderia cortá-lo com privacidade. A mulher dele ainda ficou trabalhando para mim por algum tempo. Demitiu os funcionários e explicou aos clientes que havia vendido o frigorífero para mim. Só então pude matá-la. Foi uma trabalheira arrastar aquele gordo, porque além de gordo ele era grande, alto mesmo, devia medir um metro e noventa de altura."

"Poxa, ele era da minha altura."

"O quê? O senhor é mais alto do que eu?", disse Luís Miguel se levantando. "Fique em pé."

Ele se aproximou de mim. Sem tirar o chapéu da cabeça, batia pouco acima do meu ombro. Isso porque ainda usava sapato com salto carrapeta. Com toda a certeza, não chegava a ter um metro e oitenta de altura. Sem dizer nada, voltou a se sentar.

"Pois bem, como eu estava dizendo, dá muito trabalho transportar um obeso de um lado para outro. Por isso o mais indicado é cortá-lo em pedaços imediatamente após a morte. Depois é só se livrar do que não presta e embalar a gordura. Agora, encontrar comprador para a gordura é que é a questão. Vejam os senhores, talvez eu tenha que viajar para a Europa ou para os Estados Unidos, ou quem sabe para a China, pois é nesses países que estão os grandes laboratórios farmacêuticos que compram gordura humana para fazer cosméticos. Preciso arranjar comprador para toda essa gordura que tenho armazenada. O problema é que eu não falo inglês nem chinês."

"*I speak English*", disse Conchita.

"O quê?", perguntou Luís Miguel.

"*I speak English*. Eu falo inglês."

"A senhorita fala inglês?"

"Só falo isso."

"E o senhor? Fala inglês?"

"Não", menti. "Mas dizem que a gordura tem que ser da própria pessoa, senão o corpo rejeita."

"Cavalheiro, sei que o senhor está apenas repetindo o que os especialistas da medicina dizem por aí, que a gordura humana não tem nenhum valor e que sua aplicação em outras pessoas seria até mesmo perigosa. É sempre assim, os cientistas gostam de esconder o jogo. Quando começaram a roubar órgãos para transplante, afirmavam que isso era uma lenda, e hoje nós sabemos que é verdade."

"E eu que achava que pessoas como o senhor fossem lenda urbana", eu disse.

"É o que dizem os jornais quando fazem matérias sobre pessoas que trabalham na minha área, pelo menos nas entrelinhas deixam claro que essa coisa de matar gente para roubar gordura é uma lenda andina dos *pishtacos*. Deixa para lá. Afinal, o que sabe a imprensa? A palavra '*pishtaco*' significa 'cortar em tiras', e a lenda dos *pishtacos* narra a história de assassinos que matavam com o intuito de roubar a gordura da vítima. Essas histórias são muito conhecidas entre a população dos Andes, nas províncias de Junín, Huancavelica, Cuzco, Ayacucho, Apurimac, Pasco e também na serra de Lima."

"Senhor Luís Miguel", perguntou Conchita, "o senhor não tem medo de ser preso?"

"Nada me mete medo. Minha mãe conta que nasci dormindo, compreende? Nem ao nascer levei um susto, não chorei nem saudei a vida com um grito de pavor como fazem os bebês. Não tenho motivo para ter medo. Não faço nada de errado, matar gente obesa não é censurável."

"Por quê?", indagou Conchita.

"Porque o obeso vai morrer de qualquer maneira, então eu posso matar. E o que estou dizendo foi comprovado por mim depois de muitas leituras e pesquisas em manuais científicos. Você sabe quais as duas maiores causas de morte precoce? Obesidade e cigarro, mas primeiro vem a obesidade. Muitos dos obesos morrem de doenças coronarianas. A obesidade não é somente genética, como gostam de afirmar muitos obesos que culpam os pais pelo seu destino mórbido. É claro que fatores genéticos, ambientais, hormonais, metabólicos e neurológicos também têm importância na gênese da obesidade, mas o glutão, com seus desavergonhados hábitos alimentares, é o maior culpado pelos seus altos índices de massa corpórea. Comida mata!"

"Poxa, senhor Luís Miguel, e eu que achei que o senhor era um homem de poucas palavras."

"E sou, cavalheiro. Mas, quando começo a falar, não paro. Digamos que sou um homem de extremos. Nada comigo é pela metade. Por isso, se trabalho com obesos, sei tudo sobre eles. Não sou igual à senhorita Conchita, que diz que fala inglês e só sabe falar *I speak English*." Luís Miguel soltou uma risada. "Se eu quisesse, poderia ser um grande palestrante. Tenho senso de humor e gosto de ouvir a minha própria voz."

Quando a conta chegou, Luís Miguel fez questão de pagar, dizendo: "Nada é de graça nesta vida, vocês vão me levar até Lima".

"Mas antes vamos pra Machu Picchu, como tínhamos combinado."

"Cavalheiro, eu não tinha chegado a nenhum acordo com o senhor, mas, se isso é tão importante, assim será. Vamos para Machu Picchu, desde que eu esteja em Lima daqui a três dias."

36 CUSQUEÑA

Fomos direto pra estação de trem comprar passagens pra Machu Picchu.

Segundo o guia de viagem que Conchita carregava permanentemente nas mãos, era mais indicado deixar o carro em Cuzco e ir de trem até Machu Picchu. No entanto, não encontramos passagem porque as agências de turismo haviam comprado todas. Então arriscamos ir de carro até Ollantaytambo, que fica sessenta quilômetros a noroeste de Cuzco, no caminho pra Machu Picchu. A estrada não era das melhores, mas também não era aquele horror que descrevia o guia.

Pra entrar em Ollantaytambo, passamos por uma porta larga e alta feita de pedra com jambas gigantescas de ferro. A cidade é de uma magnitude impressionante. Ruínas monumentais com alma, forma e espírito, como a que exibia o perfil sisudo, de cenho franzido, olhos fixos e sorriso escondido nos lábios de pedra de Wiraccochan Orcco, o principal deus criador do Peru, que protege a cidade e seu povo, que habita pequenas casas de pedra, umas grudadas nas outras, de cujas janelas saem hastes com a bandeira vermelha e branca do país. As ruas muito estreitas têm chão de pedra. Pedra sobre pedra sobre pedra era o que se via. Poderia ficar mais tempo naquela cidade. Tanta coisa pra ver e de certa forma sentir. Andar sem rumo nos conduz a surpresas, umas boas e outras nem tanto. Como seria andar sem rumo por ruínas, ouvindo o vento que às vezes trazia o som das harpas dos músicos locais? Por que fui embora de Ollantaytambo? Porque Luís Miguel disse: "Vamos pegar o trem para Aguas Calientes". Ele não tinha tempo a perder, enquanto eu, tudo o que desejava era perder tempo, pra usurpar do tempo qualquer domínio sobre mim e a minha vida.

Logo seguimos pra Aguas Calientes num trem cheio de gringos, que jogavam chocolate pras velhas *cholas* e as crianças indígenas que corriam ao lado do comboio como se fossem macacos atrás de amendoim num zoológico. Revoltante! Fiquei possesso ao ver aquilo, mas Conchita e Luís Miguel zombaram da minha indignação, dizendo que era melhor dar chocolate do que não dar nada. Que se eles fossem os índios e as *cholas* velhas gostariam que lhes atirassem chocolates do trem. Fiquei ainda mais puto da vida, mas calei-me.

Em Aguas Calientes fazia um frio desgraçado. A cidade era um trilho de trem e uma ladeira cheia de biroscas e hotéis baratos. Alugamos um quarto numa hospedaria que ficava no pico da ladeira. O quarto tinha um beliche e uma cama de solteiro, e o banheiro ficava no fim do corredor.

Alegando cansaço, sentei-me no primeiro bar que vi pela frente e logo pedi uma Cusqueña. Conchita se recusou a me dar dinheiro, mesmo depois de eu lhe prometer que devolveria cada centavo no dia seguinte, quando finalmente teria acesso ao dinheiro do aluguel do meu apartamento. Ríspida, Conchita repetiu que não daria dinheiro pra eu me embebedar. Luís Miguel me entregou algumas notas de pesos peruanos e disse que eu não precisava reembolsá-lo.

"Faço questão de pagar. Amanhã, sem falta."

"Cavalheiro, não se preocupe. Agora, escute, o senhor deve permanecer aqui até que eu retorne."

Conchita saiu sem se despedir de mim. Luís Miguel me fez uma saudação antes de segui-la. Fiquei tomando as minhas Cusqueñas. A cada copo que eu bebia a garçonete, que era horrorosa, ia ficando mais bonita, e quando ela já estava se tornando uma deusa se despediu dizendo que o expediente dela tinha acabado. O sol já se punha, mas Conchita e Luís Miguel não retornavam. Continuei sentado, bebendo Cusqueñas. Sozinho, bebendo, bebendo, bebendo. As lojinhas de artesanato em frente ao bar baixaram as suas portas gradeadas. As luzes da rua se acenderam, prenunciando a noite. Embriaguei-me até os últimos centavos. Em algum momento Conchita e Luís Miguel apareceram e me carregaram até o hotel.

37 VERDADE E INVENÇÃO

Acordei na cama de solteiro. Luís Miguel dormia no beliche de baixo, enrolado na sua capa bege com o chapéu de feltro cinza sobre o rosto. Conchita, no beliche de cima, estava coberta por mantas de lã que iam até o queixo.

Levantei-me na ponta dos pés pra ir ao banheiro.

"Aonde o senhor vai?", perguntou Luís Miguel sem tirar o chapéu do rosto.

"Ao banheiro."

"Pode ir, mas não demore."

Quando voltei pro quarto, encontrei Conchita sentada no beliche de baixo, mascando chiclete, com o guia nas mãos, lendo em voz alta informações sobre Machu Picchu. Luís Miguel, de pé, atento ao que ela dizia, afiava a faca numa pedra, mascando chiclete.

"Machu Picchu é uma cidade pré-colombiana que foi construída no século XV, sob o comando de Pachacuti, o mais importante dos governantes incas. Além de arquiteto, era grande político e administrador, e foi também um guerreiro feroz. Aqui diz que graças a ele o Império Inca conseguiu impor supremacia sobre outros povos, se tornando assim a grande potência da região. Pesquisas arqueológicas indicam que, até o início do século XV, o Império Inca era composto por apenas um pequeno número de tribos no sul do Peru, porém no ano de 1438 Pachacuti, à frente do seu exército, conseguiu uma façanha: impediu que os *chancas* invadissem Cuzco. Na batalha, os *chancas*, confirmando a sua fama de virulentos, lançavam-se contra os incas dando gritos selvagens e espalhando sangue pela cidade. Mesmo assim, Pachacuti venceu a batalha. Uma vitória tão surpreendente do exército inca sobre o exército *chanca* que até tornou-se uma lenda, conhecida na tradição inca como o milagre dos *pururaucas*."

"A lenda dos soldados *pururaucas*", disse Luís Miguel, parando de afiar a faca. "Pedras que milagrosamente se transformaram em soldados incas para garantir a vitória destes sobre os belicosos e numerosos *chancas*. Alguém acredita nisso? Cavalheiro, quer um chiclete?"

"Não, obrigado. A Conchita acredita em milagres, não é mesmo, Conchita?"

"Está escrito aqui no guia, e o que está escrito no guia é verdade. Aqui diz que, quando o exército inca se colocou no campo de batalha à espera do exército *chanca*, Pachacuti ordenou que a sua tropa fizesse pequenos montes de pedra disfarçados com vestimenta de soldado, para que à distância parecessem mais numerosos, e em pleno combate os montes de pedra se fizeram reais pela vontade dos deuses de favorecer o exército inca."

"Já chega, Conchita. Vamos, eu ainda preciso encontrar um banco."

"Miguelito, está vendo como ele é?"

"Miguelito?"

"O senhor Luís Miguel disse que eu poderia chamá-lo de Miguelito."

"Cavalheiro, se quiser também pode me chamar de Miguelito, afinal agora somos companheiros de viagem."

"Com prazer, Miguelito, e você pode me tratar por você."

"Assim será, cavalheiro. Mas deixe a Conchita chegar ao fim da história."

Arre, diabo! Que raiva! Os dois se uniam contra mim. Notei que Conchita mascava chiclete fazendo barulho, como o Luís Miguel.

Conchita voltou os olhos pro guia e continuou lendo. "Após os *chancas* terem perdido a batalha, houve ainda um último combate decisivo, o Yáhuar Pampa."

"Pampa do Sangue", traduziu Luís Miguel, lustrando a faca com o cobertor de lã. "Não tem outro jeito, só há progresso quando sangue é derramado. Antes dessa batalha o império inca não passava de meia dúzia de tribozinhas insignificantes."

"Miguelito, é isso mesmo. Olha só o que diz aqui: depois da vitória do exército de Pachacuti no combate de Yáhuar Pampa, o Império Inca passou a exercer domínio sobre mais de quinhentas tribos, com idiomas, religiões e costumes diferentes, radicadas em áreas geográficas distantes, que abrangiam a maior parte do Peru, além de Bolívia, Equador, norte do Chile e noroeste da Argentina."

"Como podem ver, a história comprova a minha teoria: só com sangue derramado se obtém progresso, expansão e supremacia", concluiu Luís Miguel, guardando a faca na bainha.

O passeio até Machu Picchu era feito em micro-ônibus que saíam de Aguas Calientes a cada dez minutos apinhados de gringos, europeus, principalmente nórdicos, poucos norte-americanos e nenhum latino-americano. Comprovei o que já sabia, que nós, latino-americanos, não valorizamos o nosso continente.

A cidade de Machu Picchu fica encravada no pico de uma montanha acima do vale de Urubamba. Uma cidade de pedra no topo de uma montanha. Como? Como os incas, homenzinhos de um metro e meio de altura, conseguiram construir uma cidade inteira de imensas pedras a dois mil e quatrocentos metros de altitude? O que eu via me parecia inconcebível.

Havia terraços pra plantio, recintos de armazenagem de alimentos, casas, templos e mausoléus distribuídos de maneira organizada numa área de treze quilômetros quadrados. Havia ainda ruas, escadarias e altares, centenas de construções meticulosamente organizadas no topo da montanha. E todas as edificações eram de pedra. Pedras e mais pedras, umas sobre as outras, de diferentes tamanhos e muito distintas entre si. Algumas deviam pesar cinquenta toneladas e outras eram pequeninas e delicadas. Todas feitas manualmente a partir de rochas gigantescas de granito que foram esculpidas uma a uma pelas mãos incansáveis dos incas, que as moldavam e lixavam com areia. Pensem nisso. Pensem ainda que o encaixe entre elas era tão perfeito que não foi necessário argamassa pra sustentar as sólidas construções. Os espaços entre as pedras eram tão ínfimos que nem mesmo a mais fina lâmina podia penetrá-los. Nem mesmo Luís Miguel, com a inteligência e a perspicácia tão própria da loucura, era capaz de explicar o que os seus olhos viam. Extasiado, ele repetia: "*Increíble, increíble*".

"Luís Miguel, é a primeira vez que você vem a Machu Picchu?", perguntei.

"É um absurdo um peruano que não conhecia Machu Picchu."

"Sei como é. Sou brasileiro e nunca vi o barroco mineiro. Todo mundo fala da arte barroca de Minas Gerais e eu nunca vi. Já estive próximo e não visitei as cidades barrocas. Dizem que são verdadeiras obras de arte, com igrejas grandiosas cheias de detalhes em ouro."

"O velho estratagema do catolicismo", disse Luís Miguel me interrompendo, "ostentar para fazer com que nos sintamos pequenos e indefesos diante de sua magnitude."

"Concordo com você. Mas essas igrejas, ainda que sejam igrejas, são arte. Se não me engano, em Minas se encontra o maior conjunto de arquitetura barroca do mundo. Você já deve ter escutado falar das esculturas do Aleijadinho. Aleijadinho era um apelido porque ele sofria de uma doença degenerativa que afetava seus membros, principalmente as mãos, e mesmo assim ele se tornou o artista mais afamado do barroco mineiro. É impressionante a capacidade de superação do homem: um aleijado fazendo esculturas e os incas, sem qualquer maquinário, construindo essa maravilhosa obra de engenharia."

Voltamos bem a tempo pra Aguas Calientes, pois caiu uma tempestade, da qual nos protegemos numa birosca, onde comemos truta ao alho e óleo. Mesmo já tendo dinheiro, não tomei a minha Cusqueña pra evitar discórdia com Conchita e de certa forma com Luís Miguel, que, usando eufemismos, afirmou que os viciados têm um caráter fraco. E antes de finalizar o seu falatório ainda teve a audácia de insinuar que se eu fosse forte me tornaria abstêmio.

"O que você está querendo com isso? Que Conchita pense que sou um bêbado?"

"Ela sabe quem você é."

Me deu vontade de dar um murro nos cornos do *cucaracho*. Mal me conhecia e já se metia na minha vida.

Quando a chuva estiou, pegamos o trem de volta a Ollantaytambo. Fui olhando a paisagem, o rio Urubamba, que nos acompanhou durante as duas horas de viagem. Chegando à cidade, comemos um sanduíche e fomos pro carro dormir.

Conchita logo adormeceu deitada no banco de trás. Luís Miguel reclinou o banco da frente, cobriu o rosto com o chapéu de feltro e não voltou a falar até a manhã seguinte. Quanto a mim, revirava-me insone no banco do motorista.

38 VINHO OU NÃO?

Partimos às sete horas da manhã de Ollantaytambo para Cuzco, onde pegamos a Rodovia 3S. Chovia e fazia frio. Como em todas as estradas do Peru, paisagens deslumbrantes. Viajávamos pela cordilheira dos Andes subindo e descendo em altitudes que variavam de cinco mil metros até quase o nível do mar. Índios bêbados, crianças, velhos, vacas, cordeiros, lhamas e cachorros cruzavam a estreita estrada sem acostamento com sucessivas curvas à beira de um abismo.

Em Abancay, acabou o asfalto e começou um trecho em obras de cento e quarenta quilômetros de estrada de terra, que fizemos em quase quatro horas, até Chalhuanca, que ficava a uns três mil metros de altitude. No alto, chovia granizo. A estrada, coberta de gelo, estava escorregadia. No banco de trás, Conchita rezava. Ao meu lado, Luís Miguel permanecia impassível com o chapéu de feltro enfiado na cabeça. A noite caía e a rodovia se tornava deserta. Sugeri que pernoitássemos em Puquío, mas Luís Miguel insistiu pra que seguíssemos até Nazca. Concordei, apesar do estômago vazio, dos olhos extenuados e das costas, das pernas e dos braços doloridos pelas horas na direção. Fomos baixando de três mil metros de altitude pra quase o nível do mar numa estrada cercada por penhascos dos dois lados. As curvas eram fechadas, e a cada quarenta quilômetros surgia uma viatura de polícia que acendia luzes fortíssimas sobre o carro, obrigando-nos a reduzir a velocidade. O meu cansaço aumentava.

Luís Miguel ofereceu-se pra dirigir. Não deixei. Ele não insistiu, mas até chegarmos a Nazca ficou com os seus olhos de réptil cravados em mim.

Às onze e meia da noite chegamos em Nazca. Entramos no primeiro restaurante que encontramos aberto. Como Conchita não queria que eu bebesse, ponderei se pedia ou não uma garrafa de vinho. Os minutos passavam, os pratos foram pedidos, *ceviche de pescado* e *juanes de pollo*, que veio acompanhado de um arroz temperado com pimenta urucum, cominho, coentro, orégano e louro, e eu ainda ali, absorto em mim mesmo.

Cada instante parecia durar mais que um instante, mas sabia que não era assim, pois a vida não seria possível se cada instante durasse mais que isso. Mais de meio século, mais de meio século seduzido pela bebida. Posso ser mais forte. Mas pra quê? Estou sentado num restaurante barato em Nazca, no Peru, na companhia de um assassino de obesos e de uma menina de quinze anos com quem mantenho relações sexuais. Não sou pedófilo, não sou! Não me julguem, nem tenham raiva ou pena de mim. Hoje estoicamente me manterei sóbrio. Ficar uma noite sem beber é como ir andando por uma rua sufocante, sem fim. Os olhares deles me desagradavam. Não era só Conchita que me olhava. Luís Miguel também me olhava, o garçom também me olhava, eu também me olhava, olhava os anos que se passaram e tudo o que estava por trás deles. Sentia-me encurvado, esgotado como se eu fosse Adão, o primeiro homem do mundo, com séculos sobre os ombros.

"Por favor", chamei o garçom, rompendo o silêncio, "uma garrafa de vinho tinto."

Salve, salve! Ninguém manda em mim.

39 A DESPEDIDA

Seis da manhã. Fazia frio. Eu, Conchita e Luís Miguel deixamos Nazca a caminho de Lima. Noites maldormidas, horas de estrada, Conchita e Luís Miguel me vigiando porque eu havia bebido demais na noite anterior. Não consegui ficar numa única garrafa.

A essa altura estávamos no deserto de Nazca, onde paramos num mirante pra ver geoglifos antigos, rasgos esbranquiçados no chão rochoso de pedras avermelhadas, que a partir de simples linhas formavam diferentes figuras – aranhas, tubarões, baleias, lagartos, pássaros –, além de formas geométricas. Como vocês podem imaginar, Conchita abriu o guia e pôs-se a falar das figuras que víamos desenhadas no solo, que só não desapareciam devido ao clima seco e sem vento do árido e isolado planalto.

Seguimos viagem até Ica. A paisagem ainda me agradava, mas depois foi se tornando maçante ver deserto e deserto e deserto. Na entrada de Lima, Luís Miguel pediu que eu parasse o carro próximo a um posto de gasolina.

"Amigos, vou me despedir aqui. É melhor vocês não serem vistos comigo porque a esta altura os policiais limenhos devem estar atrás de mim. Cavalheiro, vou lhe dar um presente." Luís Miguel meteu a mão no bolso da capa bege e me entregou uma pedra. "Guarde esta pedra. Eu a encontrei em Machu Picchu, quem sabe ela lhe trará força para superar as vicissitudes e adversidades da vida? E para você,

Conchita, darei isto. Sei que vai precisar", disse Luís Miguel, colocando dinheiro na mão dela.

Da mesma forma que apareceu pela primeira vez, Luís Miguel desapareceu, como num passe de mágica. Nem tivemos tempo de agradecer os presentes. Pensei em jogar a pedra fora, mas acabei guardando-a comigo. Conchita, depois de contar e recontar o dinheiro, dividiu-o em duas partes. Colocou uma num compartimento da mochila e a outra no bolso da calça *jeans*.

Uma alegria súbita tomou conta de mim. Puxei Conchita pelo braço e lhe dei um beijo.

"Pra onde vamos?", perguntei.

"Tanto faz."

"Vê aí no guia qual é o bairro mais elegante de Lima. Iremos pra lá e comeremos bem, num bom restaurante, e nos hospedaremos num hotel que tenha água quente pra você."

"Mas você paga."

"O que é isso, Conchita? Alguma vez deixei de pagar alguma coisa pra você? O dinheiro que Luís Miguel te deu é seu, não quero nem um centavo."

"Desculpa, é que seu jeito esbanjador me preocupa. O que vai ser do seu futuro? Você parece um cigano, sem trabalho, indo para o Alasca, que destino é esse?"

"O meu. Então, qual é o bairro mais elegante de Lima?"

Conchita pesquisou no guia e disse: "Miraflores".

Nos hospedamos num hotel chamado Buena Vista, numa rua muito agradável do bairro de Miraflores. O quarto, ainda que tivesse as paredes mofadas, era limpo, com banheiro privativo e água quente. Havia um vaso com flores de plástico empoeiradas sobre uma cômoda de madeira escura. As flores, mesmo artificiais, agradaram Conchita.

Conchita pediu que eu me sentasse ao seu lado na cama. Ficou me olhando em silêncio. Observava-me com seriedade, como se tentasse descobrir ou dizer alguma coisa.

Quando escureceu, saímos pra jantar. Fomos a um pequeno restaurante que ficava na parte de Miraflores que dava pro Pacífico. O lugar tinha mesinhas com toalhas quadriculadas e guardanapos de tecido. Pedimos *chicharrón* e frutos do mar. Conchita disse que se eu quisesse poderia tomar vinho.

"Você agora não se incomoda que eu beba?"

"Não."

Pedi a garrafa de vinho, mas algo me perturbou.

40 O BILHETE

Quando acordei, na manhã seguinte, estava sozinho na cama. Levantei-me e abri as cortinas.

"Conchita, o que vamos fazer hoje?"

Bati na porta do banheiro.

"Conchita, você está aí?"

O banheiro estava vazio. Voltei pro quarto e notei que não havia nada que pertencesse a Conchita. A sua mochila não estava em parte alguma. Inutilmente, revistei o armário e as gavetas da cômoda. Só vi a minha mala, as minhas roupas, as minhas coisas. Liguei pra recepção.

"Se ela saiu, foi antes das seis da manhã", disse a recepcionista ao telefone.

Então vi sobre a cômoda, embaixo do jarro de flores de plástico, um pedaço de papel dobrado. Era um bilhete com letra redonda, infantil, caprichada.

"*Amorcito*. Nunca vou te esquecer, mas o Alasca não é o meu destino. Conchita."

Peguei o carro e saí procurando Conchita por Miraflores. Desci e subi todas as ruas do bairro, atento a cada rosto. Várias vezes imaginei vê-la, e, saltando do carro no meio da rua, corri feito um desesperado chamando o nome dela, mas era sempre engano, engano, engano! Tinha de encontrá-la antes que ela deixasse a cidade.

Com o vidro do carro aberto, sentia a poeira, a poluição, o ar de Lima batendo no meu rosto...

Ao anoitecer, uma sombria sensação de fim me dominou. Eu não a encontraria. Pedindo informações, voltei pra Miraflores. Antes de entrar no hotel, mais uma vez enchi-me de esperanças. Quem sabe ela tinha voltado?

Na recepção, perguntei se Conchita, a menina que tinha chegado comigo no dia anterior, estava no hotel.

"Não vi", respondeu o funcionário.

"Não viu? Tem certeza? Será que ela está no quarto? O número do quarto é 32."

"Não tem ninguém no quarto 32. A chave está aqui."

41 JACK

Será que Conchita me largou por causa da bebida? Não, não, ela me largou em Lima, onde mora Luís Miguel... Claro que foi por causa daquele assassino de obesos. Não. Victor? Será que se arrependeu de ter seguido comigo? Voltou pra Bolívia? Não. Por que Conchita fez isso comigo? Perguntei à pataca de Macau: "O que houve? Você me dá a Conchita e depois a toma de mim? Isso é um aviso? Um alerta?" Se der coroa, há um significado por trás disso tudo. Se der cara, foi apenas mais um encontro e desencontro da vida.

Joguei a moeda pro alto e ela caiu na minha mão. Olhei, mas não vou contar o que a pataca disse. Coloquei-a de volta no bolso sabendo que era necessário reagir. Chega de lamentar! Chega de beber! Estendi o braço e peguei o relógio que estava na mesa de cabeceira. Quinze horas e quarenta e dois minutos. Ao ver a data, ocorreu-me que estava há dias sem falar com o Jack.

Do telefone preto e antigo que havia sobre o criado-mudo, conectei-me com a recepção. Pedi linha pra fazer uma ligação pro Rio de Janeiro. Liguei pra casa do Gonçalo. Notei uma espécie de embaraço em sua voz. Conversei com ele, que estranhamente respondia em monossílabos. Quando perguntei pelo Jack, ele disse: "O Jack? O Jack... está bem... é... está bem..."

"Ótimo. Então passa o telefone pra ele."

"Sabe... é..."

"O que foi, Gonçalo?"

"O Jack... o Jack..."

"Fala, Gonza... o que houve?"

Ele permaneceu em silêncio.

"Desembucha logo, o que foi? O que aconteceu com o Jack? Eu quero falar com ele."

"Hoje pela manhã, quando acordei, não encontrei o Jack. Ele não estava aqui em casa."

"Onde ele está? Não me diga que o Jack sumiu."

O Gonçalo ficou calado.

"Gonza, me responde, onde está o Jack? Deixei o Jack sob a sua responsabilidade. Confiei em você. Como é que você perde ele?"

"Calma..."

"Calma? O Jack sumiu, desapareceu, não é? Seja homem e me diga a verdade."

"Eu acho que o Jack foi roubado. Você sabe quem eu desconfio que seja a ladra?"

"Quem?"

"A dona Rita."

"E o que você está fazendo em casa? Vai buscar o Jack. Te ligo ainda hoje e acho bom o Jack estar aí." Bati o telefone na cara dele.

Fiquei cismado que o Gonza mentia pra mim. Ele devia ter perdido o Jack e, não tendo colhão pra falar a verdade, inventou aquela história, que a dona Rita tinha roubado o Jack. Mentiroso! E Conchita? Arre, diabo! Conchita.

"Por favor, mais uma. E capricha na dose."

Virei de uma só vez o que tinha no copo. Pedi outra dose. Contudo, os meus sentidos não eram anestesiados pela bebida. Arre, diabo! Não conseguia parar de pensar. Com a cabeça latejando, olhava pros espelhos rachados e gordurosos atrás do balcão, as garrafas empoeiradas, os vidros ensebados, onde salgadinhos adormecidos estavam expostos, tudo cheirava mal. Ar! Ar! Eu precisava tomar ar! Fui até a porta e da porta pra calçada, onde fiquei respirando, com vontade de xingar Deus, mesmo sabendo que ele não existia.

Alguém cutucou o meu ombro e disse: "Desculpe, mas o senhor precisa acertar a conta antes de sair do bar".

Indignado, virei-me, encarei o sujeito e berrei: "Olha bem pra minha cara! Eu tenho cara de desonesto?"

"Não, mas..."

"Mas o quê? A sua sorte é que eu não tenho um revólver, senão eu lhe daria um tiro na cara. Não admito que desconfiem da minha honestidade. Você acha que eu ia embora sem pagar pelo que consumi? Vou entrar nessa espelunca de bar, pagar o que devo e nunca mais, ouviu?, nunca mais ponho os pés nessa birosca. Estava pensando o quê? Que eu não tinha dinheiro pra pagar essa continha de merda? Toma, aqui está o dinheiro."

O sujeito deu o troco me olhando como se eu fosse um louco desvairado. Vi o meu reflexo no espelho atrás do balcão. Eu estava desgrenhado, sujo, com o rosto vermelho até a raiz dos cabelos e as veias do pescoço salientes de tanto gritar com o pobre homem. Parecia mesmo um alucinado.

Ao entrar na recepção, uma breve esperança me fez perguntar ao funcionário se uma *muchacha* chamada Conchita esperava por mim.

"Não."

"Alguém me ligou? Tem algum recado pra mim?"

"Não", disse ele, entregando-me a chave do quarto.

Abri a porta e telefonei pro Gonza. Quando ele atendeu, fui logo perguntando pelo Jack.

"Pode se acalmar, estou chegando em casa agora com o Jack. Você não imagina o que a safada da dona Rita me aprontou. Depois que falei com você, fui direto pra casa dela. Chegando lá, toquei o interfone uma, duas, três vezes, mas ninguém atendeu. Achei estranho, pois ela raramente sai de casa. Liguei pra casa dela do celular, mas ninguém atendeu. Tendo certeza de que ela evitava falar comigo, decidi ficar à espreita até que alguém entrasse ou saísse do prédio. Não demorou muito, uma pessoa saiu e eu aproveitei pra entrar. Toquei a campainha do apartamento da dona Rita e nada. Silêncio absoluto. Bati na porta até que escutei um grasnado. Era o Jack, ele estava lá e a dona Rita tentava escondê-lo de mim, não abria a porta de propósito. Meu amigo, fiquei furioso, mas me controlei. Você sabe que não perco a compostura com facilidade, então disse: 'Dona Rita, eu sei que o Jack está aí, ouvi a voz dele. Vamos, por favor, abre a porta'. Mas a velha é tinhosa, não abria a porta. Eu dizia: 'Por favor, dona Rita, pelo amor de Deus, abre a porta, vamos resolver logo isso, eu sei que o Jack está aí, vamos, por favor, não me faça perder o dia todo'."

"Gonza, resume essa história, senão eu vou pagar uma fortuna de telefone. E eu ainda quero falar com o Jack."

"Um minuto, deixa eu terminar de falar. Essa velha é uma larápia, uma mulherzinha egoísta e irresponsável. Vendo que com educação eu nada conseguiria, dei um murro na porta, então dei outro murro e mais outro e assim por diante. O Jack, talvez assustado com as pancadas, começou a grasnar. 'Jack, fica tranquilo', gritei, 'está tudo bem, vim buscar você.' Mas de repente o Jack se calou, a velha deve ter segurado o bico dele pra ele não grasnar. Já descontrolado, berrei: 'Ladra, sua velha ladra, me devolve o meu marreco'. Aí, sim, ela respondeu por trás da porta, 'Ele tem nome, é Jack Kerouac e ele não é seu, é do meu vizinho. E para de dar escândalo. O que os outros moradores do prédio vão pensar?' Comecei a chutar a porta: 'Abre essa porta ou eu vou arrombar'. E só assim, depois de ameaçada e xingada de ladra, a velha resolveu dialogar comigo. Com uma vozinha cínica, disse: 'Gonçalo, o que você quer? O Jack não está aqui'. Gritei de novo: 'Eu sei que ele está aí. Ouvi a voz dele. Abre essa porta'. Quando ela respondeu que não podia, que eu voltasse mais tarde, o Jack começou a grasnar: 'Kerouac, kerouac, kerouac'. Eu continuei: 'Dona Rita, estou ouvindo a voz do Jack. Abre essa porta'. Você acredita que ela teve a audácia de dizer que o Jack não estava mesmo com ele grasnando ao lado dela?"

"A dona Rita é assim mesmo."

"Essa velha é uma mentirosa, não sei como você é amigo dela. Resumindo, arrombei a porta da casa dela. Quando entrei, vi uma bacia cheia de pipoca no chão, em frente à televisão, e o Jack comendo a pipoca. Ela dá pipoca pra ele o tempo todo pra conquistá-lo, mas tanta pipoca deve fazer mal, daqui a pouco o Jack vai ter um treco de tanto comer pipoca. A dona Rita correu até o Jack, pegou-o no colo e disse que ele não ia pra lugar nenhum, que ele havia dito que queria morar com ela e não comigo. Ela se virou pro Jack e perguntou: 'Você quer morar comigo, não quer, Jack?' Ao que ele respondeu: 'Kerouac, kerouac, kerouac'. 'Está vendo, Gonçalo, ele respondeu que sim, que quer morar comigo.' Eu devolvi: 'Mentira. Jack, você quer voltar pra minha casa, não quer?' E ele disse: 'Kerouac, kerouac, kerouac'."

"Gonçalo, eu já estou perdendo a paciência, termina logo essa história e passa o telefone pro Jack, que eu quero falar com ele."

"Já estou terminando. Tentei tirar o Jack dos braços dela, que dizia: 'Só me matando, eu amo o Jack, só me matando você tira ele de mim'. Você acredita? Ela apertava o Jack nos braços, quase o sufocava, mas não largava por mais que eu puxasse. Claro que eu tinha cuidado pra não machucar o Jack, enquanto isso aquela velha quase o esganava. Então, sem outra opção, arrastei a dona Rita com o Jack no colo pra dentro do meu carro. Ela ficou berrando por socorro, socorro e tentou se desvencilhar de mim, mas não soltou o Jack. Chegou até a se jogar no chão, não sei como não quebrou o fêmur, mas eu venci. Fomos até a delegacia mais próxima. Chegando lá, expliquei a situação pro delegado. Enquanto eu falava, a dona Rita chorava abraçada ao Jack. Que ódio! Ela se aproveitava da sua figura frágil, da idade, pra conseguir o que queria. Tive que me controlar porque a minha vontade era esbofeteá-la ali mesmo. O delegado, depois de ouvir tudo o que eu disse, falou que não era da alçada dele decidir um assunto daquela natureza, que aquilo era pra um juiz resolver. 'Mas, seu delegado', implorei, 'nós precisamos resolver isso. Essa senhora tem que me devolver o Jack Kerouac.' O delegado perguntou: 'Quem é Jack Kerouac?' 'Seu delegado, Jack Kerouac é o marreco', disse a dona Rita, 'e ele quer morar comigo. Jack, diz pro seu delegado que você quer morar comigo.' O Jack respondeu: 'Kerouac, kerouac, kerouac'. 'Está vendo, seu delegado? Ele disse que sim, que quer morar comigo.' Interrompi a dona Rita: 'Jack, diz pro seu delegado que você quer continuar morando comigo'. E o Jack disse: 'Kerouac, kerouac, kerouac'. 'Viu, seu delegado? Ele quer continuar morando comigo. Jack, fala pro seu delegado que você foi sequestrado da minha casa por essa senhora.' O Jack não me desapontou: 'Kerouac, kerouac, kerouac'. O delegado gritou: 'Parem com isso, esse marreco está apenas grasnando, marreco não fala. Vou tomar uma decisão salomônica'. 'O quê?', disse a dona Rita. 'Cortar o Jack ao meio? De jeito nenhum.' 'É, de jeito nenhum', concordei. 'Olha', disse o delegado, 'eu não sou o rei Salomão, mas se vocês continuarem brigando vou prender os dois e cortar esse marreco ao meio. Mas tenho outra proposta: o marreco fica uma semana na casa de um e uma semana na casa do outro. E se vocês dois não seguirem à risca a minha determinação vou colocar os dois na cadeia. Minha senhora, entrega o marreco para este senhor. Esta semana o marreco é dele.'"

"Arre, diabo! Chega, Gonza, chega! Bota o Jack no telefone, eu quero falar com ele. Jack, querido, você está bem?"

"Kerouac, kerouac, kerouac."

"Está com saudade de mim?"

"Kerouac, kerouac, kerouac."

"Eu também estou com muita saudade sua. Ah, Jack, tenho me sentido tão só! A Conchita foi embora. Deixou um bilhete de despedida que dizia: '*Amorcito*. Nunca vou te esquecer, mas o Alasca não é o meu destino'."

"Kerouac, kerouac, kerouac."

"Eu sei. Eu sei, Jack, os adeuses são brutais, devastadores, mas passam. Não se preocupe, vou ficar bem. Agora me promete que você vai se cuidar, não vai ficar comendo tanta pipoca."

"Kerouac, kerouac, kerouac."

"Muita pipoca faz mal. Você tem que comer a ração que o Gonza te dá e não pode comer mais de duzentos gramas de ração por dia. A gente tem que ficar de olho no colesterol."

"Kerouac, kerouac, kerouac."

"Eu também te amo. Um beijo. Semana que vem te ligo."

Quando o Gonçalo pegou o telefone, tentou me falar alguma coisa sobre a dona Rita, mas eu cortei: "Gonza, meu querido, agora chega. Outro dia você me conta o resto da história. Eu volto a te ligar na semana que vem. Fica de olho no nosso Jack e, por favor, diz pra dona Rita não dar muita pipoca pra ele. Dá o nome da ração pra ela".

Sabendo que o Jack estava são e salvo, fiquei mais tranquilo e, com a ajuda de algumas Cusqueñas, consegui dormir um pouco.

Antes de ir embora da cidade, dei uma volta pela Lima colonial. Não podia partir sem conhecer as igrejas, os casarões, as praças e outras construções dos antigos poderosos. Os balcões de madeira do Palácio de Torre Tagle e a catedral eram especialmente bonitos, mas ainda assim não saltei do carro pra conhecer seu interior. O que estava havendo comigo? Tudo me parecia triste, eu estava triste, e a realidade latino-americana se revelou ainda mais triste. Como acontece na maioria das cidades do nosso continente, a Lima colonial tão linda tinha sido abandonada pela elite social e econômica, que infelizmente preferia fundar bairros novos com prédios modernos e espelhados. Nós, latino-americanos, parecemos nos envergonhar do nosso passado, senão porque negligenciaríamos os bairros antigos que carregam em suas construções toda a nossa tradição e história?

42 CAMINHO DO EQUADOR

As estradas mudavam, as cidades, as pessoas, mas tudo me parecia absolutamente igual. Na véspera, tinha me excedido na bebida. A mesma história de sempre. O exagero, o descontrole, e na manhã seguinte o remorso.

Foram dois ou três dias de estrada. Saindo de Lima, passei por Huaral, Barranca, Huarmey, Casma, Chimbote, Santa, Chao e Virú até chegar em Trujillo, onde pernoitei no carro. De Trujillo segui pela Rodovia Panamericana Norte até Piura, e de Piura fui até a fronteira do Equador. Seguir, seguir! Avançar, sempre avançar até o topo do mundo. Enquanto houver esperança de chegar em algum lugar onde me sinta em casa, viajarei.

Passada a fronteira, já em território equatoriano, continuei dirigindo sem saber ao certo pra que cidade ir. Parei pra abastecer. O frentista, um senhor escaveirado de cabelos penteados pra trás, me cumprimentou com um aperto de mão quando saltei do carro. Pedi que enchesse o tanque. Ele pegou a chave e, como se exercesse a profissão mais enobrecedora da face da terra, caminhou solenemente até a bomba de gasolina. Era daquelas pessoas admiráveis que, por mais rasteira que fosse a tarefa, a desempenhavam com o máximo de dignidade. Notei que aquela figura distinta colocava gasolina no meu carro, que era movido a diesel. Fiquei nervoso, mas, sem alterar a voz, ele me acalmou, dizendo que resolveria o problema. Usando uma mangueira fina de borracha, sugou a gasolina com a boca e cuspiu. A partir daí a gasolina foi saindo pela mangueira e enchendo um balde. Depois de quase uma hora de trabalho, o meu carro estava fora de perigo. O diesel foi colocado e eu me despedi, apertando a mão dele.

Muito verde, bananeiras, calor e umidade. Era a região amazônica, o deserto havia ficado pra trás. Num restaurante de estrada, almocei uma gororoba que saciou a minha fome. A cerveja equatoriana, comparada à peruana Cusqueña, deixava a desejar. Mais umas garrafas e eu me acostumaria a ela. Não é sempre assim?

Novamente noite. Os perigos de sempre, povoados, gente a pé e de bicicleta, animais, carros e caminhões trafegando às escuras numa estrada serpenteante sem acostamento. Queria parar e dormir, mas não havia onde. Fui até a cidade de Guayaquil.

Encontrar um hotel limpo e barato no centro não foi tarefa fácil, mas com um pouco de paciência descobri o Veneza Internacional, um pardieiro que inicialmente pensei que fosse um motel. Depois, ao subir as escadas até o meu quarto, verifiquei que era um puteiro ordinário. Por que era ordinário? Por causa do tipo de rameiras. Umas com cabelos oxigenados, outras com cabelos pintados de vermelho com as raízes brancas à mostra, mulheres pelancudas, unhas com esmalte descascado, peitos murchos, bundas flácidas e caídas, a maioria já em idade de se aposentar, se ofereciam sem pudor pros fregueses. Fui dormir trancando bem a porta do quarto pra não ter nenhuma surpresa.

Na manhã seguinte, passeei por Guayaquil, a cidade mais populosa do Equador. Centenas de pessoas nas ruas e um calor que me fazia suar feito um porco gordo. A minha barriga aumentava; se eu caísse morto passariam por cima de mim e se outro caísse morto eu passaria por cima dele. Inferno de vida!

Pelo menos creio que minha saúde está boa. Não tenho nenhuma doença crônica, nem mau hálito, nem cirrose, câncer, anemia, reumatismo, esclerose, azia, osteoporose, artrite, incontinência urinária, diarreia, pé chato, neurastenia ou qualquer doença neurológica. Não sofro de cefaleia, enxaquecas, sinusite ou asma, só tenho uma micose na unha do dedão do pé esquerdo. Meu coração bate no compasso, nunca tive psoríase, nem compactuo com necrofilia, sadomasoquismo, voyeurismo, exibicionismo, escatofilia. Uma única vez tive um breve relacionamento com uma arquiteta que ficava dias sem tomar banho, não se depilava nem raspava os pelos escuros e espessos debaixo dos braços e gostava de cheirar as próprias axilas. O odor das partes pudendas eu nem menciono. O mais estranho eram as roupas caras que usava, todas muito bem lavadas e passadas. Não obstante gostasse da companhia da arquiteta, afastei-me dela logo que percebi seu gosto patológico pela imundice. Não sou um pervertido sexual. Não sou pedófilo. Pensei que Conchita fosse mais velha. Quando soube que ela tinha quinze anos – arre, diabo! – era tarde demais.

Se Conchita estivesse comigo em Guayaquil, teria lido no guia de viagem, que ela esqueceu no carro, que o nome da cidade tem origem numa lenda romântica. O cacique Guayas e sua esposa Quil preferiram morrer a se submeter à vassalagem imposta pelos conquistadores espanhóis. Viraram heróis, nome de cidade, cáspite!, um ato heroico. Morrer é fácil, viver é que é difícil.

Fodam-se os acontecimentos. Fodam-se. Foda-se que Conchita tenha me deixado, foda-se a micose na unha do meu pé, foda-se que eu esteja suando feito um porco gordo, foda-se que o mundo se acabe, derreta, vomite calamidades, enchentes, terremotos, tsunamis, tempestades, miséria, ganância, corrupção, estupidez, preconceito, fanatismo, tirania, brutalidade, sangue. Só o assassino sente prazer, as feridas profundas não cicatrizam e mais pessoas nascem, fazem filhos, morrem, tudo à luz do dia, sob o sol escaldante, causticante, cancerígeno. Foda-se que nasça mais gente, foda-se que os velhos vivam até os duzentos anos.

Ahhh, ahhh, ahhh, eu gemia andando pelas ruas. Ahhh, ahhh, ahhh. As pessoas olhavam pra mim. Ahhh, ahhh, ahhh, soltava grunhidos, quando me vi numa praça cercado por uns répteis verdes amarronzados, lagartos enormes que tinham um papo inflável e uma crista fina ondulada que ia do topo da cabeça até a cauda. E não era um ou dois, eram centenas de lagartos, talvez camaleões, que se moviam lentamente arrastando o ventre pelo solo de pedras irregulares. Alguns colocavam a língua pra fora como se estivessem fazendo caretas pra mim. Ahhh, ahhh, ahhh, desconfiei da minha sanidade. Será que aquelas pessoas que conversavam calmamente sentadas nos bancos viam o que eu via? Ahhh, ahhh, ahhh, ou aqueles camaleões não estavam ali?

Estavam, eram mesmo iguanas que enchiam uma quadra inteira do Parque Bolívar, mais conhecido como Parque de las Iguanas. No centro da praça, num pedestal, uma estátua de Simón Bolívar, com uma iguana na cabeça.

"Iguanas são boas escaladoras. Cuidado com o cocô vindo de cima das árvores", me disse uma criança que depois saiu correndo, dando gritinhos.

Saí do Parque, passei pela frente do Museu Municipal, entrei num ônibus amontoado de gente. Saltei, caminhei um pouco e decidi pegar outro ônibus até o Malecón 2000, que um idiota na rua me garantiu valer a pena conhecer. Um horror. Um calçadão às margens do rio Guayas apinhado de monumentos históricos, restaurantes e lojas pra turistas. Corri dali e fui pra Las Peñas, único bairro de Guayaquil que ainda preservava um pouco da arquitetura colonial. Mas o que isso interessa? A vida tinha que acontecer. Arre, diabo! Estava acontecendo, eu a caminho do Alasca.

Já anoitecia em Guayaquil e minha barriga roncava. Estava desde cedo de estômago vazio, tentava economizar, tinha gastado demais em Lima. Não iria morrer de fome. Quando a minha barriga voltou a roncar, fui comer uns caranguejos num boteco porque o preço era baixo. Pedi uma cerveja gelada que caiu bem naquele fim de tarde abafado. Um sujeito abatido, de barba por fazer, que estava na mesa do lado, puxou papo comigo. Eu estava disposto a conversar, falei de mim e quis saber sobre ele, mas ele só queria falar do filho, do filho de dezoito anos que tinha ingressado na universidade pra estudar direito. O camarada suava; o seu nome esqueci, mas me lembro o nome do filho. Lorenzo, Lorenzo, repetia o pai orgulhoso. O sujeito não tinha esperanças pra si mesmo, mas o filho, esse sim era o tal, teria um futuro brilhante. Alto, forte, inteligente e sensível, ia ser doutor, atleta ou quem sabe artista, disse o pai. Quis dizer pra ele que o seu filho não me interessava, preferia saber sobre ele, sobre o que ele pensava. Senti vontade de dizer-lhe que os fracassados, como ele, me interessavam mais do que os filhos promissores. Foda-se o seu filho, pensei. Pedi a conta, querendo me livrar daquele chato o mais rápido possível.

43 BÉSAME MUCHO

O clima continuava abafado e úmido, porém o céu estava encoberto, com nuvens escuras, carregadas de chuva. Preparava-me pra deixar Guayaquil. Assim que entrei no carro, desabou um temporal. O trânsito, que já era caótico, ficou ainda pior. Levei quase duas horas pra sair da cidade.

Na estrada a chuva parou. As nuvens se dissiparam. Pude ver a cordilheira dos Andes. O vento batia no meu rosto, ar puro, limpo. Diminuí a velocidade. Fui dirigindo como se não fizesse questão de chegar a lugar algum.

Horas depois um vento frio me obrigou a fechar as janelas. Aos poucos as curvas da estrada foram sendo escondidas pela neblina, que foi aumentando até que não se via nada além de névoa. Como a cerração persistia, a noite caía e a fome apertava, parei na primeira cidade que encontrei pelo caminho. Por sorte, San Miguel de Bolívar era agradável, com ladeiras, praças e árvores. No balcão de um bar, jantei sopa de queijo e um prato de carne com arroz. Fui dormir satisfeito.

Fiz bem de ter parado na noite anterior. Após San Miguel de Bolívar, a estrada se torna um perigo, toda esburacada, com partes sem asfalto e um nevoeiro espesso encobrindo a pista. Nos trechos em que havia visibilidade a estrada se mostrava bonita. Não existe estrada feia nos Andes.

Cheguei em Quito com chuva e frio. O trânsito da entrada da cidade até o centro histórico era uma desordem. Não quis nem saber, peguei a via exclusiva dos ônibus.

No centro há vários palácios, casarões e igrejas, como a de Santo Inácio de Loyola, cujo nome me lembrou os meus tempos de escola – sim, estudei em colégio de padres, tive aulas de catecismo e todos os meus colegas de classe fizeram a primeira comunhão, menos eu. Ah, mamãe, por que isso? Você queria tanto que eu fizesse a eucaristia. Não entendo por que agi assim. Há coisas que estão acima da nossa capacidade de compreensão. Quieto. O passado não interessa. Mas não é possível livrar-se dele. Ele volta, ele ressurge a cada a esquina, em becos inóspitos, no caos das avenidas, reaparece como se fosse ele o próprio presente, como se fosse ele o mensageiro do futuro. Se você não aceita o passado, acredita que viajando vai livrar-se dele, mas não, ele está aí, por todos os lados, cercando-o, porque sem ele você deixa de existir. Basta. Fale sobre a Igreja de Santo Inácio de Loyola, no centro de Quito. Toda de ouro, paredes, santos, anjos, tudo revestido de ouro.

Eram cinco da manhã quando acordei. As ruas estavam vazias. As luzes dos postes, ainda acesas. Lojas, restaurantes, mercados, padarias, correios, farmácias, igrejas, bancos... fechados. Passei por mais e mais portas e vitrines gradeadas. Sou um homem de sorte, pensei, não tenho talento pra tristeza. O que poderia dar errado? A estrada, um bom jantar, vinho, uma mulher, uma boa trepada, a vida nos dá tanta coisa que merece o nosso entusiasmo. Viver é bom, é só saber como.

Estava imerso nesses pensamentos quando veio alguém por trás de mim e me abraçou. Ia me afastar num repelão, mas quando ouvi a voz de uma mulher, "canta para mim uma canção de amor", fiquei quieto.

"Canta para mim uma canção de amor", repetiu.

Afastei-me um pouco, o suficiente pra vê-la. Era alta, de cabelos ondulados avermelhados, olhos negros borrados de maquiagem. Usava um vestido verde, colares com badulaques, pulseiras nos dois braços e anéis com pedras coloridas em quase todos os dedos. Aquela mulher bonita me fez ter certeza de que eu era mesmo um homem de sorte.

"Canta para mim uma canção de amor", insistiu.

Continuei observando-a até me lembrar da única música que sabia em espanhol. Então, enlacei-a pela cintura e, fazendo a melhor voz que podia, cantei:

Bésame, bésame mucho,
Como si fuera esta noche la última vez.
Bésame, bésame mucho,
Que tengo miedo a tenerte y perderte después.

Quando parei de cantar, ela me beijou na boca. Pude sentir álcool e nicotina na sua saliva. Odeio mulher bêbada, mas quando não é a minha e ainda é bonita, que mal pode haver? Beijei-a outra vez.

"Você está precisando de uma mulher."

Ela é que estava precisando de um homem. Convidei-a pra tomar café da manhã.

"Pra onde podemos ir?"

"Para minha casa."

Ela morava no sexto andar de um prédio antigo, desses que têm elevador de porta pantográfica manual. Seu apartamento era atulhado de cristais pontiagudos e arredondados de diferentes cores e tamanhos pra espantar a má sorte. Um sofá amarelo-ouro ficava próximo à janela, e pilhas e pilhas de papéis e livros de astrologia estavam espalhadas por toda parte. Depois de trancar a porta, ela tirou os colares, as pulseiras, os anéis e por último os brincos. Aproximou-se de mim, passou a mão pelo meu rosto e me beijou na boca. Coloquei a mão nos seus peitos fartos já sentindo o que me esperava. Ela abriu o zíper da minha calça *jeans*. Passamos a manhã no chão. Depois fiquei sabendo o nome dela – Rubia.

Rubia fritou ovos, fez torradas e café. Perguntou se eu me incomodava de comer na cozinha. Claro que não. Sentei-me num banquinho de plástico e ela me serviu. Só então se sentou e comeu uma torrada enquanto eu devorava os ovos fritos. Encarando-me com seus olhos

fundos, bem redondos, fez perguntas e mais perguntas. Quis saber de onde eu era, o que fazia em Quito, pra onde ia, em que trabalhava, se era casado, se tinha filhos. As mulheres são engraçadas, nem nos conhecem e já querem tudo. Útero, vagina e seios em busca de um projeto de vida. Depois me contou que tocava acordeom desde garotinha. Seus pais eram nômades e músicos, e ela havia aprendido a tocar nos acampamentos. Nascera na Romênia e viera pra América do Sul ainda bebê. Até completar dezoito anos, viveu de um lado pro outro, de cidade em cidade, com os pais, a avó e os seis irmãos.

Pedi que tocasse alguma coisa pra eu ouvir.

Com o acordeom nos braços e uma das pernas à mostra sobre o banquinho de plástico da cozinha, começou a tocar e cantar uma música que me parecia muito triste, mas da qual eu não entendia nada. Devia ser romeno. Seus olhos fundos e negros foram se enchendo de lágrimas. Sensibilizei-me ao vê-la chorar. Depois o choro foi se transformando num lamento e ela já não cantava, tocava e me dizia com voz cansada, quase afônica, que a vida era sempre a mesma, um homem, uma traição, um homem, um aborto e ela novamente sozinha. O homem de quem gostava a havia abandonado na noite anterior, depois de tê-la obrigado a fazer um aborto. Senti pena. Quando terminou de tocar, colocou o acordeom no chão, sentou-se no meu colo e me abraçou.

"Quero que você se hospede na minha casa enquanto estiver em Quito. Ficar num carro é muito desconfortável."

Aceitei o convite. Mas como nada é de graça nesta vida, tive que ir com ela a uma festa e fingir que era seu namorado *brasileño*. A festa era num apartamento decadente e escuro. Um bando de pobretões posando de intelectuais e excêntricos bebiam. Pelo menos havia cerveja e uísque ordinário à vontade. Rubia me beijava, fazendo questão de que todo mundo visse, principalmente o tal cara que a tinha abandonado na noite anterior. Lá pelas tantas, depois de umas doses de uísque e cerveja, o sujeito que a tinha abandonado e obrigado a fazer o aborto veio falar comigo. Era um camarada pequeno, com cara de índio. Vestia-se como um dândi e era folgado como todo homem de baixa estatura. Quis saber se eu era mesmo namorado da Rubia. "Sou e estou apaixonado por ela."

Com um esgar, ele disse: "Comi essa vadia ontem". Depois soltou um riso de escárnio.

Dei um murro nos cornos dele. O puto caiu no chão. Pisei com força no rosto dele até sentir o osso quebrando. Peguei Rubia pelo braço e disse-lhe: "Vamos embora, porra! E vê se da próxima vez não se mete com um canalha que não te respeita".

Em casa, na cama, Rubia enroscou as pernas em torno do meu quadril e os braços ao redor do meu pescoço. Fazia declarações de amor, me beijava, mas eu não queria saber de sexo. Tinha bebido demais. Quando eu estava quase caindo no sono, ela sussurrou no meu ouvido: "Amanhã vou fazer o teu mapa astral, quem sabe você é o homem da minha vida?"

Que diabo! Em qualquer parte do mundo, toda mulher quer ter um homem.

"Onde e quando você nasceu? A que horas?"

Fingi que já estava dormindo.

Quando acordei havia mesa posta, pão fresco, café, leite, suco de laranja e aquele mulherão de cabeleira ruiva querendo dar pra mim. Salve! Salve! Eu era mesmo um homem de sorte. Depois do café ela repetiu a história do dia anterior.

"Quero fazer o seu mapa astral."

Pra me convencer, levou-me pra cama mais uma vez. Claro que cedi e dei a ela todos os dados que pediu: data, hora e local do meu nascimento.

44 MAPA ASTRAL

"Rubia querida, eu não acredito em astrologia, nem em cartas, búzios ou bola de cristal. Não acredito nem em Deus."

"Não tem nada a ver com acreditar ou não acreditar. A astrologia é um estudo complexo, de grande requinte matemático, que analisa como os planetas influenciam o caráter, o comportamento e o destino do homem. Pra ler um mapa astral é necessário ter um conhecimento profundo de como os elementos se combinam. Além do mapa do céu deve-se levar em conta fatores genéticos e sociais. É a combinação desses três elementos que forma o ser. Não sou pitonisa, sou astróloga, uma estudiosa. Poderia até dizer que sou psicóloga, já que tenho uma amostragem imensa das esperanças e dos sofrimentos das pessoas que vêm me procurar. Se bons e sérios, os astrólogos conhecem o inconsciente pulverizado na experiência cotidiana."

"Sou um cético. Você sabe o que é ceticismo, não?"

"É claro. Uma doutrina filosófica segundo a qual não se pode ter certeza a respeito do que é verdade."

"Isso mesmo. Nós, os céticos, duvidamos de tudo, não admitimos a existência de fenômenos metafísicos e dogmas de qualquer natureza, inclusive, e principalmente, religiosos e místicos."

"Mas astrologia não é religião, nem misticismo, nem bola de cristal. Não diga bobagens."

"Calma, não tenho nada contra astrologia. Sei que o homem precisa de esperança pra seguir e que pode encontrá-la numa religião organizada, numa bola de cristal, numa astróloga ou num copo de aguardente. Não há diferença, entende?"

"Há diferença, sim, porque a astrologia não está aqui para iludir o homem com falsas esperanças ou doutriná-lo e muito menos embebedá-lo para que ele esqueça seus tormentos. Por favor, ouça o que tenho a dizer. O seu mapa astral é bastante caótico. Você é do signo de Virgem, com ascendente em Sagitário e Lua em gêmeos. Essa é a trindade principal para se olhar em um mapa. O Sol é o signo da pessoa, e, no seu caso, você tem mais dois planetas em Virgem ao lado do Sol – Mercúrio e Vênus. Virgem está na casa 10, bem no topo do mapa, no meio do céu, que é a casa da projeção social, profissional. Quem tem Mercúrio na casa 10 tende a ter mais de uma profissão. Na verdade, com este mapa você pode ter a profissão que quiser, e se ainda hoje não tem uma profissão segura é porque não quis. O estático não lhe interessa. O seu mapa mostra uma imensa mobilidade. Faz sentido o que eu estou dizendo?

"Tudo me parece ter um segundo significado subjacente."

"Você, se quiser, pode encontrar um segundo, um terceiro, um milionésimo sentido subjacente em tudo ligado à astrologia. É aquilo que chamei de 'inconsciente pulverizado na experiência cotidiana'. Preste mais atenção ao que eu digo, por favor. Leio no seu mapa que você é imprudente, nervoso e deve ter ataques, tornar-se violento com facilidade. Eu vi o que você fez ontem. Arrebentou o meu ex-namorado, aquele índio sem vergonha, para defender a minha honra. Isso é típico do signo de Virgem com ascendente em Sagitário e Lua em Gêmeos, se faz de calmo e explode."

Ouvia todo aquele lero-lero astrológico sem muita paciência. Rubia falava sem parar. Disse que não existiam casamento nem filhos no meu mapa astral (coisa que eu já havia lhe contado) devido à quadratura que meus signos regentes – Virgem, Sagitário e Gêmeos – formavam entre eles; me chamou de anarquista do amor, de dom-juan envelhecido que rejeita a responsabilidade de um relacionamento longo por infantilidade e covardia. Disse até que se não fosse por Júpiter na casa 12 já era pra eu estar morto. Mas quando ela afirmou que o Alasca não existia, que eu não precisava ir ao Alasca pra chegar ao Alasca, protestei.

"Esse negócio de astrologia é tolice."

"Tolice? O Alasca é o nada, é o vazio, será que você não percebe? É o branco gelado onde você crê que poderá encontrar clareza para ver, para ser. Mas você não vai encontrar nada lá."

"Você tem razão, eu preciso de clareza pra ver, pra ser. Mas acabo de ter um clarão: você é uma chata. E eu vou embora daqui. Passe bem. Que os astros te protejam."

Fui buscar o meu carro. A noite infinita caiu, as estrelas no céu iluminavam o meu caminho.

Segue o teu destino, vai pro Alasca.

45 SEQUESTRO

Vulcões nevados, plantações nas encostas dos morros e dezenas de fazendas de cultivo de flores cercavam a estrada na saída do Equador.

Eram onze horas da manhã quando cheguei à divisa com a Colômbia. Atravessei-a sem qualquer problema no lado equatoriano. O posto de fronteira colombiano foi o mais rápido e organizado de todos pelos quais eu havia passado até então. Banheiro limpo, água gelada, fiscais educados.

Almocei na cidade de Pasto e depois segui até Popayán. Trezentos e vinte e três quilômetros de estrada pelos Andes, com subidas e descidas vertiginosas, que não podem ser percorridas em menos de sete horas. Devido aos acontecimentos no país, fui várias vezes parado e revistado, ora pelo exército, ora pela polícia. Sem exceção, todos foram simpáticos e amáveis. Cheguei em Popayán às nove da noite. O centro da cidade é todo pintado de branco, iluminado por lampiões fixados nas paredes das casas. Muitas praças e igrejas. Passei mais uma noite dormindo no carro.

Saí de Popayan às dez e meia e logo fui detido por uma patrulha do exército. Revistaram rapidamente o carro e pude continuar. Na estrada, fazendas de gado, plantações e alguns restaurantes aprazíveis. Não parei em nenhum. Comi um sanduíche que levava comigo. A viagem transcorreu sem problemas até eu chegar em Cali, onde as Farc, Forças Armadas Revolucionárias da Colômbia, haviam sequestrado parlamentares. A cidade estava fechada. Parei num posto de gasolina pra fazer hora e aproveitei pra telefonar pro Jack.

Enquanto eu bebia uma cerveja e comia uns beliscos no bar do posto, uma televisão pequena, no canto esquerdo do balcão, noticiava o sequestro de dezessete parlamentares e a degola de um policial pelos guerrilheiros, que tinham conseguido fugir disfarçados de policiais, levando os deputados. Todos no posto falavam sobre o sequestro, uns faziam comentários que revelavam ansiedade e inquietação, outros alarmados se exaltavam, alguns ficavam calados mirando a televisão com ar estupefato.

Depois de muita espera as coisas voltaram à normalidade e finalmente consegui entrar em Cali. Dirigindo como quem não sabe pra onde ir, fui adentrando a cidade. Nada de perguntas, informações, guias ou mapas. Placas, nomes de ruas, bairros eram logo esquecidos. Pra onde ir? Pouco importava. Quando encontrei uma vaga, estacionei o carro.

Entrei num bar. Pedi uma cerveja e logo fiz amizade com um sujeito. Depois de trocarmos algumas palavras, ele me contou que havia perdido o único filho assassinado pelas Farc. Olhei pra ele já imaginando o queixume, os choros e as lamentações, mas me enganei, ele apenas falou que contra a sua vontade o filho tinha decidido se alistar e em menos de um ano de serviço militar já tentava convencer camponeses a denunciar elementos das Farc.

"Deu no que deu. Foi morto violentamente aos dezenove anos."

"Sinto muito."

"As Farc estão perdendo todo o apoio popular. O idealismo agora é só dinheiro. Narcotráfico, violência, sequestros, estupros, tortura e sangue que escorre e respinga em todos."

Era aquele o cenário.

"Mas, apesar dos pesares, se leva uma vida normal aqui em Cali", disse ele antes de se despedir.

No meio da noite, fui acordado pelo barulho de helicópteros. Parecia que estava numa guerra. Ouvi gritos. Saí do carro. A rua estava vazia. Os helicópteros continuavam a sobrevoar a cidade. Arre, diabo! Eu já não conseguia dormir. Fiquei sentado no carro ouvindo o rumor das hélices.

Era necessário partir, mas não era a hora, como havia me dito o sujeito no bar. As estradas eram perigosas, ainda mais naquele momento. Eu devia esperar mais uns dias, dois, três, talvez quatro. Quatro dias, não mais. Depois disso teria que ir pelas estradas tomadas por guerrilheiros, paramilitares e militares. Levaria bebidas, sanduíches e outras guloseimas pra evitar parar no trajeto.

Pela manhã, ao passar por uma igreja, notei que uma missa estava sendo realizada. Entrei. No sermão o padre só falou em sequestro. As pessoas estavam aterrorizadas. E Deus? Onde estaria Deus? Nem o padre sabia.

Numa barraquinha de rua, experimentei *arepa*, uma espécie de pão circular achatado, feito de farinha de milho e ovo, típico da gastronomia colombiana. Depois de assada numa grelha, a *arepa* foi aberta ao meio e o vendedor perguntou que recheio eu queria. Somente manteiga? Queijo com manteiga? Ovos? Presunto? Carne assada desfiada? Frango? Patinhas de porco? Feijão? Abacate?

"Apenas queijo com manteiga, por favor."

Não consegui comer aquele troço, tinha gosto de papel.

Depois fui fazer as coisas que toda a gente faz quando está numa cidade que não conhece. Passear. Primeira parada, Plaza de Cayzedo, com sua grama verde, bem tratada, e palmeiras por todos os lados. Em seguida, as igrejas La Merced e La Ermita. No centro histórico, construções antigas se misturavam com edifícios modernos. O Edifício Otero, a catedral, o Palácio de Justiça, a Igreja de São Francisco, o teatro municipal e outros lugares turísticos. Terminei o dia com a cabeça fresca. Que bem me fez caminhar!

Sentei num banco de rua e tirei os sapatos. A micose do meu dedão esquerdo fazia parte de mim, tanto que nem me incomodava. Só lembrava dela quando a via, escurinha, infeccionada pelos fungos. Contei o dinheiro que carregava no bolso. O que eu já tinha consumido naquele dia? Uma *arepa*, uma aguardente pura antes do meio-dia, duas doses de aguardente com Coca-Cola às três da tarde, um rum quando deu cinco horas – quatro drinques no total, além das três cervejas que tomei pra me refrescar durante a caminhada.

Sei que todo vício é condenável, e, conhecendo-o como o conheço, tenho que detestá-lo, mas o que podia fazer? Estava acima das minhas forças. Bebi mais umas cervejas e fui pro carro.

Não sei se isto é um diário. Talvez seja um livro de viagem com um tom confessional. Falo de mim e descrevo as coisas como as percebo. Escrever sobre mim dá sentido à minha existência. Esse é o objetivo do diário, dar sentido à falta de sentido que a vida tem. Escrever um diário confere ainda importância ao seu autor. Coisas insignificantes tomam proporções poéticas, trágicas e até heroicas ao serem lançadas no papel. Quero saber de mim, e o que eu quero não é o que todo mundo quer. Se eu fosse querer o que todos querem era pra eu ser um infeliz.

Não tenho poder, dinheiro, sucesso, fama. Mas tenho mulheres, ainda que viva perdendo-as. Todas aquelas de quem gostei me abandonaram. Conchita... Arre, diabo! Não quero pensar em Conchita. Mas ela e também outras mulheres que tive deveriam ter sido firmes comigo. Elas deveriam ter me repreendido, me ameaçado; quem sabe assim eu teria parado de beber? Talvez essa fosse a única forma de me fazer mudar. Ah, mas se eu sucumbisse aos desejos e às ordens dessa mulher tão divina e tirana, que me salvaria dos vícios do álcool, um dia, depois de anos de abstinência, acordaria e sentiria aquela vontade incoercível ardendo no meu peito, uma vontade ainda maior e mais poderosa, porque seria a vontade reprimida, que me faria beber dez vezes mais, por todos os dias de abstinência. O que se reprime hoje será feito em dobro amanhã. Isso me faz pensar que me encontro num beco sem saída.

46 ONICOMICOSE

Deixei Cali em direção a Medellín às sete horas da manhã. Quando já estava a uns cem quilômetros do destino, ignorei todos os conselhos que me haviam sido dados e parei num bar de estrada pra comer alguma coisa. Os sanduíches que eu tinha preparado estavam horríveis.

Às cinco da tarde cheguei em Medellín, que fica num vale cercado por favelas. Como sou carioca, favelas não me assustam, nem surpreendem. Tudo o que via me era familiar: amontoados de casas de compensado e de alvenaria sem reboco, roupas penduradas em varais improvisados, cachorros sarnentos, gatos magros, lixo espalhado pelas ruas de terra batida, moscas, mato crescendo pelos cantos, crianças brincando descalças, homens bebendo, jogando cartas e conversa fora. Mas onde estavam as mulheres? Trabalhando. Ah, as mulheres sempre carregando o mundo nas costas, e quanto mais pobres mais vagabundos e exploradores são esses homens, que deixam suas mulheres trabalhar como domésticas pra sustentá-los.

Diferentes músicas saíam pelas janelas das casas, pelas portas dos bares e das mercearias, enchendo as ruas de som e acentuando ainda mais a esculhambação do lugar.

Pouco depois vi o outro lado da cidade. Bairros ricos e de classe média alta. Ruas limpas e arborizadas com residências de luxo, butiques finas, bares e restaurantes com mesinhas nas calçadas e muita mulher bonita.

Consultei o guia de viagem de Conchita. Até que aquela porcaria era útil. Indicava uma hospedaria no bairro El Poblado, o mais grã-fino da cidade, que alugava quartos a preços baixos. Não foi preciso tocar a campainha, a porta da hospedaria estava escancarada. Logo na entrada, o dono, um velho chamado Juan Carlos Bê, me deu as boas-vindas sem se levantar da poltrona. Ele tinha os pés imersos numa bacia de água.

"Fique à vontade", disse Juan Carlos Bê. "Já estou quase terminando."

Os velhos, como as mulheres, sofrem de calosidade nos pés e unhas encravadas. Uma podóloga de cara triste, acocorada na frente de Juan Carlos Bê, lixava, polia e esmaltava as unhas dos pés do velho. A podóloga interrompeu o trabalho e, escrutinando o meu dedão esquerdo, que aparecia na sandália que eu usava, perguntou: "Isso é uma onicomicose?"

"Onicomicooquê?"

"Onicomicose é uma micose de unha. Você deve ter essa onicomicose no dedão do pé há mais de um ano."

"É verdade. Tem tempo..."

"Como você não tratou dela antes? Como deixou chegar a este ponto? Que horror! A sua unha está manchada, quase preta e oca, e nesse canto, destruída. Olhe o que a micose fez, causou um descolamento da sua unha", disse ela examinando a minha unha doente com uma lente de aumento.

"O que eu faço pra curar essa coisa?"

"O tratamento é complicado. Você tem que procurar um médico dermatologista. No seu caso, acho que a infecção já atingiu a matriz da unha, será necessário medicação por via oral junto com os remédios de uso tópico. A sua unha está podre, morta. Como não tratou disso antes? Ela tem que ser substituída por uma saudável, livre do fungo, e isso pode demorar mais de um ano."

"Um ano? Por quê?"

"Porque é o tempo de nascer uma unha nova e curar a onicomicose."

"Um ano?"

Então foda-se, pensei.

"Você devia tratar essa onicomicose."

A podóloga proferira a palavra "onicomicose" com um esgar de nojo, como se fosse uma obscenidade repulsiva alguém ter uma micose na unha do pé.

"Pra falar a verdade, já me acostumei com essa unha escurinha."

"Isso é um absurdo", disse ela, insistindo no esgar de nojo.

"O que não é absurdo? Perder tempo mostrando a minha onicomicose pra senhorita é um absurdo. A senhorita é um absurdo. A vida é um absurdo."

Fui dar uma volta pela hospedaria. Uma casa antiga, espaçosa, toda arborizada, com um jardim cheio de esquilos e vista pra cidade. Fiquei pensando no rosto da podóloga, que se contraía num ricto de asco toda vez que pronunciava a palavra "onicomicose". Certas coisas nos tiram do sério e nem sabemos explicar por quê. Eu não devia andar de sandálias. Mas Conchita não se importava com a micose, nem nenhuma outra mulher que eu me lembre. O esgar da podóloga fez com que eu me sentisse a última das criaturas, um sujeito relapso, porco, asqueroso. Coisa que não sou.

A podóloga não merecia que eu perdesse meu tempo pensando nela. Mas como eu não tinha mais o que fazer fiquei pensando nela. Ela tinha as unhas das mãos limpas e usava uma aliança de ouro no dedo anular esquerdo. Era casada, mas tinha cara de mulher amargurada, que ninguém quer foder. Devia ter se casado por uma dessas razões fúteis que levam as mulheres ao altar. A verdade é que tanto as mulheres quanto os homens se casam por diferentes motivos, raramente por amor. Casam-se por carência, vaidade, pressão familiar, dinheiro, medo de ficarem sozinhos, casam-se porque esperam um filho ou porque querem um filho. Todos se casam. Não sei por que não me casei. Não foi por falta de oportunidade. Aliás, o homem só fica solteiro se quiser, porque tem sempre uma mulher disponível. Casar é o sonho de toda mulher, mas não de todo homem. Um escritor disse que os homens se casam por cansaço. Eu ainda não me cansei; quando cansar, caso. Talvez.

Juan Carlos Bê surgiu no jardim e, com um sorriso irônico, disse: "Então, preocupado com a onicomicose? Olhe os meus pés. Uma perfeição, não é mesmo?"

Ele tinha pés de quem nunca trabalhou, as unhas limpas envernizadas, os dedos claros sem apresentar nas extremidades a pele grossa, amassada e escurecida pelos anos de atrito e compressão constante dentro de um sapato. Talvez nem todos os velhos tenham calos e unhas encravadas, mas se Juan Carlos Bê precisava de uma podóloga era porque os seus pés não eram tudo aquilo que aparentavam.

Fiz um comentário elogioso sobre os pés dele. Ele sorriu, mas mudou de assunto. Será que temia que eu voltasse a falar da minha micose? Logo apareceu a dona Hedy, sócia na hospedaria e atual esposa de Juan Carlos Bê. Aquele era o terceiro casamento dele e o quarto da dona Hedy. É de se crer que as pessoas gostam mais de casar e descasar do que do casamento em si. Ou talvez isso reflita o medo que têm da solidão.

"O senhor é casado?", perguntou a dona Hedy.

"Não."

"Ah, divorciado..."

"Nunca me casei."

"Ah..."

Era celibatário, tinha uma micose na unha do dedo esquerdo do pé e mais de meio século de idade. Devem ter me julgado um pobre-diabo. Eles que pensassem o que quisessem de mim. Pouco me importa o que pensam de mim. A questão é: o que eu penso de mim? Ainda bem que isso oscila, que cada dia me encontro de um jeito.

47 ESCURO DA NOITE

Um cachorro latia na rua. Carros passavam. O mundo fervilhava lá fora, me chamando. Levantei da cama. Tomei um banho. Fui pro bairro boêmio de Medellín, onde estão concentrados os bares e restaurantes da cidade.

A atmosfera era vibrante. Música alta, burburinho de pessoas. Mulheres, muitas mulheres. Se eu pudesse, se eu pudesse iria pra cama com cada uma delas. Passou por mim uma garota com uma saia tão curta que pude ver suas nádegas, que balançavam com o caminhar. Parecia uma prostituta. Me deu vontade de dar uns tapas na bunda dela. Perto dela havia outra, essa com roupa comportada, rosto angelical. Uma vez fui num puteiro e vi muita puta fazendo mímica de moça séria, achei inaceitável, puta sentada de pernas juntas e roupa recatada, onde já se viu? Puta boa é aquela que sabe que é puta e gosta de ser puta. Não gosto de comer puta, mas se é pra trepar com uma, que se comporte como uma vagabunda. Eu estava com vontade de sair beijando na boca de todas as mulheres que via pelas ruas do bairro boêmio de Medellín. Como são bonitas as colombianas! Precisava beijar uma daquelas mulheres. O homem é um bicho, que se torna ainda mais perigoso se não tiver uma mulher pra aliviar a tristeza e acabar com o desânimo, que sempre volta. Uma mulher com quem dormi me disse que precisava ter um homem ao seu lado pra ser feliz.

Eu vivo sozinho, não sei se sou feliz, mas pelo menos não desperdicei a minha vida levando dinheiro pra casa pra sustentar um lar onde uma esposa me culparia por sua infelicidade, pelos anos que passou cozinhando pra mim – e não tive filhos gordos me chamando de perdedor.

48 POLVO À MODA JUAN CARLOS BÊ

Peguei o metrô e saltei na estação Parque Berrío, próximo à Plaza Botero, onde fica o Museu de Antioquia. Era uma manhã ensolarada. O bronze das esculturas monumentais do Fernando Botero reluziam ao longe.

Chegando na praça, logo notei que era muito bem-cuidada, com canteiros de flores, palmeiras, chafarizes e nenhum lixo no chão. Sentei-me num banco não apenas pra apreciar as esculturas do Botero, mas também pra ver as pessoas que passavam. Mães empurrando carrinhos de bebê, crianças correndo, estudantes com mochila nas costas, senhores sentados com ar distraído, mulheres e homens que atravessavam a praça com pressa, turistas que tiravam fotos na frente das polidas figuras rotundas de bronze. Havia também um número considerável de vendedores ambulantes, que ofereciam aos passantes todo tipo de mercadoria. Óculos de sol, guarda-chuvas, baterias pra celular, pilhas, lanterninhas e chaveiros.

Um sujeito magro que equilibrava na cabeça uma pilha de chapéus de palha e tinha nas mãos vários bonés coloridos e na boca uma gaita se aproximou de mim dançando, sem deixar que nenhum dos chapéus caísse. Perguntei o preço do boné, mas ele me convenceu a levar um chapéu de palha, que era o dobro do preço, porque deu um pulo e uma pirueta girando a cabeça e agarrando a pilha de chapéus no ar. Ele colocou um chapéu na minha cabeça e, tirando um espelho do bolso, disse: "Veja como o senhor ficou bonito". Eu tinha ficado bem mesmo. Era um chapéu de palha desses que imitam chapéu-panamá, bem mais elegante que um boné. Assim que lhe dei o dinheiro, ele pegou a gaita que estava dependurada no pescoço e começou a tocar e dançar, dando o seu show de malabarismo. Me deu vontade de dar um safanão naquele monte de chapéus e jogar tudo no chão, mas fiquei com pena dele. É também mais divertido pensar nessas coisas do que fazê-las.

Com o chapéu na cabeça, fui passear pela praça. Um paralítico numa cadeira de rodas enfeitada com fitas, guizos e balões de encher em forma de bichos e personagens de desenhos animados infantis tentou me empurrar um dos balões, dizendo pra eu pagar um e levar dois. Mais à frente uma senhora puxava uma carroça, vendendo doces, salgados, suco e café. E um homem mascarado fazia mímica ao lado da escultura de um guerreiro troncudo e musculoso que tinha um pênis diminuto e fino. Um turista, com a mão na bunda opulenta de uma das gigantescas mulheres de bronze, fazia cara de tarado enquanto o seu colega de viagem o fotografava.

Alguns passos adiante, um sujeito pardo de óculos de grau pregava o evangelho com as costas viradas pra escultura de outra mulher, obesa e sensual, nua, deitada de bruços. Ele erguia a Bíblia aos céus e, com voz incisiva, convocava as pessoas a ouvirem as palavras do Senhor. Dois ou três camaradas se aproximaram do mulato, entre eles um bêbado. Com voz mais poderosa que a do pregador, ele disse: "Se Deus existe, ele é um tirano incompetente; se você não faz o que ele manda, ele te condena ao inferno, nada funciona neste mundo que ele criou".

"Vai-te daqui, Satanás!"

O bêbado com voz possante continuou a falar. Cuspindo saliva, enumerou as razões pelas quais Satanás é mais esperto que o Senhor. Foi juntando gente ao redor, e o pregador, já não podendo seguir a sua encenação como havia ensaiado, foi embora, porém antes disse que não só o bêbado, mas todos os presentes que estavam rindo, iriam queimar no inferno. No inferno!

Passei o resto do dia conhecendo a cidade. Andei de teleférico, uma das grandes atrações turísticas de Medellín. O sistema de metrô inclui o Metrocable, um teleférico que chega às áreas menos favorecidas da cidade, ou seja, às favelas, que conheci tão logo cheguei. Como em todo país subdesenvolvido, o turismo explorava a pobreza local. Os estrangeiros gostam de ver a miséria dos fodidos pra se sentirem superiores. A natureza humana é uma merda. Pensei nas esculturas da Plaza Botero. Seres anômalos de tecido adiposo hipertrofiado, ressaltado ainda mais pela rutilância do bronze, que representavam bem a ganância dos nossos políticos.

Voltei pra hospedaria. Juan Carlos Bê preparava um polvo que me faria desistir de qualquer compromisso caso eu tivesse algum. Enquanto ele cozinhava, fiquei na cozinha à sua disposição. A minha ajuda foi bem-vinda, já que a dona Hedy, esposa de Juan Carlos Bê, só queria saber de conversar e beber. Ela era das minhas, adorava um drinque. Serviu-me uma mistura de frutas com aguardente colombiana, que havia sido preparada pelo marido.

Obedecendo às ordens de Juan Carlos Bê, afiei facas, amassei alho, cortei batatas, tomates e cebolas, limpei camarões. Até lavar louça, que detesto, eu lavei.

Antes de botar os polvos no forno, Juan Carlos Bê colocou-os vivos numa panela de pressão por cerca de dez minutos. Um tabuleiro foi untado com bastante azeite extra virgem. Em seguida, os dois polvos, pesando cerca de oitocentos gramas cada, foram colocados no centro do tabuleiro. Ao redor, batatas com casca partidas em quatro, tomates sem pele, dentes de alho e coentro. Por cima de tudo, cebolas cortadas em fatias bem finas. O molho foi preparado separadamente numa caçarola, onde Juan Carlos Bê dourou na manteiga um punhado de alho amassado. Depois acrescentou leite e pediu que eu mexesse até ferver. Em seguida, adicionou meio copo de creme de leite, além de sal, pimenta-do-reino e noz-moscada. Enquanto eu mexia, ele triturou no liquidificador seis camarões grandes com vinho branco. Então, jogou tudo na caçarola, e eu continuei misturando. Quando o vinho evaporou, o molho foi posto no tabuleiro e este no forno, que fora preaquecido à temperatura de cento e oitenta graus.

Uma hora depois o polvo à moda Juan Carlos Bê foi pra mesa. Se estava bom? Estava uma maravilha, ou então eu não teria colocado a receita aqui. Uma curiosidade: Juan Carlos Bê era nefalista e vegetariano radical, não comia nenhuma espécie de carne, nem mesmo peixe ou frutos do mar. Era um cozinheiro que nunca provou os próprios drinques e pratos.

49 GUERRILHA

Ansioso pra seguir viagem, já que a Colômbia era o último país da América do Sul que eu visitaria, fui embora de Medellín logo que acordei.

Minha próxima parada seria Turbo, uma cidade portuária a trezentos e quarenta quilômetros de Medellín, localizada no golfo de Urabá, onde eu pegaria uma embarcação que me levaria até o Panamá. Não era possível ir por terra da Colômbia até o Panamá, pois não havia conexão de estradas entre os dois países. Aliás, havia também outro motivo. A região de Chocó, no norte da Colômbia, limítrofe com o Panamá, estava tomada pelos paramilitares das Auc, as Autodefesas Unidas da Colômbia, por guerrilheiros das Farc e pelo exército, que disputavam o controle da região. O mesmo ocorria em partes da região de Antioquia. Sendo assim, a solução era ir de barco até o Panamá. Evidentemente, levando o carro, pois sem carro eu não chegaria no Alasca.

Depois de vinte minutos de estrada, fui parado pelo exército. Os soldados eram jovens. Revistaram o carro, me interrogaram e num clima relativamente amistoso disseram que eu estava autorizado a seguir viagem. Mais adiante, próximo à cidade de Santa Fé, fui detido pelos paramilitares da Auc, tido por muitos como o grupo mais violento. Homens de idade avançada, militares reformados, fardados e armados. Fui interpelado secamente por um camarada de postura sólida e cabelos grisalhos nas têmporas sobre o motivo da minha viagem. Omiti que meu destino era o Alasca, temendo que pudesse gerar alguma suspeita infundada. Disse apenas que estava indo pra Turbo.

"Turbo? O que vai fazer em Turbo?"

"Estou a caminho do Panamá."

"A caminho do Panamá? E vai fazer o que no Panamá?"

"Vou apenas atravessar o Panamá."

"Atravessar o Panamá?"

"Isso mesmo, vou atravessar o Panamá e seguir até outros países da América Central."

"Outros países da América Central? Para onde está indo afinal?"

"Pro Alasca."

"Para o Alasca? E por que não disse logo?"

"Achei que ia soar estranho."

"Achou que ia soar estranho? E por que soaria estranho alguém ir para o Alasca?"

"Não sei. O Alasca é muito distante."

"O Alasca é muito distante? Se o Alasca é muito distante, o que vai fazer lá?"

"Boa pergunta."

"Mas o senhor não tem uma resposta."

"Dizem que as boas perguntas são aquelas que não têm resposta."

"Dizem que as boas perguntas são aquelas que não têm resposta? Mas eu quero uma resposta. O que o senhor vai fazer no Alasca?"

"O que posso dizer? O Alasca é desafiador."

"Desafiador? Mãos na cabeça, *maricón*", ele disse, apontando a arma pra mim. Em seguida, ordenou que um dos seus companheiros me revistasse. Fui obrigado a tirar os sapatos.

"Abra o porta-malas." Com uma expressão indecifrável, assestou a arma contra o meu peito.

Os outros paramilitares inspecionaram todos os cantos do meu carro. Um deles sussurrou qualquer coisa no ouvido do meu algoz de têmporas grisalhas. Os dois se entreolharam. Ainda que eu não estivesse escondendo nada, comecei a transpirar. Antes de me liberarem, me cobraram um pedágio. Depois que paguei, ganhei um recibo que deveria apresentar caso fosse parado novamente pelas Autodefesas Unidas da Colômbia.

Dirigi cinquenta quilômetros. De novo fui obrigado a parar. Dessa vez eram as Farc que apontavam as armas pra mim. Mandaram-me descer do carro e colocar as mãos na cabeça. Eram seis jovens, creio que apenas um deles tinha mais de vinte e um anos de idade. Havia um bem franzino que devia ter uns quinze. Muito pequeno, impúbere, tinha um rosto glabro miúdo, finos braços sem pelos e cabelo negro cortado em forma de capacete. Carregava uma metralhadora maior do que ele e, dependurado no ombro esquerdo, um cinturão de balas. Todos usavam camisa de malha, calça de sarja e bota preta de borracha.

Enquanto cinco dos moleques apontavam as metralhadoras pra mim, o mais velho e mais parrudo, com quepe de estampa militar na cabeça, me revistou e interrogou. Era autoritário, sem dúvida o líder do bando. O que era aquilo? Será que ele desconfiava de mim? Mas como, se nem colombiano eu era?

"Isso não significa nada. Existem estrangeiros inimigos."

"O negócio é o seguinte, estou do lado de vocês", eu disse, embora não estivesse do lado das Farc, nem de ninguém. "Há uns quarenta minutos, perto de Santa Fé, fui parado pelos paramilitares das Auc."

"Tem certeza?", perguntou o chefe ajeitando o quepe.

"Tenho. Olha aqui." Tirei do bolso o recibo das Autodefesas Unidas da Colômbia e entreguei ao chefe, que o examinou e me devolveu.

Meio-dia. Um sol causticante. Eu suava, não sei se de calor ou de medo. Quando o líder abriu o porta-malas do carro, vi a caixa térmica e a sacola com comida.

"Tem umas coisas aí que vocês vão gostar. Água, cerveja, sanduíche de atum, amendoim, biscoito, maçã e banana. Podem pegar o que quiserem. Vocês devem estar com sede, com fome."

O líder abriu a caixa térmica, pegou uma lata de cerveja. Bebeu aos goles. Depois desembrulhou um sanduíche de atum. Deu uma mordida. Então disse pros outros se servirem. Quatro dos rapazes avançaram. Abriram os pacotes de amendoim, bolacha, beberam água, refrigerante e cerveja. Devoraram os sanduíches e também as bananas e as maçãs, mastigando avidamente com a boca aberta. Estavam esfaimados. O impúbere foi o único que não bebeu nem comeu nada. Ficou me encarando com indisfarçável desconfiança raivosa, sem baixar a metralhadora, que mirava no meu peito. Via-se que era extremista, brutal e cruel como a juventude costuma ser. Ou será que eu estava enganado? Talvez fosse jovem demais e sentisse muito medo de fazer parte da guerrilha.

À medida que comiam e bebiam, tornavam-se mais cordiais. Perguntaram sobre o Rio de Janeiro, o carnaval, as mulheres. Conversamos sobre a seleção brasileira na última Copa do Mundo e também falamos mal dos americanos. Não tenho nada contra os americanos, mas se eles tinham eu também tinha. O impúbere permaneceu imóvel, calado, um rosto de pedra que me observava.

Apareceu um ônibus na estrada. Imediatamente eles largaram a comida de lado e invadiram a pista, mandando o veículo parar. Era um ônibus grande, desses que fazem trajetos interestaduais. O motorista uniformizado saltou, apresentou documentos e foi revistado. Os passageiros permaneceram dentro do ônibus. O impúbere, acompanhado por outro guerrilheiro, entrou no veículo. O motorista, um senhor barrigudo de pele oleosa, olhava pro chão e depois pro ônibus e depois pro céu, evitando cruzar olhares com qualquer um dos membros das Farc ou mesmo comigo.

Dois jovens de cabelos cortados bem curtos, quase raspados, saíram do ônibus empurrados pelo cano da metralhadora que o impúbere empunhava.

"Tirem os sapatos", ele ordenou.

O impúbere curvou-se para esquadrinhar os pés dos dois jovens, que, lívidos, juravam não ser do exército.

"Calem a boca. Cadê o documento de vocês?"

Após examinar os documentos de identidade, o impúbere entregou-os ao chefe. Um dos jovens, o mais alto, chorava. O outro mantinha-se em silêncio, mas os seus lábios estavam trêmulos e as sobrancelhas franzidas numa expressão aturdida de terror.

"Coloquem os sapatos e sumam daqui", disse o chefe.

Assim que o ônibus partiu, surgiu outro. O motorista, pequenino, magro, com uma perna mais curta do que a outra, desceu os altos degraus do veículo com dificuldade. Apresentou os documentos. O chefe dos guerrilheiros ofereceu um dos meus sanduíches de atum pro motorista, dizendo: "Come isso aqui, manco".

"Obrigado, mas não estou com fome."

"O que é isso, manco? Acha que tem veneno no sanduíche?"

O motorista pegou o sanduíche e ficou com ele na mão.

Enquanto isso o impúbere já tinha entrado no ônibus pra revistar os passageiros. Saiu segurando pelo braço um jovem moreno de cabeça raspada.

"Tire os sapatos."

Vendo que o indivíduo demorava pra tirar os sapatos, o impúbere bateu com força com a culatra da metralhadora na cabeça dele. O cara soltou um grito de dor.

"Tire os sapatos."

Ele obedeceu.

"Olha os calos desse traidor. Isso é calo feito por bota do exército."

O impúbere deu um tiro na cabeça raspada do jovem.

Aquilo me revoltou, mas eu sabia que não podia protestar, senão quem ia ter a cabeça estourada era eu.

"Ô manco, te manda com esse ônibus daqui", disse o líder. "E vê se come esse sanduíche, você está pálido, parece até que viu um fantasma."

"E você, *brasileño*? O que está olhando? Vai embora."

Pelo retrovisor, vi os guerrilheiros comendo as minhas provisões em torno do cadáver.

50 MORDIDAS

Segui viagem evitando pensar no que havia presenciado. A crueldade humana sempre me fez mal.

Chegando em Turbo, fui direto pra Capitania dos Portos saber como poderia conseguir um barco pra me levar até o Panamá. Lá conheci a Edna, uma despachante alta, negra, tão negra que seus dentes e a esclera dos olhos fosforesciam. Levou-me ao seu escritório, que ficava próximo. Fui apresentado ao seu marido, Nestor. A cara, o jeito, o físico, uma cópia perfeita do Queixada. O mesmo queixo proeminente entortado para a direita, a tez amarelenta, os olhos caídos, as sobrancelhas grossas com fios compridos desalinhados – apenas a voz não se assemelhava à do Queixada. Nestor tinha a língua presa e era levemente fanho, mas não tive dificuldade para compreender o que dizia.

As embarcações que saíam de Turbo eram de pequeno porte, em sua maioria veleiros que transportavam bananas até a Cidade do Panamá e voltavam carregados de contrabando, produtos importados, principalmente uísque. No entanto, Nestor me assegurou que as tábuas de madeira, adaptadas ao barco para transportar o veículo, tinham capacidade de sustentar o peso de um carro grande como o meu. A viagem poderia durar de quatro a dez dias, dependendo do mar, do vento, enfim, das condições atmosféricas. Nestor disse que conseguiria um barco pra mim ainda que estivéssemos em temporada de furacões.

"Nessa época do ano a oferta de barcos cai drasticamente."

Nunca tinha escutado falar nessa história de furacões e desconfiei que aquela conversa era pra cobrar mais pelo transporte.

Como combinado, no dia seguinte passei às dez horas da manhã no escritório do Nestor. Ele não estava, mas a Edna me recebeu e me levou até o porto pra conhecer o barco que me levaria até o Panamá, caso eu concordasse com o preço. O barco era modesto, mas tudo bem, provavelmente eu não teria dinheiro pra nada melhor. Quando quis saber o valor, a Edna disse que estava esperando uma resposta do barqueiro, mas que eu não me preocupasse.

Fui pra praia, que era quase tão feia quanto a cidade. A areia escura, a água do mar barrenta e quente. Instalei-me em frente ao único quiosque aberto. Pedi cerveja e lula frita. Fiz amizade com a dona, uma senhora muito negra, muito gorda, vestida de vermelho da cabeça aos pés, que se apresentou como Darling. Não era apelido, era nome. Ela colocou umas músicas caribenhas pra eu ouvir, jogou aguardente na minha cerveja, e no fim do dia eu dançava sozinho na praia enquanto a Darling, de dentro do quiosque, servia mais aguardente e cantava girando feito um pião quebrado.

Antes de anoitecer, voltei ao escritório do Queixada, ou melhor, Nestor. Eles eram realmente muito parecidos, e o Nestor, com a cara mais singela do mundo, pediu uma fortuna pela travessia de barco.

"Impossível. Não tenho como pagar."

Nestor disse que tentaria arranjar um barco mais em conta, mas seria difícil, não é mesmo Edna? Toda vez que ele falava alguma coisa desagradável dizia: "Não é mesmo, Edna?" Como se ele não fosse o culpado pela má notícia.

"Muito bem. Volto amanhã. Quem sabe tenho mais sorte e você me consegue um barco que cobre um preço razoável."

Fui embora chateado, mas não demonstrei. Nestor não me parecia confiável. Se visse que eu estava ansioso pra partir, não abaixaria o preço. Quanto ele devia receber de comissão? A Edna andava enfeitada com aliança de brilhante no dedo. O problema é que se o preço fosse mesmo aquele eu não teria como pagar. Mas de que adiantava ficar me preocupando antecipadamente?

O céu estava encoberto. O ar, abafado. A cidade me parecia ainda mais feia. As pessoas eram simpáticas, sorriam pra mim sem qualquer razão aparente. Só tinha negão e negona pelas ruas. Gente bonita, cidade feia, pensei. Continuei pensando e lembrei-me de um sonho. Eu nascia na Nigéria, era um bebê careca de lábios carnudos e gengiva roxa, minha mãe me carregava amarrado ao seu corpo por um pano. Havia borboletas no vilarejo onde morávamos. Eu, já crescido, sabia dançar de uma maneira que nesta vida não sei.

Quantos dias ainda teria que permanecer em Turbo? Casas sem reboco, poucos edifícios, ruas de terra, uma minoria asfaltada. Havia uma base militar na cidade, pois a região da Antioquia era infestada de Farcs, Aucs, guerrilhas, assassinatos, sequestros, com os paramilitares perpetrando crimes hediondos, assim como as Forças Armadas Revolucionárias e o exército, ah, o exército, também repudiável, não havia pra onde correr, cartéis do narcotráfico, a população civil intimidada, o pavor estava em toda parte. E no meu país, na minha cidade, morros, esgoto, corrupção, analfabetismo, bandidagem e a menina de biquíni na praia de Ipanema. Como seria no Alasca? Um salto ao estrangeiro pra descobrir que o estrangeiro é familiar? Era meio-dia, o calor aumentava, fui tomar cerveja na praia, no quiosque da Darling.

Passou um garoto de uns vinte anos, musculoso, negro retinto como todos em Turbo, com uma lata na cabeça vendendo siri cozido. Quando ele me disse o preço do siri, decidi comprar todos, aquele seria o meu almoço e o meu jantar. Falei pro moleque: "Senta aí. Vamos comer esses siris e tomar uma cerveja. É por minha conta".

"Tomar cerveja eu tomo, agora comer siri eu não como não."

"Por que não?"

"Porque siri come defunto."

"E daí? O defunto nutre o siri, que me nutre. Na natureza nada se cria, nada se perde, tudo se transforma."

"Você fala isso porque não pesca esses siris. Toda vez que um cadáver é desovado por aqui, no mar, o número de siris aumenta uma barbaridade, a região fica infestada deles. Parece até milagre."

"Não tem problema. Não quer comer, não come, eu vou comer todos. Quantos siris tem dentro dessa lata?"

Ele contou e respondeu: "Treze".

"Darling, traz cerveja pra gente e senta aqui. Vem comer estes siris comigo."

Mario, o vendedor, não soube me dizer qual era a espécie do siri. A sua carapaça era cinzenta e apresentava pintas esbranquiçadas, mas as garras eram bem mais compridas do que as garras dos siris que eu costumava pescar em Angra, ou mesmo no Rio, quando saía no barquinho a remo acompanhando o meu padrasto. A gente levava muito siri pra casa, principalmente no período em que o siri troca de casca devido ao crescimento do seu corpo. Como a nova carapaça demora a endurecer, nessa fase o siri é chamado de siri mole, e era esse siri que minha mãe gostava de cozinhar. Ela fazia uma moqueca baiana de siri mole com azeite de dendê e leite de coco que só de pensar meu coração aperta. Ah, a minha mãe, tão preocupada comigo, trabalhava numa joalheria de segunda a sexta das nove da manhã às sete da noite e também meio expediente aos sábados pra que eu pudesse usar aparelho nos dentes e estudar em colégio particular. À noite fazia o jantar, colocava as roupas pra lavar, via comigo a minha lição de casa, conversava com o meu padrasto, pendurava as roupas no varal, certificava-se de que não havia furos nas minhas meias, nem cera nas minhas orelhas, e que as unhas das minhas mãos e dos meus pés estavam limpas. Ah, se minha mãe visse essa micose no meu dedão! Primeiro iria ralhar comigo, mas, imediatamente depois já se poria a tratar da micose, que jamais chegaria ao ponto que chegou se mamãe estivesse viva. Minha mãe tentava ser rígida, mas até zangada me tratava com complacência. Apenas ela me amou. É a mim que ela ama, eu pensava quando a via fazer um carinho delicado no braço do meu padrasto. Ele era um bom sujeito, mas dormia com a minha mãe e disso nenhum filho gosta. As mulheres é que são importantes na vida dos homens. Não ter pai não é nenhuma tragédia, tragédia seria eu não ter tido mãe.

Volto a falar dos siris, não dos que minha mãe preparava, mas dos que comi em Turbo com a Darling, que trouxe do quiosque uma faca de cabo grosso de metal pra quebrarmos as carapaças. Eu e Darling nos sentamos na areia debruçados sobre uma mesa baixa feita de ripas de madeira. Fazíamos ruídos chupando a carne das garras e das pernas dos siris. Estendido na areia ao nosso lado, Mario contou-nos que pescava os siris antes do amanhecer com dois puçás. A isca, restos de carne de boi, peixe, galinha, era amarrada na rede que cobre o puçá. Eu já sabia, mas quem nunca pescou talvez não saiba que os siris andam em bandos e quando pescados vêm aos montes. Nunca se pesca um siri apenas. Mario só ficava com os siris grandes, filhotes e fêmeas ovadas eram devolvidos ao mar pra garantir que eles não escasseassem. Mario disse que se tornara pescador porque a vida quisera assim, mas pelo que entendi quem quis assim foi a mãe dele, que fervia os siris vivos e mandava o filho vendê-los na praia.

Depois de comermos a saborosa carne das garras e das pernas, quebrávamos a casca com o cabo da faca e com as mãos pegávamos a parte interna, que é a musculatura, cuja carne não é tão saborosa. Depois dos siris, Darling nos ofereceu robalo frito à milanesa, que degustamos entre doses de aguardente. Cerveja e água eram só pra hidratar. Como costuma acontecer, o ritual que envolvia o comer e o beber nos aproximou, e, quando vimos, já estávamos a caminho de uma festa chamada La Boquita, a dez minutos de carro do centro de Turbo.

La Boquita acontecia numa casa grande com telhado de sapé, suspensa do chão de terra batida por estacas de madeira, uma espécie de palafita sem água embaixo. Quando entrei vi um monte de gente. Todos negros. Eu era o único branco. Música caribenha saía em alto volume de caixas de som presas ao teto. Pessoas dançavam, entre elas várias mulheres com saias bem curtas, que deixavam à mostra suas bundas opulentas.

"Pode morder a bunda delas", disse Mario.

"Como?"

Ele se curvou, aproximando o rosto da bunda de uma das mulheres, que, percebendo que ia ser mordida, parou de dançar. Mario deu uma dentada na bunda dela. Olhando pra mim com um sorriso encorajador, ele disse: "Experimenta".

Escolhi a bunda mais bonita que vi balançando e inclinei-me na sua direção. Imediatamente a dona parou pra que eu pudesse mordê-la. Mordi várias bundas naquela noite. Eram bundas de carne rija, sem qualquer celulite, estria, mancha, herpes, espinha, pereba, caroço. Nádegas negras, lustrosas, fartas, energéticas, e cada uma tinha um sabor.

Uma mulher virou-se pra mim e disse: "Pode morder com mais força, amorzinho, só não tira sangue".

Que prazer sentir glúteos firmes nos dentes! Ali não se fazia sexo, só se usufruía de outra espécie de prazer, que inspirava em mim uma concupiscência adolescente, quase infantil. Era como se eu estivesse num parque de diversões com rodas-gigantes e montanhas-russas.

Darling levantou o vestido, colocou a bunda perto do meu rosto e disse: "Morde a minha também". Dei várias dentadas.

A verdade é que sinto atração por todas as mulheres. Umas me atraem mais, outras me atraem menos, mas em todas eu descubro o encanto, por mais recôndito que seja. Todas as mulheres merecem ser cortejadas e amadas. Foi por isso, entre outras coisas, que mordi a bunda enxundiosa da Darling. O que acontece é que os homens, em sua maioria, não sabem ver, mas ver entendendo o que estão vendo. Mordi com prazer a bunda da Darling, que, muito agradecida, cobriu a minha testa de beijos, depois saiu dançando feliz e me trouxe uma aguardente. No entanto, não fui o único a morder a bunda da Darling, fui apenas o primeiro. Lembro-me de vê-la, no fim da festa, deitada de bruços num sofá onde diferentes homens mordiam, beijavam e até lambiam as suas copiosas nádegas. Darling estava escandalosamente feliz.

51 O BARCO DO SEU DINDIN

"Soube que você esteve na festa La Boquita ontem. Então, se divertiu?", perguntou Nestor com um sorriso malicioso.

"Uma verdadeira celebração báquica."

"Eu adoro La Boquita. Não vou mais porque a Edna não deixa." Nestor tentava ser simpático antes de me dar a má notícia. Nenhum barco cobrava um preço que eu pudesse pagar pra me levar com o carro até a Cidade do Panamá. Tentei negociar.

"Não adianta barganhar. É pegar ou largar. Os barqueiros sabem que essa é a única maneira de chegar ao Panamá, afinal não existem estradas nem qualquer tipo de trilhas que atravessem a floresta de Darién. É uma pena, mas a Rodovia Panamericana falha no seu objetivo de ligar os extremos das Américas."

"É realmente muito caro pra mim, Nestor, não tenho como pagar o que estão pedindo."

"Os barqueiros são irredutíveis, ainda mais nesta época de furacões."

"Que porra é essa de furacões, Nestor? Nunca ouvi falar disso."

"Então está mal informado. Todo mundo sabe que existe uma temporada de furacões no Caribe que dura meses. No trajeto Turbo-Panamá os furacões ocorrem do final de abril até meados do outono."

"Praticamente o ano todo."

"Isso mesmo. Agora você entende por que custa caro."

"Está certo... O que você me aconselha a fazer se não tenho dinheiro suficiente pra pagar pela travessia de barco?"

"Tentar as vias normais de exportação por Cartagena. Mas acho que vai sair mais caro ainda. Em Cartagena alugam-se contêineres em navios cargueiros pra transportar carros até a Cidade do Panamá, mas não se pode ir junto com o carro, tem que pegar um avião."

"Sei... Alguma outra opção?"

"Desculpa, mas é isso aí. Ou paga o que os barqueiros estão pedindo ou então tenta atravessar por Cartagena."

Despedi-me do Nestor e fui até a Capitania dos Portos disposto a negociar diretamente com os barqueiros. Depois de passar a tarde falando com um e com outro, cheguei à conclusão de que Nestor não estava me engabelando, aquele era mesmo o preço que os barqueiros cobravam.

No fim do dia descobri um tal de seu Dindin, que pedia a metade do preço dos outros. Na hora que vi o barco do seu Dindin, entendi por que era tão mais barato. Um veleiro pequeno, com velas velhas, motor fraco, já abarrotado de bananas. Quando falei pro seu Dindin que tinha um carro grande, ele coçou a cabeça. Depois disse: "Damos um jeito. O máximo que pode acontecer, se pegarmos tempo ruim, é o seu carro cair no mar".

Pra chegar ao Alasca eu correria qualquer risco.

"Está bem, seu Dindin. Como é que a gente acerta?"

"Amanhã a gente conversa, só vou partir daqui a dois dias. Estou esperando mais um carregamento de bananas."

Onde ele iria acomodar o meu carro e mais um carregamento de bananas me pareceu um enigma, mas preferi acreditar que ele sabia o que estava fazendo.

Na manhã seguinte, voltei à Capitania do Portos pra combinar os detalhes com o seu Dindin.

"Prenderam o barco do Herculano lá na Cidade do Panamá", ele disse. "Ele estava levando um gringo com um carrão, tipo caminhonete, e chegando lá os policias da aduana descobriram que os pneus do carro do gringo estavam cheios de cocaína. Já imaginou? O Herculano está preso e confiscaram o barco dele. A situação está ruim. Os policiais estão marcando em cima. Não posso arriscar. O senhor me desculpe, mas não vou levar ninguém comigo não. Quem me garante que o senhor não tem alguma coisa escondida no carro?"

"Pode revistar o meu carro, as minhas malas, o que o senhor quiser."

"Posso furar os pneus?"

"Furar os meus pneus?"

"É. O gringo tinha cocaína dentro dos pneus."

"Está bem. Pode furar os pneus."

"Não, não vou furar os pneus, não. Quem me garante que não tem alguma coisa escondida no tanque de gasolina ou em algum outro lugar? Se eles encontram qualquer coisa ilegal no carro e o carro está dentro do meu barco, o meu barco é confiscado, como se eu fosse cúmplice do crime. Eu tenho mulher, filhos e um neto para sustentar e também estou cobrando muito pouco do senhor para correr esse risco."

"Mas, seu Dindin, por favor, eu preciso ir pra Cidade do Panamá. O senhor é a minha última esperança. Não tenho como pagar o que os outros barqueiros estão cobrando. O senhor acha que se eu fosse traficante ia ficar pechinchando merreca? Se eu fosse traficante, se os pneus do meu carro estivessem cheios de cocaína, eu poderia pagar o que os outros barqueiros estão pedindo, mas eu não posso. O que o senhor me cobrou é até mais do que eu posso pagar. Não tenho como oferecer mais pro senhor. Por favor, acredite em mim."

"Não vale a pena eu me arriscar pelo que o senhor está disposto a me pagar, mas mesmo se o senhor pagasse o dobro eu não me arriscaria. Desculpe, mas nada feito."

"Por favor, me leve com o senhor, eu juro, não tenho nada escondido no meu carro. Tudo o que quero é chegar na Cidade do Panamá pra poder continuar a minha viagem."

“Não adianta insistir. Desculpe, mas não vou mudar de ideia.”

“Pelo menos o senhor conhece outro barqueiro pra me indicar? Algum barqueiro que cobre o mesmo que o senhor?”

“Desculpe, mas não conheço, e, cobrando o que eu cobro, só mesmo eu. A melhor coisa é o senhor ir para Cartagena. Lá é mais fácil arranjar transporte marítimo até o Panamá.”

52 CARTAGENA

Às onze da manhã deixei Turbo a caminho de Cartagena. Não havendo uma rodovia que ligasse as duas cidades, fui obrigado a cruzar pequenas estradas de terra numa região cujo controle era disputado pelas Farc, pelas Auc e pelo exército. Percorri cento e dez quilômetros em quatro horas até Valencia. De Valencia fui pra Sincelejo, onde pernoitei no carro.

A estrada de Sincelejo até Cartagena é bem-cuidada, a paisagem é bonita. Se não fosse pelo exército, que me parou de dez em dez quilômetros, teria feito o trajeto em menos duas horas. Aliás, embora tenha sido simpático e gentil, o exército me fez perder o dia. Eu saltava do carro, apresentava os documentos, era revistado, interrogado, em seguida o carro era revolvido e só então eu podia seguir viagem. Cada vez que era detido perdia cerca de meia hora.

Anoitecia quando cheguei em Cartagena. Fazia um calor infernal. Dirigi-me à cidade velha, que é cercada por uma muralha centenária de pedra. Como os preços eram altíssimos, não pude me hospedar lá. Segui pra praia de Boca Grande, onde me instalei num hotelzinho simples.

A primeira coisa que fiz foi tirar a roupa, ligar o chuveiro e entrar no banho. Precisava tomar um banho e foi o que fiz. Depois me dirigi a um restaurante. Estava com fome. Comi um prato de mondongo que não estava lá essas coisas, por isso não vou compartilhar a receita com vocês. Fiquei conversando com o garçom, mas ele nada soube me informar sobre barcos, contêineres e navios cargueiros. Como já passava das sete da noite, achei melhor pedir outra dose de aguardente e não me inquietar pensando em barco ou em travessia. Na manhã seguinte, me ocuparia desses assuntos. No entanto, a incerteza talvez seja dos males o mais perturbador, e durante toda a noite não pensei em outra coisa senão em como conseguir uma maneira econômica de atravessar até o Panamá.

Sem conseguir dormir, fui passear pela cidade velha. Igrejas, praças, sobrados de arquitetura espanhola pintados em diferentes cores vibrantes, com balcões de madeira e flores nas varandas e nas janelas. Havia ainda belezas naturais, praias tranquilas de mar verde-esmeralda e história. História que eu ignorava e sobre a qual não me interessei em ler no guia de Conchita. Já tinha avançado bastante na minha viagem, em breve diria adeus à América do Sul, e nada mais me interessava além de seguir. Seguir, sempre seguir!

Assim que o dia clareou, saí atrás de um barco que me levasse até o Panamá. O calor persistia. Subia prédio, descia prédio, suava, entrava e saía de agências de viagem, mas os preços eram inviáveis pra mim. Na parte da tarde decidi ir até o cais do porto tentar negociar diretamente com os proprietários. Mas, ao contrário de Turbo, o cais de Cartagena era enorme, com navios de carga e navios de cruzeiro. Magotes de turistas, inclusive crianças, com a pele coberta de protetor solar desembarcavam com máquinas fotográficas penduradas no pescoço e roupas coloridas. Havia outro cais, bem menor, onde ficavam os iates, as lanchas, os veleiros e os barcos mais simples. Lá conheci o Juanes, que se apresentou como intermediário entre barqueiros e clientes. Ele me garantiu que me arranjaria um barco de acordo com o preço que eu podia pagar. Pediu que eu voltasse a encontrá-lo dentro de uma hora. Comi um peixe vermelho próximo ao cais e retornei ao local no horário marcado. Os minutos passavam. Eu olhava pro relógio de pulso. Quinze minutos. Meia hora. Quarenta e cinco minutos. Uma hora de atraso. Onde estava Juanes? Será que não viria? Era melhor eu esperar. Uma hora e quinze minutos. O sol das três da tarde continuava terrível, queimava a minha pele, me fazia suar. Onde estava o Juanes?

Com duas horas de atraso, o Juanes apareceu.

"E então?", perguntei.

"Nada feito. Sinto muito, mas não consegui nada."

Tive vontade de encher o Juanes de porrada. Desculpas e mais desculpas de barqueiros, intermediários e agentes de viagem. Desde que chegara a Cartagena, não defecava. A tensão me deixara constipado.

À noite entrei numa farmácia pra comprar laxante ou supositório de glicerina, mas quando vi estava sentado no balcão de um bar, desses simples de que eu gosto, tomando uma aguardente. Na outra extremidade do balcão, uma mulher de cabelos compridos, que parecia usar dentadura, riu pra mim e botou a língua pra fora. Jeito de bêbada. As mulheres nunca beberam tanto quanto nos dias de hoje. Coloquei a língua pra fora e mexi a ponta como se fosse um daqueles lagartos que vi em Guayaquil. Ela voltou a rir, só que de forma mais escandalosa. Fui me sentar ao lado dela. De perto era mais feia e mais velha, com vincos ao redor dos olhos claros. Eu me enganara. Seus dentes não eram postiços, eram grandes, e o canino direito estava cariado. Ao fim de uma garrafa de aguardente, ela já se tornara irresistível. Eu precisava enfiar o meu velho pau em algum lugar pra aliviar as tensões. Levei-a comigo pro hotel. Quando acordei, estava sozinho e faltava algum dinheiro na minha carteira. Sentei-me na privada e fiquei lendo e relendo o que estava escrito no tubo de pasta de dentes. Vendo que não conseguiria evacuar, tomei um banho e saí.

Voltei a visitar as agências de viagem. Estava disposto a pagar mais, porém o máximo que eu podia pagar ainda era pouco. E a tragédia era que nem me endividar eu podia, o limite do meu cartão de crédito era risível e nenhum banco me emprestava dinheiro desde a falência do meu restaurante. Meu nome estava sujo na praça. Pensei em telefonar pro Queixada e pra dona Rita, pedindo dinheiro emprestado, mas eu devia dinheiro a eles e não achava justo pedir mais. Quem sabe pedir dinheiro ao Gonza? Não, o Gonza já tinha me emprestado o carro e estava cuidando do Jack. Não iria pedir dinheiro a ninguém. O que seria pior do que não chegar ao Alasca? A vergonha, a humilhação. Arre, diabo! Mas tinha de haver uma maneira. Qual? Os agentes de viagem me aconselhavam a pegar um avião e despachar o carro num navio cargueiro até a Cidade do Panamá. Mas o próximo navio cargueiro só partiria dentro de vinte dias. Vinte dias em Cartagena! Com que dinheiro eu pagaria por um contêiner num navio cargueiro? Com que dinheiro compraria uma passagem de avião até a Cidade do Panamá? Eu não tinha dinheiro, não tinha como conseguir dinheiro e não ia pedir dinheiro a ninguém.

Essa foi a única vez que fiquei verdadeiramente triste por não ter dinheiro.

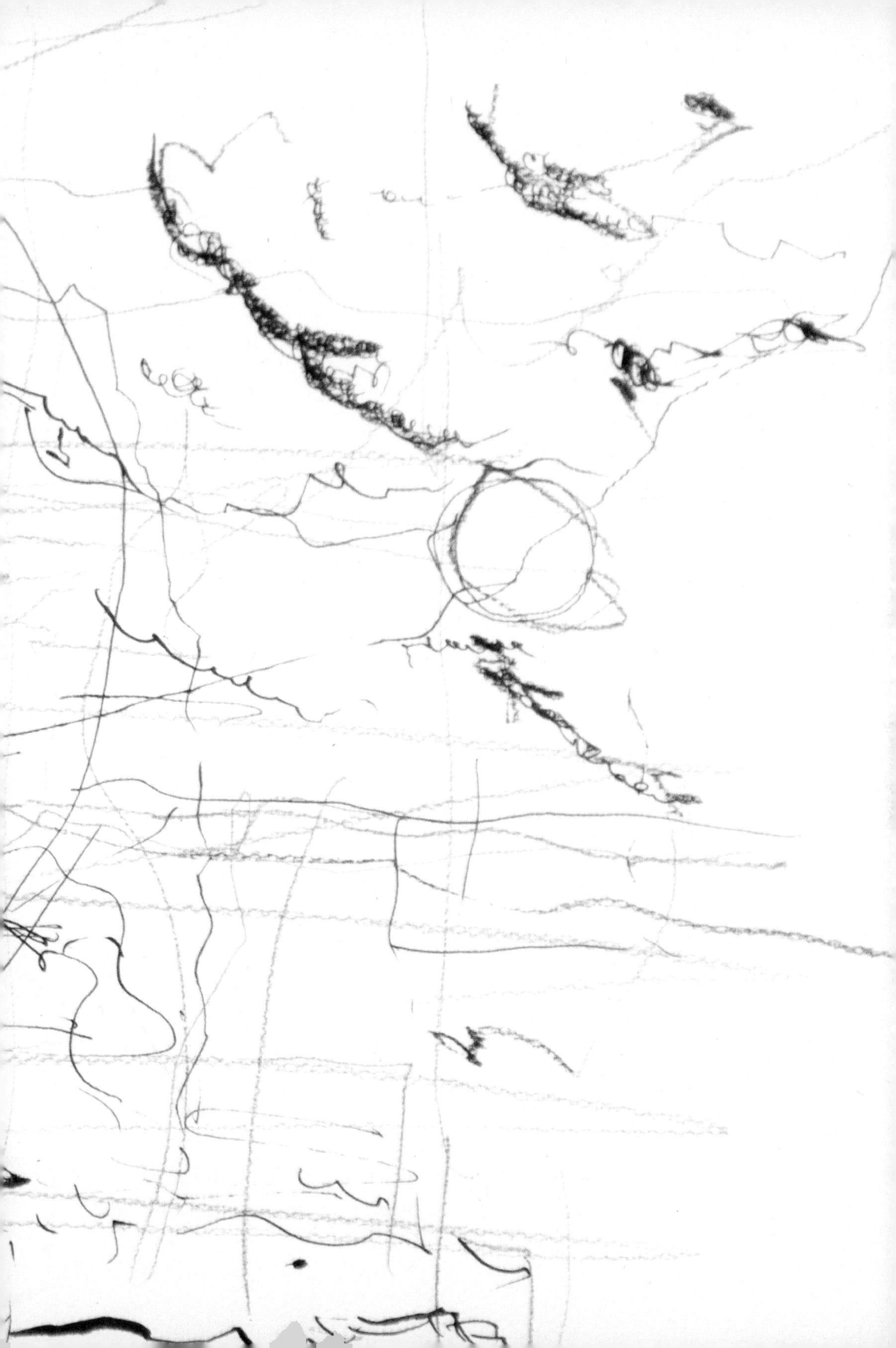

53 PRISÃO

Sentado na muralha centenária que cercava a cidade velha de Cartagena, vi o dia raiar. O céu avermelhado, o mar verde-esmeralda. O sol que nascia magoava os meus olhos insones. Uma águia de bico adunco, garras afiadas, sobrevoou minha cabeça como se fosse uma maldição. Tirei a minha pataca da sorte do bolso. Cara, insistiria. Coroa, desistiria temporariamente do Alasca. Olhei pra moeda de Macau e lancei-a ao ar. Pareceu-me que toda a minha vida se resumia àquele momento. Era uma aposta vã, não tinha dinheiro suficiente pra pagar pela viagem de navio, nem mesmo por um barco carregado de bananas. Pecúnia! Dinheiro! Arre, diabo! Eu queria ter mais. É abominável quando o dinheiro torna-se nosso ideal.

Coloquei a pataca de volta no bolso sem ver o que ordenava. O périplo até o Alasca inspirava o sonho, o apogeu, o infinito, e de repente um pequeno detalhe podia destruí-lo. Ter viajado quilômetros e ser obrigado a parar neste lugar? Desistir do Alasca? Contentar-me em conhecer apenas a América do Sul?

Não tive coragem de atravessar de carro a floresta de Darién até o Panamá. Nada me distinguia da maioria dos mortais: tinha medo de morrer e precisava de um Alasca pra viver.

Fui embora de Cartagena dirigindo velozmente. Minha vontade era abandonar tudo e ir nadando até o Alasca, mas ao meu redor árvores, mato, cercas de arame farpado e a estrada sem fim me prendiam num mundo horrível. Na juventude, eu acreditava que o Alasca viria até mim.

Palonegro, Tarapacá, onde bebi quatro garrafas de cerveja. Em Bermudez, sem saber pra onde ir, o que fazer, voltei pela mesma rodovia, passando novamente pelas mesmas cidades. Chiricoco, mais uma garrafa de cerveja. Em La Pepita o exército me deteve, fui revistado, interrogado, o carro revirado. Turbaco, Arjona. Em El Ceibal peguei a Rodovia 25 em direção ao sul. Alguns quilômetros depois as Farc me pararam, mãos na cabeça, documentos. Logo em seguida foi a vez do exército me deter por quarenta minutos, quarenta minutos! Mas eu não tinha pressa, não tinha pra onde ir. O vento quente entrava com violência pelas janelas abertas do carro. Parei pra esticar as pernas. Tomei duas doses de aguardente. Após passar a cidade de San Jacinto, fui parado pelos paramilitares das Auc, que me cobraram pedágio e me deram recibo. Próximo à cidade de El Carmen de Bolívar, peguei a Rodovia 80. Não defecava há dias. Apertei o volante com força. Notei as veias das minhas mãos saltarem, protuberâncias azuladas sob uma pele ressecada, despregada dos ossos, pigmentada pelo sol, pelos maus-tratos, pelos anos. Segurando o volante com vigor, contraí ao máximo os músculos dos meus braços, tríceps, bíceps e também os deltoides e os músculos peitorais. Fui retraindo o corpo inteiro, senti o sangue subindo-me à cabeça, parei de respirar. Quando quase sufocava, abri a boca e aspirei o ar com sofreguidão. Então soltei um uivo agonizante que fez o meu corpo todo tremer convulsivamente. O meu cérebro chacoalhava dentro do crânio e eu uivava cada vez mais, com mais e mais intensidade. Lamentava? Pedia socorro? Uivava de raiva? Dor? Ódio? Frustração? Infelicidade? Um pesar macabro me fazia ranger os dentes e uivar feito um bicho. Nesse momento a pista foi invadida por militares, que me fizeram parar.

Desci do carro. Ao ser interrogado, confessei com um riso sardônico que não sabia pra onde estava indo. Uma arma foi assestada contra o meu peito. Se me matassem? Sequestrassem? Torturassem? Não tinha importância, a minha frustração era pior do que tudo. Devia mudar de nome, tornar-me um forasteiro de mim mesmo e deixar que tudo voltasse ao nada.

Na cidade de Zambrano, entrei no primeiro bar que encontrei e pedi uma dose de aguardente. Só então tive forças pra seguir pela estrada sem fim. Mato, cercas de arame farpado cingiam o meu caminho.

Plato, Nueva Granada, Ariguani, Bosconia, Caracoli, Valledupar. Pela Rodovia 88, subi em direção ao norte. Estava embriagado de tristeza. Não podia parar, não podia admitir que mais uma vez fracassava, é isso que as pessoas querem que eu diga, que fracassei. Mas eu não vou dizer.

O dia tinha se tornado noite sem que eu percebesse.

Cheguei à divisa da Colômbia com a Venezuela. Os postos de fronteira de ambos os lados estavam fechados. Fui até a cidade mais próxima da fronteira, Maicao.

Como precisasse esticar as pernas, como precisasse comer e principalmente beber, estacionei o carro e saí caminhando. Assolado por pensamentos e sentimentos, demorei a perceber por onde andava. Ruas vazias e mal iluminadas. Um buraco na calçada me fez tropeçar. Eu estava bêbado? Quem sou eu? Um eterno mutante ou um idiota completo sem rumo e sem história? O Alasca seria a minha saída desse quarto escuro cheio de vozes e cadeiras vazias. Andava a esmo pelas ruas de Maicao, um lixo de lugar como toda cidade fronteiriça, tentando encontrar um bar e responder minhas perguntas. Quem sou eu? Quando me olho no espelho às vezes me dá medo, outras uma alegria enorme.

Vi um sujeito bigodudo vindo na minha direção. Ao passar por mim, ele me encarou rapidamente sem alterar o ritmo apressado dos seus passos. Mais adiante um camarada careca acompanhado por uma mulher. Podia contar nos dedos o número de pessoas nas ruas. Havia algo estranho naquela cidade, mas eu não conseguia saber o que era. Ouvi um estrondo. Era o disparo de uma arma de fogo, mas as poucas pessoas que estavam na rua não se alarmaram. Só então percebi. Os habitantes de Maicao andavam armados, homens, mulheres e até dois adolescentes franzinos que conversavam numa esquina carregavam pistolas em coldres na cintura. Poeira, postes com luzes fracas, estabelecimentos comercias às escuras trancados com cadeados, casas e prédios com janelas gradeadas. Janelas com barras de ferro, portas com barras de ferro. Cada janela, cada porta, uma prisão? Outro disparo. Onde encontrar um bar? Olhava pra todos os lados, procurava um bar e tentava me manter fora de perigo, ainda que buscasse o meu vício doentio.

Encontrei um bar. Entrei. O homem atrás do balcão, com a sua arma num coldre axilar de couro, me serviu uma cerveja.

"Por que todos andam armados nesta cidade?"

"*Es el habitual*, amigo."

Pedi outra cerveja. Ele me mostrou a sua pistola nove milímetros. Tudo é uma questão de hábito. Pistola, revólver, faca, punhal, álcool, droga, cigarro, tranquilizante, açúcar, fritura, sexo, tudo é uma questão de hábito. Ah, o hábito nos agarra com uma força que só percebemos quando tentamos abandoná-lo.

Já tinha bebido três cervejas e duas doses de aguardente colombiana. Não sabia por que a minha viagem tinha começado e talvez eu pudesse continuar ali em Maicao bebendo, repassando cada momento, sem jamais compreendê-los. O passado imutável e a necessidade desesperada de um rumo ou de outra dose de aguardente. O meu nascimento me parecia algo ocorrido em outra encarnação, e o meu destino... arre, diabo!

O homem queria fechar o bar, mas eu ainda não estava satisfeito. Pedi mais uma dose de aguardente. Ele me serviu, e junto veio a conta. Apagando as luzes do bar e quase pondo-me pra fora, me indicou um hotel.Na rua, tentei ver as estrelas, mas o céu estava coberto por nuvens de chumbo.

Encontrei o hotel trancado. Toquei a campainha. Atrás de uma porta de barras de ferro havia outra porta de madeira maciça, que foi aberta por um senhor troncudo que carregava uma pistola. Disse-lhe que precisava de um quarto. A porta gradeada foi aberta. Depois que entrei, o senhor fechou as duas portas a chave. O hotel era sujo, o ventilador de teto rangia. Sentei-me num sofá de estofado plástico vermelho rasgado e preenchi uma ficha: as perguntas de sempre, nome completo, número do documento, data e local de nascimento, profissão, endereço, motivo da viagem *et cetera*. Só então o senhor me levou até o quarto. Pra entrar no quarto passei por duas portas, uma gradeada, outra de madeira. O senhor disse pra eu trancá-las. A janela do quarto também tinha barras de ferro. Eu estava preso? Não, eu tinha as chaves das portas. Fui até o banheiro e finalmente consegui defecar.

Logo que acordei, deixei Maicao e fui pra fronteira. No posto da aduana do lado colombiano fui muito bem tratado. Já no lado da Venezuela, só problemas. O posto abriu com atraso, ao meio-dia, e os policiais venezuelanos me enrolaram tentando extorquir dinheiro até as quatro da tarde, quando finalmente me liberaram.

A Rodovia 6, até Maracaibo, era boa, mas a paisagem era horrível e os pedágios, caríssimos. Aliás, como tudo na Venezuela, comida, bebida, mulher – nenhuma se interessou por mim, julgando-me um pobretão. Fora o diesel, baratíssimo, todo o resto era uma fortuna.

Apesar dos preços, fui comer cabrito e beber cerveja assim que cheguei em Maracaibo. O bar era simples, bem popular, e as mulheres – arre, diabo! – um verdadeiro estímulo pra continuar vivo. Quanta mulher bonita reunida num espaço tão pequeno! Não sabia se olhava pra mulher ao meu lado no balcão, pra garçonete, pra *bartender*, pra cliente que estava sentada numa mesa, pra moça que andava até o banheiro, pra outra que chegava. Além delas, torresmo, cabrito, cerveja gelada, música, dança, vozes, a representação de um universo esfuziante dentro do mundo cruel. Meus olhos permaneciam atentos aos movimentos, ao corpo e ao rosto das mulheres. Quando era adolescente, pensava extasiado: entre as pernas de cada mulher existe uma boceta. Meus colegas de turma gostavam de falar sobre bundas e peitos, mas eu, ainda que apreciasse bundas e peitos, acreditava que o verdadeiro mistério da vida estava entre as pernas das garotas. Talvez fosse ali que a felicidade se escondesse. Taratitaratá. Taratitaratá. Tocava uma música mais ou menos assim: taratitaratá, taratitaratá, tum, tum, tum. As mulheres usavam roupas decotadas, saias curtas, costas nuas, a fenda de seios expostos. Falavam alto, taratitaratá, taratitaratá, tum, tum, tum. O que está acontecendo com as mulheres de hoje? Minha mãe nunca levantava a voz, nem mesmo numa discussão, vestia-se com decência, tinha princípios e valores éticos. Coisas assim faziam com que eu a adorasse. Uma mulher maravilhosa, cheia de virtudes, era a minha mãe. Certa vez, viajei com ela e o meu padrasto pra um hotelzinho na serra. Hospedamo-nos no mesmo quarto. No meio da noite, a luz apagada, fui acordado por gemidos vindos da cama de casal. Gemidos da minha mãe. Permaneci imóvel, deitado num colchonete ao pé da cama, ouvindo minha mãe gemer baixinho. Aquilo me deixou atordoado. Não entendia o que estava acontecendo. Eu tinha seis ou sete anos de idade, porém ainda posso escutar os gemidos que ouvi naquela noite. Levantei-me pra ir ao banheiro. Os gemidos pararam. Na manhã seguinte, minha mãe perguntou se eu tinha dormido bem, se tinha escutado alguma coisa estranha durante a noite. A cada uma das suas perguntas eu apenas repetia: "Não ouvi nada, não ouvi nada, não ouvi nada". Minha mãe era uma mulher como outra qualquer, mas isso não significava que qualquer uma daquelas mulheres pudesse ser a minha mãe. Taratitaratá, taratitaratá, tum, tum, tum, as mulheres dançavam, nenhuma olhava pra mim. Tudo era muito caro na Venezuela, as mulheres, as bebidas.

A conta chegou.

"O quê? Nove garrafas de cerveja?"

Esse cucaracho de merda está tentando me roubar, pensei. Taratitaratá, taratitaratá, tum, tum, tum.

"Não vou pagar. Pode refazer a conta porque eu não tomei nove garrafas de cerveja. Cabrito, torresmo, perfeito, mas nove garrafas de cerveja é demais! Quem bebe nove garrafas de cerveja numa noite? Só vou pagar pelo cabrito, pelo torresmo e pelas cervejas que consumi. E fique sabendo que o cabrito estava uma droga, a carne dura, gordurenta, sem sabor. Já cozinhei muito cabrito e bode no meu restaurante. Então, taratitaratá, a situação é essa, só vou pagar pelas cervejas que consumi."

O garçom, um homem feio e mirrado com suor porejando da pele, ficou me olhando como se não entendesse o que eu dizia.

Onde estava a garçonete bonita que tinha me atendido quando cheguei? Taratitaratá, taratitaratá, tum, tum, tum, a música tocava, as mulheres dançavam, o garçom repetia a lenga-lenga, me mostrando a conta. Se continuasse insistindo, eu acabaria acreditando nele. Porém, consegui que o garçom aceitasse que eu pagasse por apenas sete garrafas de cerveja. Ao afastar-se de mim, resmungou: "*Borracho hijo de puta*".

Sentei-me no meio-fio. Via uma água suja correr pro bueiro. Já não ouvia música, não via mulheres, não tinha nada do que desejei. Há poucos dias tudo era possível. O Alasca era possível. Nenhum pensamento vago, só o desejo latente de chegar em algum lugar em que fosse me sentir em casa.

Não recordo onde passei a noite, nem sei se dormi em Maracaibo. Na verdade, nem sei quantos dias levei pra atravessar a Venezuela – acredito que mais de uma semana. Aquela história de não ter conseguido cruzar até o Panamá e ser obrigado a desistir do Alasca, ainda que temporariamente, me deixou a tal ponto deprimido que julguei ter o direito de embriagar-me desenfreadamente pra ganhar um certo alento e até mesmo coragem.

Num bar na cidade de Barquisimeto, dei até vexame. Tentei beijar uma mulher à força. Enfim. Foi uma situação humilhante que prefiro esquecer. Em Caracas, andei de um lado pro outro achando que minha obrigação como visitante era conhecer os diferentes bairros; no entanto, continuava mal-humorado e tudo me desagradava. Nunca vi tantas favelas, nunca paguei tão caro por uma garrafa de cerveja, nunca provei comidas tão ruins, nunca observei tantos defeitos em coisas que provavelmente não tinham defeito algum.

O meu dinheiro estava no fim. Também pudera! Tudo era tão caro nesse país! Em determinado momento, fui obrigado a trocar o meu par de sapatos de couro marrom por algumas garrafas de cerveja. E essa não foi a única vez. Dois dias antes, num inferninho da capital, tive que pegar no carro algumas peças de roupa pra pagar pelo que tinha bebido. O que podia fazer? Vivo sem sapatos de couro e sem uma camisa ou outra, mas não sem beber. Se me envergonho de dizer isso? Sim, claro que sim, mas se fosse somente isso que me fizesse corar nesta vida, nem tudo estaria perdido.

Não há dúvida de que sofri de inconsciência alcoólica na Venezuela, já que não recordo bem as estradas e as cidades por onde passei. Pra ser absolutamente sincero, não me lembro de quase nada, sei unicamente que sentia muita falta da minha mãe. Também acredito que tenha sofrido delírios persecutórios, porque toda vez que recebia a conta num bar ou restaurante achava que estavam me cobrando por coisas que não havia consumido, e quando me davam o troco cismava que estava errado. Até nos pedágios isso acontecia. O que era estranho. Afinal, não era possível que todo venezuelano fosse mestre em roubar na conta e no troco.

Nos meus dias venezuelanos, o meu lema de vida – o prazer pelo prazer – transformou-se em sofrer pelo sofrer. Se o dia estava ensolarado, eu o via cinéreo. Agia assim como a espécie de homem que mais abomino: o deprimido. Ou seria melancólico? Nostálgico? Já que pensava na minha mãe e sentia saudade nem sei bem do quê. Pregava que a vida merece o nosso entusiasmo, mas me arrastava pelas cidades e pelas estradas como um pobre infeliz, que questiona o sentido de tudo, achando que deve existir alguma lógica.

Era só uma questão de tempo. A minha história tinha tomado um rumo inesperado e um tanto desanimador. Contudo, o Alasca ainda valia a pena. Sim, a despeito de tudo eu seguia acreditando. Isso me faz sentir medo de mim, afinal... deixa pra lá. O Alasca ainda valia a pena. Eu não era o primeiro a ir do Rio de Janeiro até o Alasca de carro. Dizem que já teve gente que foi de moto, não sei se é verdade. Mas o meu Alasca não era o Alasca de todo mundo, o meu Alasca era outro, era só meu. E a ideia de voltar e desfazer a mala era devastadora. Pergunto a vocês, meus amigos, como eu podia parar de beber e aguentar estoicamente a realidade?

No banheiro do hotel em Uchire havia uma banheira, que enchi de água quente até quase transbordar. Minha mãe costumava dizer que imersão em água quente relaxa.

Primeiro coloquei a ponta do pé, depois o pé inteiro, em seguida o outro pé e só então me agachei, molhando o corpo lentamente pra ir me acostumando com a temperatura da água, que estava pelando. Molhei a cabeça, passei as mãos pelos cabelos. Vi uma água parda, suja, escorrer pelo meu tórax e se misturar com a água limpa da banheira. Arre, diabo! Que azar estar aqui! Que infelicidade! O que estou fazendo mergulhado numa banheira na Venezuela? Debruço-me sobre o que não foi pra que um dia seja. Isso me fez rir. Mas depois senti pesar sobre mim o silêncio que pairava no banheiro. Vou parar de beber. Sim. Prometo manter-me sóbrio até... mais um dia, mais um dia, um dia de cada vez, assim se ensina nas reuniões dos alcoólicos anônimos, que nunca frequentei. Mais um dia sem beber, mais um dia sem beber.

Em vez de querer chegar no Alasca, deveria ter permanecido no Rio de Janeiro, me casado, tido filhos, emprego fixo, pra poder sentar à noite numa confortável poltrona, comendo biscoitos, esperando a morte chegar? Viver assim seria menos angustiante? Poderia ter um amigo como eu, que, ao retornar de suas viagens, me visitaria e me contaria suas aventuras, bebedeiras, esbórnias, tragédias e amores. Pescador, garimpeiro, segurança, dedetizador, muambeiro, jogador de futebol, taxista, um sujeito que me contaria histórias, sobre o qual, tão logo fosse embora, eu diria pra minha esposa: "Que idiota! É um coitado!" Contudo, a minha disponibilidade diante da vida favorecia quaisquer disparates. Não havia nada a ser feito diante da minha crença de que o meu destino devia ter sido diferente, de que eu tinha nascido pra outra coisa, pra outra vida, pra algo grandioso, extraordinário.

Saí da banheira. Surpreendi-me ao ver-me refletido num espelho grande que havia atrás da porta. A minha fisionomia, postura, todo o meu físico trazia traços reveladores da minha existência. Abri a porta, evitando ver o que tinha visto, e fugi o mais rápido que pude daquele lugar.

Na rua pedi informação pra uma puta de minissaia de paetês, cílios postiços e peruca ruiva, com cara de travesti. Ela perguntou se eu queria fazer uma brincadeirinha antes de seguir viagem. Respondi que não.

Depois de dirigir mais de cem quilômetros, descobri que a puta tinha me indicado a direção errada. Ou seja, joguei fora mais de duzentos quilômetros de estrada e diesel e ainda fui obrigado a pernoitar na cidade de El Callao.

Quando acordei, fui a uma padaria e pedi um café *espresso*. Ao meu lado, uma jovem de cabelos curtos e face delicada dava pedaços de pão na boca de uma criança careca, sentada num carrinho de bebê. A criança cuspia o pão e a moça, que sem dúvida era a mãe, com toda a paciência lhe oferecia mais pão. Fiquei olhando aquela cena. A mãe sorria pra criança, beijava-a, limpava a boca suja de pão e saliva, conversava com o bebê como se ele soubesse falar. Sem mais nem menos a mãe se virou pra mim e disse: "Não é incrível pensar que todos nós já fomos bebê?"

"Bebê qualquer um é, quero ver chegar à minha idade."

54 MAIS UM DIA SEM BEBER

De volta ao meu país, rumo à minha cidade.

Se estava feliz? Se estava triste? Nem uma coisa nem outra. Tanto o Alasca quanto o Rio de Janeiro me pareciam ideias muito distantes. Na noite anterior, tinha sonhado que entrava num restaurante e era recebido pelo *maître*, que em vez do habitual "está esperando por alguém?" perguntou-me se eu queria um drinque pra começar.

A única coisa a fazer era seguir, nos momentos difíceis a única coisa a fazer é seguir, seguir. O que estava por trás do meu retorno? Quieto. Deixemos esse assunto de lado. Aliás, não faz sentido exigir explicações. O que sabemos de nós mesmos, dos outros e do mundo que nos cerca? Ah, o mundo, que mundo!, computadorizado, globalizado, de densidade demográfica alarmante, o estertor da consciência humana. E eu? E eu? Não iria me lamentar, nem voltar a beber, mais um dia sem beber, nem me envergonhar por não ter chegado no Alasca, um dia chegaria. Mas, enquanto isso não acontecia, não me restava muita coisa além de colecionar impressões e registrá-las quando me desse vontade. O homem pode aguentar qualquer coisa desde que ponha no papel. Tudo o que se precisa é caneta e papel. Simples assim. Basta conectar palavras pra que novas ideias surjam e o salto aconteça, ou pelo menos se recupere a força, a coragem e quem sabe até a autoestima.

Fui direto pra Boa Vista, capital do estado de Roraima, às margens do rio Branco. Chegando na cidade, abri o mapa de estradas do

Brasil e planejei o restante da viagem. Como tinha parado de beber, ocupava-me com escritos ou calculando as distâncias entre as cidades. A ociosidade é uma grande aliada do vício.

Acordei às sete da manhã pra conseguir percorrer naquele mesmo dia os oitocentos quilômetros entre Boa Vista e Manaus. A estrada era boa, mas perigosa devido a falhas no asfalto nos cento e vinte e cinco quilômetros que cortavam a reserva indígena Waimiri Atroari, onde era proibido fotografar. Eu não tinha máquina fotográfica, mas mesmo se tivesse não teria fotografado. Os índios não me interessam, são coisa pra gringo ver. Ordem e progresso. Arre, diabo! O que eu via era esculhambação e alcoolismo. Encontrei vários índios bêbados pela estrada. Um de calça *jeans* e cocar cambaleava pelo meio da pista, outro pedalava tropegamente uma bicicleta enferrujada, outro estava caído ao pé de uma árvore.

Carregava comigo várias ausências, várias saudades, várias vontades, mas não é assim com todos nós? Com álcool vou do inferno ao céu e do céu ao inferno, sem álcool sinto-me orgulhoso por ser abstêmio, mas taciturno diante da sombra do passado. Não sei o que procuro numa garrafa de pinga, mas deve haver algo no fundo. Senão por que passar tantos anos insistindo no mesmo assunto? Já sentia saudade do Alasca.

Parei num posto de gasolina. Depois de abastecer, telefonei pra casa do Gonçalo. Ninguém atendeu. Liguei pra casa da dona Rita. Ao ouvir a voz dela, desliguei o telefone. Fui tomar um café. Sobre o balcão, um jornal noticiava que, segundo pesquisas, muitas menores de idade pariam filhos dos próprios pais, bebês que eram filhos e netos do mesmo sujeito. Nem todos nasciam com doenças congênitas. Padrasto que come enteada é muito comum, agora pai, pensei que fosse mais raro. Voltei a ligar pra casa da dona Rita.

Fiquei mudo quando escutei a sua voz esganiçada dizer: "Alô. Alô. Alô? Alô!"

Será que o Jack estava na casa dela? Arre, diabo! Tinha que avisar que estava voltando e pedir pra ela conversar com a inquilina pra eu retomar o meu apartamento.

Tornei a ligar.

"Dona Rita, sou eu."

"Era você que ligava pra cá e não dizia nada?"

"Não. Estou ligando pela primeira vez."

Expliquei pra dona Rita o que havia acontecido e disse que dentro de quinze dias estaria no Rio de Janeiro. Ela me ouviu com atenção, disse que falaria com a minha inquilina e antes de se despedir, num tom reflexivo, concluiu que todas aquelas coincidências e desencontros, barcos de bananas confiscados, furacões deviam significar alguma coisa. Pra pessoas supersticiosas como a dona Rita, qualquer imprevisto carrega um significado oculto que deve ser desvendado.

"Será que o Alasca é mesmo o seu destino?"

Não respondi e perguntei pelo Jack.

"Ele está aqui. Já comeu tanta pipoca hoje!"

"Mas eu não disse pra só dar ração?"

"A gente estava assistindo a um filme na televisão, e não tem coisa melhor no mundo do que ver filme e comer pipoca."

"Está certo, dona Rita. Então passa o telefone pro Jack, preciso contar pra ele que estou voltando. Jack, meu querido..."

"Kerouac, kerouac, kerouac."

"Eu também estou morrendo de saudade de você. Daqui a alguns dias eu chego."

"Kerouac, kerouac, kerouac."

"Que bom que você está feliz. Agora me promete que não vai comer tanta pipoca."

"Kerouac, kerouac, kerouac."

"Confio em você, Jack. Sei que quando você dá a sua palavra você cumpre. Um abraço, meu querido."

De volta à estrada, pensava, mas seria melhor não pensar e afastar pra bem longe as coisas que tanto me inquietavam; e não era uma ou duas, eram várias. Por trás de cada coisa existia outra, mais recôndita, inconfessável. Diabólico!

55 O BAR DO MONTANHA

Em Manaus me hospedei no Hotel São Pedro, no centro, ao lado do famoso Teatro Amazonas e próximo do bar do Montanha, um boteco tradicional, muito convidativo, do qual inicialmente tentei me esquivar. Depois, certo de que aquele comportamento era covarde, entrei no bar do Montanha e pedi um suco de limão pro garçom, um sujeito miniatura, de ombros estreitos e gestos delicados, que se apresentou como sendo o Montanha. Ele me olhou com perplexidade, não sei se porque pedia um suco num lugar onde havia uma infinidade de cachaças brasileiras, ou porque o suco era de limão numa região famosa por suas frutas exóticas.

"Sugiro que experimente uma das nossas caipirinhas. Tem de abricó-do-pará, araçá, tucumã, sapucaia, bacuri, taperebá."

"Tapeoquê?"

"Taperebá. Taperebá é o mesmo que cajá. Tem também caipirinha de abacaxi. Abacaxi você conhece, não conhece? É o mesmo que ananás."

"Arre, diabo! Montanha, eu não bebo."

"Não bebe?"

"Pode me olhar com desconfiança. Eu também não confio nos abstêmios."

Tomei um suco de cupuaçu consciente de que uma caipirinha seria muito melhor. Mais um dia sem beber.

À noite fiquei rolando na cama. Tirei a camisa, coloquei a camisa, me cobri com o lençol, me descobri, ora sentia frio, ora calor. Mais um dia sem beber. Mais um dia sem beber. O sono não vinha. Mais um dia sem beber. Conchita tinha olheiras arroxeadas sobre a pele alva, branca, de uma brancura luminosa e triste. O branco é a cor dos fantasmas, das almas penadas, dos albinos, da neve, do Alasca e da baleia que matou o capitão Ahab.

Quando acordei, fui até o porto fluvial me informar sobre as embarcações que transportavam passageiros com seus veículos de Manaus até Belém pelo rio Amazonas. Eram várias balsas, barcos grandes e pequenos, até navios. Se vocês não sabem, vou lhes dizer: praticamente não existem estradas na região norte do Brasil, o que obriga a maior parte do transporte em geral a ser feita através dos rios. Existe a monumental Rodovia Transamazônica, mas na verdade seria necessária uma rede de estradas espalhada pelo território norte inteiro. Ao fim de uma hora já tinha acertado todos os detalhes. Partiria na noite seguinte numa balsa que levava carretas pra Belém.

À tarde voltei ao bar do Montanha. Comi um tucunaré à milanesa com molho de tomate e novamente tomei suco. Mais um dia sem beber. O Montanha conversava comigo.

"O mais importante é não deixar de eviscerar e retirar as escamas do tucunaré. Depois é só ir cozinhando e colocando os ingredientes na hora certa. Esse prato leva azeitonas verdes sem caroço cortadas bem finas, cebola, tomate sem sementes, polpa de tomate, salsinha e cebolinha picadas, cerveja, farinha de trigo e um pouco de fubá. O tucunaré pode ser substituído pela traíra, só não se pode retirar a cabeça. Peixe é que nem gente, você tem que olhar no olho pra saber se presta."

Comi o tucunaré, bebi o suco agridoce. A vida nos prega peças. Esses ditados populares são de grande sabedoria. Podemos pensar isso, mas escrever não. Sobre o que se deve escrever? Sobre os sentimentos e as angústias do homem? Sobre o amor? Talvez sim. Sobre o amor e suas traições. Sobre catástrofes? O desmatamento, o superaquecimento, a corrupção, o fim do mundo? Sobre sagas familiares, parricídios, fratricídios, acontecimentos históricos, políticos, sociais, culturais? Sobre países distantes, populações famintas, doentes terminais, viciados, pedófilos? A quem isso interessa? A mim não. O Montanha gostava de conversar, mas eu não estava a fim de conversa. Mais um dia sem beber.

Conchita colocava a boca aberta sobre a minha barba e depois fechava puxando os fios com os dentes. Perguntava, rindo, se tinha doído. Não tinha doído. Estou escondendo coisas. Nunca engravidei uma mulher. Chumbei várias, mas nenhuma ficou prenhe. Estou em Manaus. Em Manaus! Despedi-me do Montanha com um abraço e fui assistir a um ensaio do Boi Garantido.

56 BOI GARANTIDO

Da rua eu já ouvia o som, algo que nunca tinha ouvido antes. Entrei por um portão alto de ferro. Atrás do muro, a céu aberto, um enorme espaço de chão de terra batida com uma multidão aglomerada em torno de ritmistas, músicos, cantores, dançarinos fantasiados como as personagens da lenda do boi-bumbá, que narra a história de Pai Francisco e sua mulher Catirina, que, grávida, sente vontade de comer a língua do boi do fazendeiro, patrão de Pai Francisco. Temendo que Catirina perca o filho caso não satisfaça seu desejo, Pai Francisco mata o boi e dá a língua dele pra esposa comer. O patrão descobre e manda os índios sacrificarem Pai Francisco, que, desesperado, pede ao pajé que ressuscite o boi. Ao fim de rezas e rituais místicos, o boi renasce, Pai Francisco e sua esposa Catirina são perdoados pelo fazendeiro e há uma grande festa em comemoração.

Nessa festa folclórica amazonense, a vida, a morte e a ressurreição do boi são encenadas. Pessoas travestidas de boi, com máscaras feitas de carcaça e papel-machê presas a uma armação de madeira coberta por uma barra de tecido colorido enfeitado com fitas, dançam interpretando o boi que ressuscita. Dançarinos e músicos são caracterizados como Catirina, Pai Francisco, o patrão, o pajé, índios, espíritos, feiticeiros xamanistas, além de personagens vindos da mitologia indígena: Iara, curupira, gigante Juma, São João, cobra grande, formiga do fogo, boto cor-de-rosa *et cetera*. Conquanto só exista um boi na lenda do boi-bumbá, todo ano duas agremiações que representam dois bois, o Boi Garantido e o Boi Caprichoso, disputam o título do Festival Folclórico de Parintins.

O que eu vi em Manaus foi um ensaio da associação do Boi Garantido, que se preparava pra disputa que ocorreria no bumbódromo de Parintins. O vermelho e o branco são a cores do Boi Garantido, por isso as fantasias, ainda que fossem bastante coloridas, eram predominantemente vermelhas e brancas. O vermelho forte, vivo; o branco níveo. Penas, fitas, bandeirinhas, tecidos brilhantes, saias rodadas, rostos e corpos pintados, cocares e outros enfeites de cabeça, máscaras, papéis picados atirados ao ar, estandartes vermelhos com o nome do boi, bonecos gigantes, fogos de artifício, homens e mulheres de tanga e a música que explodia irradiando energia, vigor e potência aos corpos suados.

Um apresentador de terno vermelho cintilante soou um berrante. Então foi se abrindo uma fenda entre os dançarinos. Um boi maior que todos os outros bois, de rosto branco, chifres dourados, barra de tecido branco acetinado e na testa um coração vermelho que parecia sangrar, surgiu rodopiando de maneira vertiginosa. Cresceu o som das maracas de lata, das cuícas, dos tambores, dos tamborins e dos bumbos. Cornetins de pistões, trombones, clarinetas e saxofones acompanhavam a percussão, que tinha um tom peculiarmente indígena devido às palminhas, dois pedaços retangulares de madeira que são usados pra marcar o ritmo da toada. Os percussionistas sacudiam as matracas num estalo compassado com os pandeirões. O tinir dos pratos pontuava a coreografia dos músicos e ritmistas, que, além de tocar, dançavam e faziam malabarismos com os instrumentos metálicos de sopro, as baquetas e os pandeiros. A batida do zabumba retumbava, bumba, bumba, bumba no meu peito. Bumba, bumba, bumba. As pessoas entoavam a música em uníssono com os cantores. Subitamente, fez-se um silêncio profundo. Um homem grande de cabeleira negra, chapelão vermelho, ereto sobre um carro alegórico, começou a cantar solo. Sua dicção era perfeita, a voz fortíssima, não sei se era um barítono ou um baixo de voz possante. Era emocionante ouvi-lo. Fui sentindo que sufocava. Mais um dia sem beber.

A cadência dos instrumentos e a voz do homem foram se elevando numa pulsação alucinante. O boi, de chifres dourados e coração vermelho na testa, que parecia sangrar, girava cada vez mais rápido num crescendo que culminou na sua morte. O boi caiu no chão. A música parou. A turba pôs-se a gritar em coro: "Vida ao boi!, vida ao boi!, vida ao boi!" O som unissonante das vozes ecoava por todo o meu ser, que quase se asfixiava espremido entre a multidão amontoada ao redor do boi. Respirei fundo, deixando que aquela massa sonora me invadisse, me arrebatasse. Juntei-me ao coro que clamava vida ao boi! Eu gritava pedindo vida. Vida! Vida! Vida ao boi! Quanto mais eu bradava, melhor me sentia. A minha cabeça ia se despovoando de tudo aquilo que causava falta de ar, meu nascimento, minha morte, minha mãe, meu padrasto, meu vício, meu desejo, Conchita, uma mulher fantasiada de índia que sacudia o corpo ao meu lado, dinheiro, meu apartamento, Dentinho, sangue, quente, vermelho, branco, glacial, desconhecido, estrangeiro – arre, diabo! –, o Alasca, a esperança de saltar pra fora do mundo que conheço, o rompimento com a maturidade, o retorno às expectativas juvenis, eu no meu potencial, aos vinte anos, em Londres, futebol, o Fluminense, o bar do Queixada, a minha traineira, o meu restaurante, escorpiões, aranhas-caranguejeiras, caviar, arroz com feijão, o táxi, muambas, cavalos de corrida, o meu avô, o barquinho a remo do meu padrasto, Carminha, tia Lúcia, desilusão, morte causada por falta de amor, o Rio de Janeiro, fracasso, fantasmas, o engarrafamento na Rua Real Grandeza no horário da saída dos colégios, ônibus escolares pelo bairro de Botafogo, barcos de bananas confiscados, micose na unha do pé, velhice, solidão, álcool. Mais um dia sem beber. Mais um dia sem beber. Mais um dia sem beber. Vida! Vida! Vida ao boi! Vida! Vida!

Vida ao boi! Eu não tinha salário fixo, aposentadoria, economias, plano de saúde, nem mulher ou fé que me resguardasse. Vida! Vida! Vida ao boi! Era proprietário de um quarto e sala em Botafogo e o meu melhor amigo era um marreco. Vida! Vida! Vida ao boi! A felicidade não pode ser contestada. Vida! Vida! Vida ao boi! Tudo nesta vida é alugado. Vida ao boi! Pra que se poupar? Poupar histórias, poupar dinheiro, poupar o fígado. Mais um dia sem beber. Mais um dia sem beber. Mais um dia sem beber. Vida! Vida! Vida ao boi!

Pra aumentar a minha comoção, os ritmistas voltaram a tocar maracas, matracas, cuícas, tambores, tamborins, bumbos, zabumbas, pandeirões, pandeirinhos, cornetins, cornetas, trombones, pratos, clarinetas e saxofones. A turbamulta se agitava mais e mais, suplicando pela vida do boi, que num rompante se ergueu ressuscitado. O boi renascia, revigorado, pronto pra uma nova vida, pra uma outra existência. Eufóricas, as pessoas voltaram a cantar e dançar, muitas estavam embriagadas, mas eu me mantinha sóbrio. Mais um dia sem beber. Fiquei olhando o boi girar e girar e girar. Na sua testa, o coração vermelho sangrava.

Fogos de artifício de várias cores, predominando o vermelho e o branco, irromperam no céu escuro, que se iluminou com o espocar sucessivo dos foguetes pirotécnicos. Toda a atmosfera daquele lugar me acolhia e tranquilizava. Havia motivo pra celebrar a vida. Eu já não bebia há cinco dias. Saí caminhando por entre as pessoas até que encontrei uma cadeira vazia, num canto, perto do muro. Sentei-me. Um senhor com uma grande caixa de isopor pendurada no ombro vendia picolé. Comprei um de tapioca porque acho o nome tapioca muito bonito. Fiquei tomando o sorvete e de repente notei que já não pensava. A minha mente estava vazia. Era bom não pensar.

O local se esvaziava, aos poucos as pessoas iam embora. Uma mulher fantasiada de índia, com cocar de plumas vermelhas e brancas, tanga de lantejoulas prateadas, sandálias de salto, coxas morenas musculosas e barriga enxuta requebrava sozinha com um copo de cerveja na mão. Tinha um *piercing* no umbigo e no tornozelo esquerdo, uma correntinha folheada a ouro. Era o tipo de pessoa que não devia ter nada de ouro verdadeiro. Fiquei contemplando-a sem saber se sentia vontade ou não de abordá-la.

57 ENSOPADO DE MOCOTÓ

Passei o dia ansioso, esperando o horário de embarcar na balsa. Pela manhã, tomei um longo banho antes de fechar a conta no hotel. Guardei a mala no carro. Sem saber o que fazer, decidi passear um pouco. Dei voltas pelo bairro. Boi Garantido, Rio de Janeiro, meu apartamento, Jack e a aflição de partir me fizeram companhia.

Ao meio-dia fui almoçar no bar do Montanha. Na noite anterior ele havia me avisado que o prato do dia seria ensopado de mocotó. Como gosto de mocotó, não pensei duas vezes. No entanto, quando me sentei, fiquei na dúvida se fazia a coisa certa. O mocotó precisa ser bem-feito, senão fica borrachudo. Será que o Montanha era um bom cozinheiro? O tucunaré à milanesa estava gostoso.

Desculpem-me se fico falando banalidades, mas, não se esqueçam, nas coisas mais insignificantes se escondem grandes complexidades. Comer ensopado no bar do Montanha ou sair à procura de outro restaurante? Os sucos do bar do Montanha eram saborosos. Mas suco qualquer um faz, basta as frutas serem frescas. Agora, havia um detalhe importante, o bar do Montanha estava sempre cheio e só servia um prato por dia, o que me fazia crer que devia ser bom. Como um estabelecimento poderia se sustentar vendendo um único prato ruim? Sem falar que normalmente restaurantes que fazem de tudo, massa, carne, peixe, sopas, risotos, sanduíches são medíocres. Por que eu conjecturava se já estava sentado à espera do ensopado de mocotó?

Chamei o Montanha e quis saber como o mocotó era feito. Ele deu um risinho inexplicável e saiu sem me responder. Pouco depois retornou e colocou sobre a mesa, à minha frente, uma tigela que transbordava com um caldo marrom cheio de pedaços de mocotó. Boiando no centro, uma folhinha de cheiro-verde pra enfeitar. Aquele pequeno detalhe dizia muita coisa. O aroma entrou pelas minhas narinas e me fez salivar. Sabia que mocotó era um veneno. Mas tudo que é bom é venenoso. Possuído por um desejo escaldante, levei a colher à boca. Suei e tremi comendo aquela esfuziante pata de boi, que havia sido cozida durante vinte e quatro horas em panela de barro. Vendo meu ar de satisfação, o Montanha perguntou: "Sabe como esse manjar foi feito?"

"Sei, você já me disse, foi cozido durante vinte e quatro horas numa panela de barro."

"Só isso?", exclamou o Montanha. "E os ingredientes? Além dos mocotós, que foram muito bem limpos, toucinho defumado, carne-seca desfiada e favas. Você já tinha comido mocotó com carne-seca e favas? E o preparo? Os mocotós, depois de terem as unhas retiradas, foram raspados, lavados e cozidos à parte em fogo baixo até ficarem bem tenros. A água onde eles foram cozidos não foi jogada fora, mas utilizada mais pra frente. Os mocotós foram temperados, cortados em pedaços e refogados numa panela de barro com óleo, alho, sal, cebola, cheiro-verde, tomates, pimenta-do-reino, toucinho e carne-seca. As favas, por cozinharem rápido demais, foram colocadas na panela depois. A panela ficou em fogo baixo durante vinte e quatro horas, e a água onde foram cozidos os mocotós foi sendo acrescida aos poucos a essa mistura. Agora, me responde: você já comeu um ensopado de mocotó melhor do que esse?"

"Não, nunca."

Uma cervejinha gelada cairia bem com o ensopado, mas não se pode ter tudo na vida. Ou pode? Se eu fosse bom de reza, pediria a Deus pra aprender a beber moderadamente. Um, dois copinhos de cerveja, mais uma caipirinha e pronto, *finito*. Mas Deus não escuta as minhas preces. Também rezei muito pra tia Lúcia casar com o Walter.

Puta que pariu, como me arrependo! Minha mãe mandava eu rezar toda noite. Dizia: "Meu filho, pede a Deus pra tia Lúcia arranjar um marido. Deus escuta as crianças". Então toda noite eu rezava com fé. Um dia a tia Lúcia conheceu um sujeito chamado Walter, e as minhas orações noturnas passaram a ser protagonizadas pela frase: "Senhor, fazei com que a tia Lúcia se case com o Walter. Senhor, fazei com que a tia Lúcia se case com o Walter. Senhor, fazei com que a tia Lúcia se case com o Walter". Ajoelhado no escuro, com os cotovelos apoiados na beirada da cama, repetia isso entre ave-marias. Essa foi a única coisa que pedi a Deus, e depois de pedir essa merda nunca mais Deus fez nada por mim. Deve ter pensado: "Esse garoto é um babaca, esse eu não ajudo mais".

Tia Lúcia se casou com o Walter. Meses depois ele roubou o pouco dinheiro que ela tinha e desapareceu. Tia Lúcia parou de falar, comer, dormir, abandonou o trabalho. Arrumada com o seu melhor vestido, postava-se na janela e olhava a rua. Um dia perdeu as esperanças e se deixou cair do sétimo andar.

A espera nos faz pensar em coisas um tanto ociosas e sem propósito. A lembrança da tia Lúcia se misturava a perguntas como: por que estou sentado na mesma mesa em que me sentei ontem? As horas não passavam, ainda era uma da tarde. Eu só embarcaria às cinco. Por muitas razões, a bebida me fazia falta. Mais um dia sem beber. Nós, os beberrões, somos as pessoas mais sensíveis do mundo porque não suportamos as tristezas da existência. Mais um dia sem beber.

58 RIO AMAZONAS

Entrei na balsa às cinco da tarde. A previsão da partida era às seis, mas foi adiada pras sete e depois pras nove. Carretas, sem o cavalo mecânico do caminhão, não paravam de chegar, uma após a outra, sendo colocadas no convés. Como tinha sido um dos primeiros a embarcar, fiquei estacionado na parte frontal da balsa, a bombordo. O embarque era feito pela lateral, a estibordo. Às nove horas foi anunciado que a partida tinha sido novamente adiada. Decidi deitar-me no banco de trás do carro e dormir.

Quando acordei, às seis horas da manhã, tive uma surpresa: continuava ancorado no porto fluvial de Manaus. Por volta das oito da manhã soou um longo apito. Só então a balsa começou a se deslocar e eu pude então contemplar o encontro das águas escuras do rio Negro com as águas de luminosidade barrenta do rio Solimões.

A embarcação partiu superlotada de carretas carregadas de mercadorias, granéis sólidos, além de motocicletas, eletrônicos e outros produtos fabricados na Zona Franca de Manaus. A capacidade da balsa era de sessenta e quatro carretas no convés, porém ela partiu com setenta e também nove veículos, sendo que um deles era um micro-ônibus. O percurso era estimado em cento e quinze horas.

Além da tripulação, éramos quatro passageiros – eu, José Maria, a sua namorada, Jurema, e Alexandre. Embaixo da sala do comandante havia um refeitório, onde tomávamos café, almoçávamos e jantávamos.

Ao lado ficava o banheiro. O resto era uma enorme balsa retangular, descoberta, abarrotada de carretas.

Logo conheci o Zé Maria, vulgo Ceará. Nordestino de cabeça chata, pobre, feio, tinha o dente incisivo superior esquerdo cariado e mesmo assim sorria. Era daqueles sujeitos que, a despeito da lógica, amam a vida. Estava acompanhado da namorada, Jurema, uma índia jovem cujo único atributo físico eram as belas pernas, que ela exibia usando um *short* de brim bem curto. Imediatamente simpatizei com eles; gosto de pessoas que acreditam que são o que pensam que são.

Ceará era caminhoneiro e como já estava acostumado com a viagem trazia na boleia, além da namorada, duas cadeiras de armar e também cachaça, frutas e leite condensado pra fazer batida. Ele disse pra Jurema se sentar no colo dele e me ofereceu a outra cadeira de armar. Mordeu o braço de Jurema, deu-lhe apertões e beijos no cangote, enquanto me contava como a conhecera. Era evidente que estavam juntos há pouco tempo.

"Foi aqui no rio Amazonas que encontrei a minha Jurema", disse Ceará dando um tapa estalado na coxa da namorada. "Ela estava se afogando. E a gente pensa que todo índio sabe nadar, mas não é verdade, eles só sabem remar, se caem da canoa afundam."

Jurema deu uma risadinha.

"Pulei da balsa, peguei pelo braço Jurema, que, desesperada, se agarrou a mim, quase me levando pro fundo com ela. Quando coloquei ela estirada no chão da balsa, vi aquele corpo lindo, molhado, brilhando ao sol. Ela perguntou o meu nome. 'Zé Maria', eu respondi. Então ela disse: 'Zé Maria, você salvou a minha vida, agora eu sou sua. Se você me quiser eu fico com você'. Olhei pra ela e depois pra canoa de onde ela tinha caído e onde havia um índio à espera. A balsa foi singrando devagar as águas e a canoa com o índio foi ficando pra trás. Naquela noite, pouco antes de adormecer com Jurema nos braços, pensei: a vida é boa."

A índia soltou outra risadinha. Algo me dizia que ela sabia nadar.

Às onze da manhã, quando o almoço saiu, conhecemos Alexandre, o quarto passageiro da balsa. Um homem de trinta e quatro anos e poucas palavras. A sua barba estava por fazer e o seu cabelo liso era exageradamente despenteado. A princípio, seu jeito enigmático de falar e seu olhar contemplativo fizeram com que eu o julgasse misterioso e até mesmo inteligente. Porém, não demorou pra que eu percebesse que tipo de homem era: vaidoso e autorreferente, com uma ideia exagerada dos próprios méritos e qualidades. Observando-o, notei que o seu ar pensativo era ensaiado. O cabelo desgrenhado e a barba por fazer eram obtidos mediante horas diante do espelho. Ele acreditava que aquele visual, um tanto ridículo, lhe dava um aspecto intelectual e artístico. Conquanto estivesse fotografando aspectos do desmatamento para um jornal de São Paulo, se definia como um artista, um verdadeiro artista, incompreendido porque estava à frente do seu tempo. Coitado, falava como se aquilo validasse o seu trabalho, fosse sinônimo de talento. Dizia: "Como eu, El Greco, Vermeer, Van Gogh, Gauguin, Bach, Thoreau, Kafka, Galileu, Mendel e outros tantos foram ignorados, marginalizados e condenados durante a vida por serem originais".

Pensar assim dá ânimo aos que ainda não tiveram êxito.

O Ceará pasmava-se de prazer vendo a sua indiazinha se mover de biquíni ao sol. Ora Jurema se levantava e andava de um lado pro outro do convés, ora se sentava cruzando as pernas, ora se deitava no chão sobre uma toalha, mas sempre arranjando um jeito de se colocar numa posição provocante. Alexandre, assim como eu, olhava disfarçadamente pra Jurema.

Às cinco da tarde o jantar foi servido. Frango frito, arroz, feijão e farinha, como no almoço. A comida era ruim, mas abundante. Ainda que a fartura não compense a mediocridade, como a fome era grande eu gostava do que comia.

Os dias passavam rápido com as inúmeras histórias de caminhoneiro que Ceará contava. Não havia nada que ele não tivesse visto ou ouvido nesta vida. As histórias sempre aconteciam com um amigo de um amigo de um amigo dele, ou então envolviam um primo de um amigo de um amigo dele, ou um tio de um amigo de um amigo dele, ou um irmão de um amigo de um amigo dele, ou a comadre de um amigo de um amigo dele. Enquanto falava, bebia cachaça pura, além das batidas que preparava com leite condensado pra Jurema. Eu me mantinha firme. Mais um dia sem beber. Já Alexandre volta e meia aceitava uma dose de cachaça. Ao final do dia Ceará ficava completamente embriagado e dormitava de boca aberta, sentado na cadeira de armar. Às vezes sua cabeça caía pra trás e ele acordava assustado. Tentando disfarçar, punha-se a falar, fingindo que não tinha cochilado.

Entre um "causo" e outro eu contemplava as margens do rio, com suas árvores frondosas de raízes sólidas. Pássaros voavam em bando no céu dourado de fim de tarde. O ar puro enchia os meus pulmões. Não tinha que decidir nada, estava ali, não havia nada a ser feito além de respirar se quisesse manter-me vivo. Mais um dia sem beber. Mais um dia sem beber. Olhava o mundo, ouvia as patranhas do Zé Maria e suas declarações de amor a Jurema, que fazia poses se insinuando pro Alexandre, que no fundo se sentia superior a todos nós.

A viagem era longa, mas interessante. Navios, barcos, balsas e também canoas com índios cruzavam o nosso caminho. Em certo momento passou por nós uma embarcação que era uma igreja flutuante com fiéis ajoelhados cantando diante de um padre de batina cinza. Vez por outra uma canoa com uma índia ou duas emparelhava com a nossa balsa, e o comandante ajudava uma das índias a subir na embarcação e sumia com ela. O Ceará me disse que era comum as índias praticarem atos sexuais em troca de óleo diesel pra abastecer o gerador de suas aldeias.

A balsa não parava em nenhum lugar, seguia fendendo as águas do rio Amazonas. Passamos por Parintins, Santarém e outras cidades menores, cujos nomes Ceará dizia um a um, mas eu logo esquecia. À beira do rio, fazendas e casinhas. Tudo sempre igual. Café às cinco da manhã, almoço às onze e jantar às cinco da tarde. Às sete da noite todos se recolhiam. Ceará e Jurema na boleia do caminhão, Alexandre numa rede na parte traseira da balsa e eu no meu carro. Vendo a minha insatisfação com a comida, o Ceará prometeu que me arranjaria o maior camarão de água doce do mundo, que vive no rio Amazonas. Mas os dias corriam e eu só comia frango frito, arroz, feijão e farinha.

"Aqui no Amazonas tem também o maior besouro do mundo, e também a maior tartaruga do mundo, e a maior águia do mundo. E você sabe o que essa águia gigantesca come?", perguntou o Ceará olhando pro Alexandre.

"Macaquinhos. Aqui tem mais macaquinho que na África. E aqui tem também o peixe-boi, que não é peixe, é um mamífero mais pesado que o meu caminhão. E tem mais coisa ainda, tem o maior peixe de água doce do mundo. Diz aí, Alexandre, você que sabe de tudo, qual é o maior peixe de água doce do mundo?"

O Alexandre balançou os ombros com certo desdém, como se dissesse não sei e pouco me importa.

"É o pirarucu", o Ceará disse. "Ele chega a três metros de comprimento e pesa até duzentos quilos. E tem outra coisa interessante, aqui tem também o animal que tem o cérebro menor de todos, menor que uma azeitona. Sabe qual é esse bicho? Hein? Fala aí, Alexandre. Não sabe, né? Então eu vou dizer. É a preguiça. E sabe quantas espécies de inseto tem aqui na Amazônia? Milhões, muitos milhões. A Amazônia é um mundo."

A balsa talvez seja o lugar mais igualitário que existe, pois com ou sem dinheiro você vai comer e fazer as mesmas coisas, ou seja, almoçar e jantar frango frito, arroz, feijão e farinha, se esconder debaixo das carretas fugindo do sol ou da chuva e passar o dia contando e ouvindo histórias.

Na madrugada do quarto dia de viagem, não conseguindo dormir, me levantei e fui caminhar pelo convés. Embrenhei-me por entre as inúmeras carretas e depois parei numa beirada da balsa, onde fiquei contemplando a escuridão e ouvindo o rumor contínuo da água do rio. Tudo estava acabado. Voltava pro lugar de onde havia partido. Tudo poderia ter sido diferente se em Turbo ou mesmo em Cartagena eu tivesse conseguido um barco que me levasse até o Panamá. Tudo poderia ter sido diferente se eu tivesse tido coragem de atravessar de carro a floresta de Darién. A essa altura já estaria no México, talvez até nos Estados Unidos.

Fui até o caminhão do Zé Maria. Aceitaria a dose de cachaça que ele há dias vinha me oferecendo. Mas as portas estavam trancadas, as janelas fechadas e o Ceará dormia lá dentro um sono profundo. A Jurema não estava ao lado dele. Saí à procura dela. Quem sabe me arranjava uma cachaça?

Não. Não, não, não, dizia pra mim mesmo, sem desistir de encontrar a Jurema. Não, não, permanecerei firme, repetia enquanto andava pelo convés. As carretas repletas de mercadorias faziam sombras ainda mais escuras que a noite. Já não posso mais, já não aguento mais. Só uma dose. Não. Apenas uma. Arre, diabo! Onde está a Jurema? Quero uma dose de cachaça!

Chegando à parte traseira da balsa, vi que a Jurema estava na rede fodendo com o Alexandre. Afastei-me imediatamente. Ah, os pobres, os fracos, os oprimidos, os cornos e os alcóolatras! Só consegui dormir quando o dia começava a raiar.

No restante da viagem, toda vez que Ceará demonstrava o seu amor pela Jurema, fosse com uma palavra, um beijo ou mesmo um carinho, eu me sentia constrangido e olhava pro rio, pro céu ou pras minhas unhas. A lembrança da Jurema e do Alexandre não saía da minha mente.

Foi um alívio sair da balsa e chegar em Belém.

59 QUEM ANDA DEVAGAR NÃO QUER CHEGAR

Antes de deixar Belém, ali mesmo num restaurante fuleiro do cais, comi o tal camarão amazonense, o maior camarão de água doce do mundo, que o Ceará tinha ficado me devendo. Ele tinha razão, era uma delícia! Comi tudo, tripa, dorso, cabeça, nem pensei no que tinha lá dentro.

De Belém fui pra Mosqueiro, onde comi maniçoba, prato típico da culinária do Pará, feito com folhas de mandioca trituradas e carne suína. No dia seguinte, já no estado do Maranhão, a caminho de Pinheiro, almocei fritada de caranguejo.

Parecia um ritual: estrada, comida, sol e chuva se alternando várias vezes ao dia. Sol e chuva, sol e chuva, chuva e sol. Tudo passava numa lentidão exasperante, as horas do dia, as placas que indicavam os quilômetros e as cidades.

Chovia quando cheguei em Pinheiro. Por que fui pro Maranhão, pro leste, se o Rio de Janeiro ficava ao sul? Estava sem coragem de chegar; logo, fazia bordejos. Retornar à casa é pior do que partir, e partir é melhor do que chegar. As vinte e quatro horas do dia se arrastavam, mas quando olhava as minhas anotações percebia que viajava há meses. Voltaria sem o Alasca, voltaria sem encontrar uma solução pra toda a metafísica que me habitava. Escrever é elaborar a metafísica, como também conversar e comer e beber. Mas eu não bebia. Mais um dia sem beber. Que falta me fazia a bebida! Não sabia se conseguiria continuar vivendo sem ela. Ela faz parte de mim. Sempre bebi, por prazer, pra festejar ou pra dissipar a depressão e a angústia de estar vivo. Só a bebida é capaz de elevar o espírito, relaxar a alma e ainda encher um homem de coragem. Coragem, sempre coragem, é preciso coragem.

Aos doze anos perdi a voz ao ver a mãe de um colega de classe durante uma festa de aniversário. Naquele dia compreendi o que significavam os circunlóquios que o meu padrasto fazia em torno do encanto feminino. Senti-me enfeitiçado pelas curvas, pelo rosto, pelos cabelos e pelos gestos da mãe do meu colega. Emudeci, e só bebendo uns copinhos de rabo-de-galo, uma mistura de vermute com cachaça que era servida nas festas de pré-adolescentes da época, voltei a falar. Perdi a timidez e puxei a mãe do meu colega pra dançar. E ela, que me considerava um fedelho inofensivo, permitiu que eu apoiasse a cabeça nos seus seios perfumados. Desde então passei a atribuir grande poder à bebida alcoólica.

Talvez eu ainda seja aquele garoto que bebe e só então acha que pode tudo. Eu deveria voltar a beber, se beber me dá ânimo e coragem. É preciso coragem pra ficar mais um dia sem beber. Mas não é justamente a bebida que me torna corajoso? Será que terei de beber pra adquirir coragem pra parar de beber? Embora goste de beber, não sou um simples beberrão, que não degusta e saboreia a bebida, apenas a engole com o objetivo de embriagar-se. Não basta beber, é necessário compreender a bebida. O que ela quer de mim? O que eu quero dela? Que me devolva a alegria, a juventude, o vigor; que me envolva com delicadeza, suavizando as dores das pancadas da vida; que me dê coragem pra dançar em público sem temer o ridículo; que me ajude a esquecer o tempo, a idade, a velhice, a solidão; que Dionísio me agarre, me leve, que me faça cantar em coro com ele. Mas a bebida faz meus membros ficarem pesados, as pernas vacilantes, o estômago contorcido, a língua enrolada, nem sabe o que diz. É o fim. Será isso que ela quer de mim? Que eu me ajoelhe como um covarde imundo e deplorável sem controle de si mesmo? Não. Quieto. Não é nada disso e é tudo isso também.

Em Pinheiro descobri que ainda faltavam uns quatrocentos quilômetros pra chegar em São Luís, caso eu fosse por uma rodovia que me disseram ser precária, mal sinalizada, com falhas no asfalto. Num restaurante comi uma galinha à cabidela muito saborosa, mas nem isso me alegrou. Estava sem beber há dias e sentia falta do Karamazov que existia em mim. A outra opção era pegar uma balsa, cinquenta quilômetros de travessia, até São Luís. Preferi ir dirigindo devagar porque quem anda devagar não quer chegar. Isso rima, mas é verdade. Como já disse, gostaria de ser poeta. Porém de que me adiantaria? A vida era o tédio de ter de voltar pra casa, quando tudo o que eu desejava era botar fogo na casa, no que era e no que não era pra que nada restasse em parte alguma. E tudo aquilo que eu pensava e não tinha coragem de verbalizar era justamente o que era. Sobre o que não se pode falar é melhor calar.

Em silêncio cheguei em São Luís. Em silêncio fui à praia, mergulhei no mar, conheci o centro histórico, com suas casas malconservadas, ruas sujas e gente feia, que falava um português apreciável, bem articulado, com vasto vocabulário. Queria me livrar de tudo o que não tinha sido, porém estar de volta ao Brasil era justamente ser esmagado por tudo o que não tinha sido.

Por uma estrada péssima, perigosa, cheia de animais na pista, cheguei em Parnaíba, no Piauí. Fiz quatrocentos quilômetros em dez horas. Mas afinal aonde chegava? Pra onde ia? Era como se a cada dia eu me tornasse mais velho e como um velho fosse esquecendo as coisas recentes. O que foi que comi no almoço?

Seguindo pelo litoral, cheguei em Camocim, no Ceará. Ruas de paralelepípedo vazias, árvores frondosas na frente das casas e a brisa de maresia que me trazia lembranças. Na cidade havia um pequeno porto no rio Coreaú, onde se viam jangadas, canoas, barquinhos a vela e balsas que transportavam apenas um veículo por vez até a outra margem do rio, onde se viam dunas de areia branca, mangues, praias virgens de águas limpas e mansas. Embarquei com o meu carro numa das balsas. A travessia sobre águas verdes, passando por ilhotas de areia, durou dez minutos.

Não sei quantos dias e quantos quilômetros de sol, mar, areia e vento até chegar em Jericoacoara. De uma praia ia até outra, e da outra de volta à anterior, e depois em direção a outra que era muito parecida com uma outra, que ficava ao lado de outra, onde também havia dunas, lagoas e mangues, e mais adiante mais dunas, lagoas e mangues, e novamente outra praia com o mesmo vento constante que jogava areia na minha cara. Descia e subia dunas de carro e a pé, me estirava nas águas paradas das lagoas, caminhava sobre a vegetação rasteira e escassa, comia camarão nos quiosques, bebia água e me deixava queimar ao sol. À noite eu me deitava no banco de trás do carro e ficava olhando pro teto, sentindo o meu corpo arder. Era melhor estar ali do que voltar.

Na praia de Mangue Seco, fui pescar às quatro da manhã com um grupo de pescadores. Ajudei a jogar e a puxar a rede do mar, mas os pescadores me tratavam como se eu não soubesse o que estava fazendo, ainda que eu tivesse dito que já fora pescador.

Em Jericoacoara a noite era movimentada. De um lado da cidade, o som ensurdecedor de um bate-estaca *techno*; do outro, o som não menos ensurdecedor de um grupo que tocava forró com uma sanfona elétrica. Pra falar com alguém era necessário colocar a boca próximo ao ouvido da pessoa. Foi o que fiz: aproximei meus lábios da orelha de uma mulher loira e disse um galanteio. Ela não falava português, nem inglês, nem espanhol, mas aceitou dançar forró comigo. Dois passos pra um lado, dois passos pro outro. Batuquei na mesa, cantei e a fiz rir, mas no fim da noite ela preferiu dormir com um mulato jovem nativo da cidade. Voltei pro carro, me deitei no banco de trás e fiquei olhando pro teto, sentindo o meu corpo arder, enquanto ouvia de longe a zoeira do bate-estaca *techno* misturado ao som da sanfona elétrica.

Era o inferno! Saí do carro. Gringos, bugres, *hippies* vendendo bijuteria, jovens trôpegos remanescentes da noite. Fui andando pela rua principal. Cachorros, gatos, galinhas, jegues, bodes, vacas, cavalos e porcos ficavam soltos. Vi o sol nascer na praia. A maré baixa, a areia plana e dura facilitaram a minha caminhada. Quantos dias fiquei pelas dunas de areia clara e águas mansas sem coragem de voltar?

Estradas, asfalto, terra seca, lama, buracos, placas, cafés, formigas, salgadinhos adormecidos, mosquitos e o céu que baixava sobre mim. Já em Feira de Santana, na Bahia, não vi nem feira, nem santa. Um homem sem pernas, sem braços, sem forças pra ver a aurora, ver o céu, ver as estrelas, ver o fim e o início das coisas.

Bahia, Salvador, Pelourinho, onde dei um trocado pra uma moça que amarrou no meu pulso esquerdo uma fitinha do Senhor do Bonfim.

"Faz três pedidos. Um pra cada um dos nozinhos", disse ela, apertando o meu pulso com a fita amarela.

Mas eu não tinha pedidos, só tinha queixas.

À minha direita, à frente de uma casa colonial com grandes janelas azuis, um pelourinho esquecido – mas os gritos dos escravos castigados ainda estavam ali e também em Minas Gerais, em Tiradentes e em Ouro Preto e Mariana, por onde passei depois. Ainda que conheça a história, não sei, ainda que diga a verdade, invento. As palavras são ficção, não são as coisas, nem os sentimentos, nem o que dizem ser. Posso falar de lugares, fatos, pessoas, lembranças, desejos, posso dizer amei, sofri, mas ao dizer apenas recrio o que vi e vivi, transformando a mim e à minha vida num simulacro.

Estradas e sol a pino. Passando por Araçuaí fui em direção a Diamantina, a mesma dos meus tempos de garimpo, pedra sobre pedra sobre pedra. A pedra era algo que falava ao meu coração, coisa rochosa, dura, resistente. Ai de mim, que de tanto dizer não me importar com o fim não sei que fim dar a mim e a esta narrativa. Como dar fim a um homem que não se importa com o fim?

Pensei em permanecer uns dias em Diamantina. Contudo, depois de uma noite maldormida e dores nas costas, segui viagem. Belo Horizonte, Congonhas, onde vi as obras do Aleijadinho, e mais cidades, feijão-tropeiro, rodovias, até chegar em Juiz de Fora.

Estacionei numa rua movimentada. Não saltei do carro. Coloquei a mão no bolso, peguei a pataca de Macau e fiquei segurando-a com força. Meus dentes cerrados, minha boca seca. As pessoas na calçada iam pra algum lugar. Queria chorar, mas não choraria por não ter chegado aonde queria chegar. No entanto, se um dia chegasse, será que saberia que havia chegado? Eu não havia chegado. Lugares vazios, carros enguiçados, barcos confiscados, encalhados sob o sol esturricante. Não cheguei nem de barco, nem de carro, mas um dia chegarei. Andando, nadando ou voando, chegarei. Chegarei um dia no Alasca, no Alasca um dia chegarei. Chão de gelo, noites brancas, chegarei.

Andava devagar, fazendo bordejos, porque, repito, quem anda devagar não quer chegar. Mas eu não poderia continuar perdendo tempo, assim nunca chegaria no Alasca e pra chegar no Alasca precisava voltar pra então partir novamente.

Pela BR-040 eram cento e setenta e oito quilômetros de Juiz de Fora até o Rio de Janeiro. Era noite. O céu negro, sem lua, sem estrelas, desabava sobre mim. Quatro horas da manhã. Eu não tinha sono. Arre, diabo! Como se é sozinho quando se está na estrada! Ah, se alguém me ouvisse sem que eu precisasse pedir amor e um minuto de atenção... Eu ainda não sabia o que faria com as minhas anotações. Não sou melhor do que ninguém, mas ninguém é melhor do que eu. Por isso também posso escrever, e se um dia isto se tornar um livro a quem o dedicarei? Se a minha mãe fosse viva, completaria cento e dois anos, mais de um século de vida. Poderia dedicar o livro à sua memória.

Nunca vou esquecer o momento em que os olhos da minha mãe, adquirindo um fulgor prodigioso, me penetraram pela última vez. Segurei a mão dela em silêncio. Queria salvá-la, mas não podia. Ao lado dela esperei pela morte, que não tardou. Talvez só mesmo os mortos possam falar da morte, pra quem vive a morte é somente uma ideia, só serve pra fazer filosofia. Minha mãe morreu, e apesar de todo o meu sofrimento não morri com ela. Uma semana depois voltei a frequentar o colégio.

Como encontramos forças pra levantar no dia seguinte, tomar café, escovar os dentes e ir em frente? Enquanto se vive não se pode parar. O homem precisa se mover pra não morrer, precisa partir pra viver. Quem não parte não vive.

60 SEMPRE VOLTAMOS PRO LUGAR DE ONDE PARTIMOS

A minha inquietação aumentava à medida que me aproximava do Rio de Janeiro. O que seria de mim? O que faria quando chegasse? Onde estaria o Jack? Na casa da dona Rita? Do Gonçalo? E o Queixada? Será que ele já sabia que eu estava voltando? É provável que sim... E o Queixada já devia ter dito pro pessoal do bar que eu estava voltando. Voltando sem ter chegado no Alasca. Sim... Era evidente que todos já sabiam. A dona Rita, o Gonçalo, o Queixada são todos uns boquirrotos fofoqueiros. Teria que aturar aquele bando de bêbados chatos do bar do Queixada me fazendo perguntas. Mas não ia ficar me torturando pelo que os outros iriam dizer. Um vai se aproximar de mim dando um tapinha nas costas e perguntar: "E aí, como foi no Alasca? O quê? Você não chegou no Alasca? Não viu o Alasca? Por quê? Como? O que aconteceu?" Aí vai aparecer outro e fazer as mesmas perguntas, sabendo que me desagrada ter de ficar relembrando as minhas agruras. Tentei chegar, não cheguei, mas um dia chegarei. Não vou ficar sofrendo por isso. Nem pela falta de dinheiro. Porque a situação vai ficar feia. Terei de trabalhar. Arre, diabo! Quem gosta de trabalhar? No passado o sujeito bem-nascido não trabalhava. Quem trabalhava era a plebe, e mais antigamente os escravos. O trabalho não enobrece ninguém como pregam os preceitos judaico-cristãos. Não quero trabalhar, mas quem mais respeito é quem trabalha. Arre, diabo! Vou ter que trabalhar, arranjar um emprego, receber ordens. Que se dane! Não vou me amolar com isso agora, mas estou preocupado. Quem vai pagar a conta de luz, de gás, quem vai comprar ração pro Jack? É terrível envelhecer, não importa que eu esteja tão bem disposto quanto um rapaz de vinte anos, na hora de contratar vão escolher o mais jovem. E o pior é que, empregado, terei um chefe com a metade da minha idade que me tratará com desprezo. Aliás, sei no que isso vai dar; acabarei mandando meu chefe à merda, o que acarretará minha demissão, e tudo recomeçará. Voltarei a ler os classificados dos jornais à procura de emprego e farei entrevistas pra cargos secundários com salários baixos.

Arre, diabo! Não quero chegar, não quero ver ninguém, só o Jack. A primeira coisa que farei será buscar o Jack. Ele será o único a não me chatear com perguntas inconvenientes. Já podia imaginar a cara macilenta do Queixada, os olhos pequenos, juntos e caídos, a testa larga, o queixo prognato entortado pra direita, harmonizando-se mal com a boca apertada, dirigindo-se a mim com animação e curiosidade, mas no fundo pensando: "Coitado, mais um fracasso". Já a dona Rita, insensível a tudo que não diz respeito a ela mesma, vai ignorar a minha dor e falar, falar e falar, do prédio, dos vizinhos, da minha antiga inquilina, e depois vai pedir pra eu consertar uma torneira. Vai é ficar feliz por eu ter voltado. Assim terá novamente alguém pra carregar suas sacolas de mercado e colocar seu lixo pra fora. Já o Gonza, com seu ar delicado de tristeza difusa, dirá: "Sonhador, um dia você chega lá". Mas pelo tom da sua voz saberei que fala sem acreditar no que diz. É, eu realmente preferiria não ver ninguém, principalmente aquela cambada de bêbados do bar do Queixada. Um bando de invejosos que não fazem nada na vida e por isso não querem que ninguém mais faça.

Talvez seja melhor encontrar logo todo mundo e acabar com isso. Contar como foi a viagem, tomar um chope... Chope? Eu parei de beber. É... Parei de beber. Mais um dia sem beber. Mais um dia sem beber. Mais um dia sem beber.

Às dez e meia da manhã entrei no túnel Rebouças. Quando saísse, chegaria na minha cidade. Pra mim, o Rio de Janeiro era a Zona Sul, as praias, os morros com árvores e cada vez mais favelas, os bairros, a lagoa, Ipanema, Copacabana, Leme, Leblon, Gávea, Jardim Botânico, Flamengo, Urca, Botafogo – com a minha rua, a minha casa.

Quando saí do túnel, vi a água da lagoa Rodrigo de Freitas brilhando sob o sol rutilante. Céu azul, sem nuvens, cheiro de maresia, umidade, poluição e pessoas caminhando, correndo, andando de bicicleta ao redor da lagoa. Como de costume, quando voltava de uma viagem, perguntei-me: por que parti? Por que quis tanto ir embora se aqui há tudo o que se pode querer? Sol, natureza, mar, risos, chope gelado, mulheres, camaradagem. É aqui que se fala a minha língua, foi aqui que nasci. Por que não quero morrer aqui?

Deixei a lagoa pra trás e virei na Rua Humaitá. De repente as estradas, as cidades e os países por onde passei, as pessoas que vi, conheci, tudo me pareceu uma história de faz de conta, um cenário que se desfazia, caía ao chão, frente à minha realidade.

Ao entrar na Rua Real Grandeza, fui desacelerando à procura de uma vaga. Encontrei uma bem em frente ao meu prédio. Saltei do carro e fui direto interfonar pra casa da dona Rita. Ouvi a sua voz esganiçada.

"Entra, entra."

O prédio continuava o mesmo, malconservado, mas muito limpo. Notava-se pelo cheiro forte de desinfetante e produtos de limpeza que se desprendia das paredes. A porta do apartamento da dona Rita se abriu e ela surgiu com o Jack no colo.

Peguei o Jack nos braços e o enchi de beijos e abraços.

"Kerouac, kerouac, kerouac."

Olhando melhor pra dona Rita, percebi que a maquiagem ao redor dos seus olhos estava mais exagerada que de costume e que as sobrancelhas, que ela desenhava a lápis, estavam tortas. Uma tinha o formato diferente da outra. A esquerda, um traçado grosso arqueado, e a direta, apenas uma linha fina e reta. Senti certa compaixão por ela. A vista da dona Rita, que já não era boa, devia ter piorado.

Falando comigo como se tivesse me visto no dia anterior, a dona Rita pediu pra eu trocar a lâmpada do quarto dela, que havia queimado. Depois, erguendo o Jack no ar, perguntou: "Ele não está mais gordinho?"

"Está ótimo, em plena forma."

"Está vendo? Você ficou dizendo que pipoca faz mal, não faz mal nenhum, o Jack nunca esteve tão bem e isso é graças a mim. Porque o Gonçalo... Ah, não quero falar dele. Por favor, avise pra ele que você já pegou o Jack aqui em casa porque eu não quero papo com aquele sujeitinho."

A dona Rita entregou a chave do meu apartamento e antes que eu fosse embora aproveitou pra pedir que eu levasse seu lixo pra fora. Como sempre, fiz o que ela queria.

Decidi ir pro bar do Queixada e de lá telefonar pro Gonza. Cheguei no bar do Queixada com o Jack no colo e fui recebido com saudações, troças, piadas e, é claro, perguntas sobre o Alasca. Aqueles bêbados chatos não me deixariam em paz. Contei as coisas nunca vistas, nem imagináveis que podem suceder a alguém que viaja pro Alasca, ainda que não chegue lá.

Logo apareceu o Gonçalo, que ao ver o Jack disse: "Como o Jack está magrinho. Passa uma semana na casa daquela velha e emagrece. Sabe por quê? Porque ela alimenta o pobrezinho com pipoca, com pipoca de micro-ondas. Ninguém pode viver só de pipoca. O Jack precisa comer ração, que tem sustância. Coitadinho, está tão abatido, tão quietinho, daqui a pouco vai perder a voz. Jack, fala comigo. Fala, Jack, fala alguma coisa, quero ouvir a sua voz".

"Kerouac, kerouac, kerouac."

"Meu Deus! Parece um pintinho falando!"

O Queixada abriu uma garrafa de cachaça e serviu três copos. Um pra ele, um pro Gonza e outro pra mim. Até aquele derradeiro momento acreditava que conseguiria ficar sem beber. Virei o copo num único gole.

Só levantei da mesa quando a noite caiu.

Fui pra casa pensando que não adiantaria eu parar de beber, chorar, sofrer, reclamar, me revoltar, gemer, ranger os dentes enquanto os tinha, nada seria diferente, tudo continuaria igual.

Acendi as luzes do meu apartamento e sentei-me na minha poltrona com o Jack no colo, sem coragem de ir buscar a bagagem no carro. Quando eu voltaria a viajar pro Alasca? Não podia demorar muito. Fiquei imaginando quando seria.

Sempre voltamos pro lugar de onde partimos. E sempre partimos em nova viagem pro lugar de onde voltamos.

AGRADECIMENTOS

Meu muito obrigada ao Humberto Campana, que me fez acreditar que eu deveria insistir para que meus desenhos fossem publicados juntamente com o romance. Agradeço a ele e ao seu irmão, Fernando, que me ajudaram a selecionar os desenhos desta edição.

Quero também expressar a minha gratidão ao meu pai, Eduardo Parisot Guterres, que me serviu como inspiração.

Agradeço ainda à minha editora, Ibraíma Dafonte Tavares, pelo primoroso trabalho; ao Antonio Cestaro, que tornou possível esta bela edição; ao meu amigo Bruno Távora, pela leitura atenta; à querida Roberta Ferraz, pelos seus talentos literários e astrológicos; e também à Carolina Bertier e ao Gui Mohallem, que colaboraram comigo para fazer a fotografia deste livro.

E por fim agradeço ao meu marido, Richard Haber, pelo apoio, pela paciência e pelo amor. Sem ele ao meu lado a vida seria mais triste.

SOBRE A AUTORA

Paula Parisot nasceu no Rio de Janeiro e atualmente vive em São Paulo. Bacharel em desenho industrial pela PUC-RJ, foi bolsista da New School University, em Nova York, onde cursou mestrado em belas-artes. É autora do livro de contos *A dama da solidão* (finalista do Prêmio Jabuti) e do romance *Gonzos e parafusos*, que inspirou uma performance que durou sete dias e seis noites.

Este livro, composto com tipografia Bembo
e diagramado pela Alaúde Editorial Limitada,
foi impresso em papel Norbrite sessenta e seis
gramas pela Ipsis Gráfica e Editora Sociedade
Anônima no centésimo sexagésimo segundo
ano da publicação de *Moby Dick*, de Herman
Melville. São Paulo, setembro de 2013.